plaisir
d'amour

FSC
www.fsc.org
MIX
Papier aus ver-
antwortungsvollen
Quellen
Paper from
responsible sources
FSC® C105338

SAWYER BENNETT

BISHOP

ARIZONA VENGEANCE

Sawyer Bennett
Arizona Vengeance: Bishop

Aus dem Amerikanischen ins Deutsche übertragen von Joy Fraser

© 2018 by Sawyer Bennett unter dem Originaltitel „Bishop (Arizona Vengeance, Book #1)"
© 2021 der deutschsprachigen Ausgabe und Übersetzung by Plaisir d'Amour Verlag, D-64678 Lindenfels
www.plaisirdamour.de
info@plaisirdamourbooks.com
© Covergestaltung: Sabrina Dahlenburg (www.art-for-your-book.de)
© Coverfoto: Shutterstock.com
ISBN Print: 978-3-86495-524-2
ISBN eBook: 978-3-86495-525-9

Dieses Buch ist Jesse Boulerice gewidmet.
Ehemaliger NHL-Spieler.
Starker Typ.
Nettester Typ.
Vielen Dank für deine Hilfe bei diesem Buch. Du hast mir erzählt, was wirklich in der Spielerkabine und nach Spielen abgeht, und hast mich zu ein paar großartigen Dialogen inspiriert. Es ist so spannend, Details aus erster Hand in meine Arbeit einfließen zu lassen. Ich kann es kaum erwarten, eines Tages ein Buch zusammen zu schreiben. Danke für deine Freundschaft.

KAPITEL 1

Bishop

Ich sehe sie, und das war's dann für mich.

Zumindest für heute Abend.

„Bis später", murmele ich Dax zu, stoße mich von der Bar ab und schnappe mir dabei noch schnell mein Bier.

Unter Schultereinsatz schlängele ich mich durch die Menge der über zwanzigjährigen Yuppies, die so viel wie möglich von den letzten Minuten der Happy Hour ausnutzen wollen.

Mein Blick liegt auf ihr.

Wie auch nicht, wenn sich diese vollen, feuchten Lippen so um den Strohhalm schmiegen, der aus ihrem Fruchtcocktail ragt, dass der Anblick wilde Vorstellungen von diesen Lippen um meinen Schwanz heraufbeschwört.

Bevor ich bei ihr sein kann, stellt sich ein anderer Kerl – der mit Sicherheit dieselben lüsternen Gedanken hat wie ich – vor sie und blockiert meine Sicht. Ein unfreiwilliges Knurren steigt in mir hoch und ich umfasse die Bierflasche fester als nötig. Innere Bilder zeigen mir, wie ich dem Kerl die Flasche über den Schädel ziehe. Und danach schleife ich die Frau einfach an den Haaren in meine Höhle, ganz der Neandertaler.

Ich trete hinter sie.

„Nein danke", sagt sie zu dem Kerl.

„Du schlägst wirklich einen spendierten Drink

aus?", fragt der Mann skeptisch.

„Ich kann meine Drinks selbst bezahlen", schnurrt sie und saugt erneut an ihrem Strohhalm. Dabei dellen sich ihre Wangen leicht ein, was meinen Schwanz zum Zucken bringt.

Ich stelle mich neben sie, mein Bier auf die Theke und lege meinen Ellbogen daneben. Sie dreht den Kopf und sieht mich an. Verdammt, ihre Augen sind umwerfend. Goldfarben, was mir schon aus der Entfernung aufgefallen ist. Sogar in dem gedämpften Licht, das hauptsächlich von der Neon-Bier-Reklame kommt, glühen sie irgendwie. Außerdem stechen mir noch ihre schönen, langen, schokoladenfarbigen Haare ins Auge, die über ihren nackten Rücken fließen, den ihr sexy Neckholder-Bustier sehen lässt. Sie hat ewig lange Beine und Kurven an den richtigen Stellen. Titten, Hüften, Hintern – alles atemberaubend.

Eigentlich war es auch mein Plan, ihr einen Drink zu spendieren, doch das ist ganz klar nicht der richtige Weg zum Herzen dieser Frau.

„Was, außer einem Drink, kann ich dir anbieten, dass du dich mit mir unterhältst?"

Der Mann auf der anderen Seite von ihr schnaubt, aber anscheinend hat meine aufrichtige Frage etwas für sich.

Sie neigt den Kopf zur Seite und betrachtet mich. „Hast du in letzter Zeit mal ein gutes Buch gelesen?"

Tja, verdammt. Ich bin kein großer Leser.

Bedauernd schüttele ich den Kopf und lächele.

„Sorry, das ist nicht mein Ding."

„Ich habe gerade *Der Graf von Monte Crisco* zum zweiten Mal gelesen", sagt der andere Typ und tritt näher an sie heran.

Erfreut sehe ich, dass sie amüsiert lächelt, bevor sie den Mann ansieht. Ich erkenne meine Chance und nutze sie. Über ihren Kopf hinweg korrigiere ich ihn. „Das heißt, *Der Graf von Monte Christo*." Die schöne Frau, die ich unbedingt heute mit nach Hause nehmen möchte, dreht sich zu mir um. Ich grinse. „Habe ich in der Highschool gelesen. Ich habe ein gutes Erinnerungsvermögen. Wenn du magst, können wir uns darüber unterhalten."

„Ich meinte natürlich *Monte Christo*", wirft der Kerl eilig ein.

Doch sie sieht ihn nicht noch einmal an. Stattdessen reicht sie mir ihre perfekt manikürte Hand. „Ich heiße Brooke."

„Bishop." Ich schüttele ihre Hand und habe das Gefühl, dass Brooke nicht beeindruckt wäre, wenn ich ihr einen Handkuss geben würde.

Dem anderen Kerl muss man zugutehalten, dass er weiß, wann er ausgebootet wurde, denn er verschwindet unauffällig in der Menge.

Ich deute auf den Barhocker neben ihr. „Darf ich mich zu dir setzen?"

„Gern", antwortet sie zuckersüß und wendet sich mir halb zu.

Sie faltet die Beine auseinander und kreuzt sie wieder, ohne darauf zu achten, ihren geradezu skandalös kurzen Rock runterzuziehen. Er ist schwarz und von Silberfäden durchzogen, und ihr silbriges Top präsentiert fantastische Möpse. Die sind mir sofort aufgefallen, und seit ich neben ihr stehe, passe ich auf, lediglich in ihre Augen zu sehen. Sie weiß sowieso, dass sie verdammt gut aussehen und es mir längst aufgefallen ist.

„Bist du ganz allein hier?", frage ich, denn auch wenn es nicht ungewöhnlich ist, kommen doch die meisten Frauen in einem solchen Outfit mit einer Gruppe Freunden in die Stadt, um sich zu amüsieren.

„Eigentlich war ich mit einer Arbeitskollegin verabredet. Aber sie hat mir vorhin eine Absage geschickt. Ihr ist etwas dazwischengekommen."

Das passt mir gut.

„Okay." Ich halte mein Bier zum Zuprosten hoch. „Dann hoffe ich, dass ich dich stattdessen unterhalten kann. Also, wie hat dir *Der Graf von Monte Christo* gefallen?"

Brooke lacht, hebt ihr Glas und stößt mit meiner Bierflasche an. „Ich stehe eigentlich nicht so auf Klassiker. Ich lese lieber Modemagazine."

Das Modeding verstehe ich sofort. Ich habe schon genug Frauen gedatet und genug Designerhandtaschen und Schuhe bezahlt, um zu erkennen, dass Brooke einen teuren Geschmack hat. Doch dass sie sich nicht von jedem zu einem Drink einladen lässt, verrät auch, dass sie eine unabhängige Frau ist, die vielleicht nicht darauf steht, sich von einem Mann teure Sachen kaufen zu lassen.

Ehrlich gesagt gefällt mir das auch nicht. Einem

Date teure Dinge zu kaufen. Ich tue es wohl nur als eine Art Dankeschön, wenn sie es unbedingt haben wollen. Dabei ist mir bewusst, was es ihnen bedeutet. Die Frauen, die ich als Profisportler date, lieben den luxuriösen Lebensstil, den ich ihnen bieten kann, und hegen die Hoffnung, mich dauerhaft angeln zu können. Das ist einfach eine Tatsache.

„Nun, was arbeitet denn dieses Modemagazin-Girl so?" Damit begebe ich mich auf eine Ebene der Konversation, die mich hoffentlich am Ende in Brookes Bett bringen wird.

Ihr Lächeln ist weder schüchtern noch flirtend, sondern so direkt wie ihr Blick. „Ich bin Eventplanerin. Und was machst du so?"

„Klingt spannend." Ich habe nicht den geringsten Schimmer, was das genau bedeutet.

Sie zuckt mit den Schultern. „Das wird sich noch zeigen. Ich bin eben erst hergezogen."

Witzig. Ich auch.

Jetzt wäre der richtige Moment, die Frau damit zu beeindrucken, dass ich ein Profi-Eishockeyspieler bin, der soeben in ein neues Team gewechselt ist, nämlich zu den Arizona Vengeance. Und wenn sie das schneller in mein Bett befördert, dann bin ich voll dafür.

Ich werfe einen Blick über die Bar zu Dax, meinem Teamkameraden, mit dem ich hierher nach Phoenix gekommen bin. Wir waren vorher bei den New York Vipers. Die Vengeance sind das erste Team, das es seit achtzehn Jahren in die Liga geschafft hat, und ich bin nicht sehr begeistert, hier zu sein. Dieses Jahr werden die Vipers den Carolina Cold Fury einen harten Kampf um den Titel liefern, und gerade jetzt in den Westen versetzt zu werden, zu einem aufsteigenden Team, macht mich nicht gerade glücklich. Deshalb wäre eine Nacht mit dieser schönen Frau genau das Richtige, um die Sommerpause zu beenden, bevor morgen das Trainingslager startet.

Dax redet mit einer Frau, der er sich auf zutrauliche Weise nähert, und ich nehme an, dass er für heute eine Eroberung gemacht hat. Ich sehe Brooke an und beschließe, meinen Star-Status nutzbringend einzusetzen, um die Sache zu beschleunigen. Wenn mich meine Instinkte nicht täuschen, kann es mit dieser sexy Lady eine lange Nacht werden.

Doch ehe ich ihr erzählen kann, dass ich ein verdammt heißer Right Wing bin, beugt sie sich vor und legte eine Hand auf meinen Schenkel.

„Bishop?“

Ich schlucke schwer. Bin wie erstarrt von ihrem Unterton und den jetzt noch goldener glühenden Augen. „Ja?“

Mit tiefer Stimme spricht sie leise. „Ich will ganz ehrlich sein. Ich bin heute hergekommen, um mich zu amüsieren. Ich habe Heimweh und bin schlecht drauf und kenne hier niemanden außer meiner Kollegin, die mich versetzt hat. Ich hatte drei Daiquiri und habe irgendwie Lust auf Spaß. Hast du vielleicht Interesse daran, von hier zu verschwinden?“

Jesus fucking Christ! Ich habe soeben den Jackpot

aller Jackpots geknackt. Die schönste und heißeste Frau in diesem Schuppen. Und dabei habe ich mich nicht einmal bemühen müssen, außer mich an den Grafen von Monte Christo zu erinnern.

Ich blicke auf ihr Glas. „Drei von denen?"

Sie will ihre Hand fortziehen. „Aber ich bin nicht betrunken."

Ich lege meine Hand auf ihre und halte sie auf meinem Bein fest. Meine Muskeln zucken unter ihrer Berührung. „Das habe ich auch nicht gesagt, und wir werden es gleich sehen, wenn du vom Hocker steigst und gehen willst. Mir geht es nur darum, dass du morgen früh nicht alles bereust."

Eigentlich wirkt sie ganz okay. Sie lallt nicht und das Gespräch war schnell und natürlich. Manche Frauen sind nach drei Drinks hoffnungslos dicht. Und anderen wiederum macht das nichts aus.

Sie hebt das Kinn. „Ich bereue nie etwas."

Ich sehe sie eine Weile an, schätze den Wahrheitsgehalt ihrer Bemerkung ein, und wie sie ohne mit der Wimper zu zucken meinen Blick hält. In diesem Moment wünsche ich mir nichts mehr, als mit dieser Frau nach Hause zu gehen und sie wieder und wieder zum Kommen zu bringen.

Doch aus irgendeinem Grund ist mir am wichtigsten, dass sie es hinterher nicht bereut.

Kurz drücke ich ihre Hand, stehe auf und helfe ihr von ihrem Hocker. „Gehen wir. Ich muss nur schnell meinem Kumpel sagen, dass ich gehe, und dann gehöre ich die ganze Nacht dir."

„Perfekt", sagt sie und schenkt mir ein strahlendes Lächeln.

Himmel, ihre Zähne sind genauso erstklassig wie der Rest von ihr. Ich kann es kaum erwarten, sie an meinem Schwanz kratzen zu spüren, und ich habe auf jeden Fall vor, meine Zähne an ihr einzusetzen.

Ich beiße mir auf die Lippe, hoffe, dass der Schmerz mich vom Kommen abhält, packe Brookes Hüften, um ihre Bewegungen zu verlangsamen, während sie mich reitet.

Ich muss zugeben, dass ich gespannt war, zu erfahren, welche Art Bettgespielin Brooke ist. Sie hat mich in der Bar angemacht und nicht mit der Wimper gezuckt, als ich vorschlug, zu ihr zu gehen, denn Dax war mein Mitbewohner im Apartment und hat es sofort für sich reserviert, als ich ihm sagte, dass ich gehen wolle.

Im Auto hat sie schüchtern gestanden, keine Kondome dabeizuhaben, und wollte, dass wir unterwegs welche kaufen. Doch ohne beleidigt zu sein, sagte ich ihr, dass ich welche hatte, denn welcher verantwortungsbewusste Mann würde unvorbereitet abends ausgehen?

Es stellte sich heraus, dass ihre Direktheit, einen One-Night-Stand haben zu wollen, im Bett nicht so stark herauskam. Sie war fast zu schüchtern, als wir anfingen, aber als wir dann nackt waren, biss sie mir in die Hand, als sie das erste Mal kam. Sie zerrte an meinen Haaren, stöhnte animalisch und forderte: „Ich will das noch mal!"

Also fiel ich über ihre Klit her, diesmal mit dem

Mund, und mit den Fingern bearbeitete ich ihre nasse Pussy. Sie schmeckte wunderbar, und die Laute, die ich ihr entlockte, waren noch besser.

Bevor ich sie das zweite Mal zum Kommen bringen konnte, schob sie mich fort und wollte, dass ich mich auf den Rücken lege. Kurz darauf hatte sie mir ein Kondom übergezogen und ritt mich.

Und sosehr ich auch abspritzen möchte, weil ich weiß, dass es fantastisch sein wird, so wenig will ich eigentlich kommen, weil *sie* es *mir* macht. Zumindest nicht diesmal. Ich will derjenige sein, der sie zum zweiten Mal zum Kommen bringt. Und zu sehen, wie sie meinen Schwanz reitet und sich dabei wie verrückt die Klit reibt, ist zwar ohne Ende heiß, aber nimmt mir die Macht und die Kontrolle weg.

Ich spanne die Muskeln an und hebe Brooke von mir. Ihren überraschten Aufschrei ignoriere ich, genau wie ihr Jammern, weil ich ihr den Orgasmus versage. Ich werfe sie in die Bauchlage, fahre mit der Hand zwischen ihre Beine und gönne ihr zwei Finger. Himmel, wie nass und empfänglich sie für mich ist.

Ich ziehe sie auf alle viere, bevor ich in sie eindringe. Brooke schreit auf bei der Wucht, und mein Schwanz gleitet so tief es geht hinein. Sie bäumt sich auf, wirft den Kopf zurück, und ihre weichen Haare, die ich unbedingt in die Faust nehmen will, fallen über ihren Rücken.

Sie lässt eine Seite der Schulter leicht sinken. Brooke schnappt nach Luft. Ich beuge mich nach links, ohne nachzulassen, heftig in sie zu stoßen.

„Nein, nein, nein", schimpfe ich und gebe ihr einen ordentlichen Klaps auf den Hintern. „Finger weg von deiner Klit."

Sie stöhnt und legt die Hand wieder flach auf die Matratze. Bei ihrer sofortigen Unterwerfung ziehen sich meine Nüsse zusammen, und ich frage mich, was ich mir bei ihr wohl noch alles erlauben darf. Ich halte sie an den Hüften fest und ficke sie hart. Mit einer Hand stützt sie sich am Kopfteil des Bettes ab und drückt sich mir entgegen.

„Ich bin so nah dran", keucht sie.

„Gib's mir, Brooke." Ich beuge mich über sie und stütze mich ebenfalls mit einer Hand am Kopfteil ab, damit ich noch tiefer in sie dringen kann. Schweiß tropft mir von der Schläfe und landet auf ihrem Hintern, auf dem mein Handabdruck rot zu sehen ist.

„Oh Gott", stöhnt sie, „oh Gott."

Meine Eier kochen, mein Körper will unbedingt kommen. Ich beiße mir erneut auf die Lippe und halte es zurück. Erst soll sie so weit sein.

„Komm schon, Baby", treibe ich sie an und verzichte darauf, ihre Klit ins Spiel zu bringen. Ich müsste sie nur leicht berühren, aber ich mache es mir nie leicht.

„Bishop", stöhnt sie, während ich so fest in sie hämmere, dass meine Eier von den Einschlägen schmerzen. „Bishop."

Mit den Daumen spreize ich ihre Hinterbacken. Sehe zu, wie ich in sie dringe, und beschließe, ihr noch einen Grund zum Schreien zu geben.

Mein Finger ist noch nass von ihren Säften und ich presse ihn auf den Rand ihres Lochs. Brooke atmet zischend ein. Ich führe den Finger ein und sie schreit auf.

Endlich explodiert sie. Ihre Pussy und ihr Hintern ziehen sich um mich zusammen.

Meine Eier entladen sich. Ich komme so heftig, dass ich die Augen verdrehe. Ich ziehe mich aus ihr heraus, dringe wieder ein und krümme den Finger in ihrem Hintern. „Fuck!"

Verdammt süße Lustwellen durchlaufen mich, so stark, dass mir schwindlig wird. Ich erlebe einen Ganzkörperorgasmus, der mich fast zerreißt.

Brooke stöhnt immer noch, kreist mit den Hüften und scheint immer wieder zu kommen.

„Himmel noch mal", stöhne ich. Befriedigt und erstaunt zugleich über das, was auch immer es war.

Sie entspannt sich unter mir und ich sinke langsam auf sie. Mein Schwanz ist noch in ihr, doch ich ziehe den Finger zurück und rolle uns beide auf die Seite. Ich halte sie in meinen Armen und wir liegen schweigend da, während wir langsam wieder zurück auf die Erde schweben.

Das war einfach unglaublich.

Die Nacht ist noch nicht vorbei, aber es wird der beste One-Night-Stand meines Lebens werden, und ich bezweifle stark, dass er je übertroffen werden kann.

KAPITEL 2

Bishop

Die Erweiterung der Liga ist ein echtes Spektakel: Damit das neue Team, die Arizona Vengeance, einen guten Start hat, durfte es sich einen Spieler aus jedem Team in der Liga aussuchen. Zuvor durfte jedes Team der Liga aber sieben Stürmer, drei Verteidiger und einen Torwart schützen.

Ich war einer der Spieler, die von den New York Vipers nicht geschützt wurden. Nicht, weil ich nicht gut genug bin. Ganz im Gegenteil, ich bin ein erstklassiger Right Wing. Ich wurde nicht geschützt, weil ich eins der höchsten Gehälter bekomme. Die Vipers dachten sich, wenn sie mich los wären, könnten sie stattdessen ein paar junge Talente einstellen. Die neuen Nachwuchsspieler waren außerordentlich gut.

Von meinen zehn Jahren in der Liga war ich fünf bei den Vipers. Ich war ein geschätztes Mitglied der Organisation, zumindest bei den Fans. Nicht so sehr bei den Besitzern, die mich gern gehen ließen, weil sie mich für einen Topkandidaten hielten. New York City war mein Zuhause geworden, und fünf Jahre sind eine lange Zeit, um sich mit einigen Teamkameraden eng zu befreunden. Das einzig Gute war, dass Dax ebenfalls von den Vengeance ausgewählt wurde, weil sein Vertrag bei den Vipers ausgelaufen war.

Zwar sind die Arizona Vengeance noch ein neues Team ohne Gruppenzusammenhalt, aber zumindest können sie behaupten, das beste Stadion in der Liga zu besitzen. Das brandneue Ding hat stattliche 375 Millionen Dollar gekostet, plus weitere 100 Millionen für ein Einkaufszentrum drum herum namens Vengeance Town. Das Ganze ist hochmodern und hochglanz-neu.

Heute beginnt das Training, aber ich war gestern schon hier. Wir wurden auf der gesamten Anlage herumgeführt und unsere Teamfotos wurden gemacht. Die meisten Stadien haben ihre Umkleidekabinen und Trainingseinrichtungen im Erdgeschoss untergebracht. Doch diese Besitzer hier, eine Entertainment-Investment-Gruppe, haben dafür zwei Etagen auf die Ost- und Westseite des Gebäudes gesetzt. Alles aus Glas und Stahl. Dadurch haben der Sportraum und die Familien-Lounge auf der Ostseite eine phänomenale Aussicht auf die Skyline von Phoenix, und die Umkleideräume auf der Westseite sind hell und luftig. Man hat mir versichert, dass die Scheiben verspiegelt sind, sodass niemand mit Ferngläsern oder Kameras hineinsehen kann.

Für das erste Team-Meeting im Trainingslager bin ich früh dran, also lasse ich mir Zeit, als ich die Gänge entlangwandere und mir die Gedenkfotos an den Wänden ansehe.

Mir begegnen ein paar der neuen Jungs, die ich nur teilweise kenne. Vorerst grüßt man sich nur mit einem kurzen Nicken oder Faustgruß. Sicherlich werde ich mich mit der Zeit mit einigen befreunden, mit anderen nicht. In jedem Team gibt es Arschlöcher.

Ich komme an ein paar Bürotüren vorbei und lese die Namensschilder an den Türen. Einige Büros werden von Mitgliedern der Vengeance benutzt und einige von Angestellten des Stadions. Es besteht immer ein gewisser Abstand zwischen den Spielern und dem Frontoffice, aber mit der Zeit werde ich viele von den Angestellten ebenfalls kennenlernen.

Die meisten Bürotüren sind geschlossen, aber in die offenen schaue ich einfach rein. Man ignoriert mich fast überall, doch ein paar Leute schauen auf und lächeln freundlich.

In einem der Büros fällt mein Blick auf schöne lange Beine, die auf einem Seitenschrank an der Wand abgelegt sind. Die Besitzerin der Beine wird von der Rücklehne ihres hohen Lederstuhls verdeckt. Da ich von der Frau nicht gesehen werde, starre ich schamlos hin. Als ich schon fast an der Tür vorbei bin, nimmt sie die Beine herunter und dreht den Stuhl zu mir herum.

Ich erstarre, als mich Brooke hinter ihrem Schreibtisch ansieht. Schockiert weitet sie die Augen und blinzelt mehrmals.

Innere Bilder kommen in mir hoch. Von Brooke, die meinen Schwanz reitet, und wie ich ihr einen Finger in den Hintern stecke. Ich bekomme einen Ständer. Schlagartig bin ich so unfassbar geil, dass ich mir am liebsten schnell einen runterholen würde.

Wie ein verdammter Teenager.

Nachdem ich mir vor weniger als einer Stunde in der Dusche einen Handjob gegönnt habe, hätte ich eigentlich gedacht, einigermaßen befriedigt zu sein, aber anscheinend nicht, wenn der beste One-Night-Stand meines Lebens keine zwölf Stunden später vor mir steht.

Ich denke nicht darüber nach, reagiere nur, trete ein und schließe die schwere Holztür. An dieser hängt kein Namensschild. Vage erinnere ich mich daran, dass Brooke gestern etwas davon gesagt hat, neu hier zu sein und in der Eventplanung zu arbeiten.

Mein Lächeln ist schlimmstenfalls lüstern, bestenfalls sexy. Verdammt, ich will sie hier und jetzt auf ihrem Schreibtisch nehmen. Besser gesagt, sie darüberbeugen.

„Cool, dich hier zu treffen." Ich grinse frech, gehe um den Schreibtisch herum und bleibe neben ihrem Stuhl stehen.

Sie bewegt ihre Füße, die in umwerfenden schwarzen Pumps stecken, und dreht den Stuhl mir zu. Sie neigt den Kopf zurück und öffnet leicht den Mund, als wollte sie etwas sagen, könnte aber nicht.

Ihr Blick hält meinen nur kurz, dann wandert er an mir herab und bleibt an meinem Schritt hängen, der sich ungefähr in ihrer Gesichtshöhe befindet. Die Form meines Schwanzes ist nicht zu übersehen, und als ich daran denke, dass sie mir hier einen blasen könnte, wird er sogar noch härter. Nachdem ich sie über den Schreibtisch gebeugt und ihren engen Rock hochgezogen habe …

„Was machst du denn hier?" Ihre Stimme ist nur ein Flüstern.

Sie sieht mir wieder in die Augen, und ihre Wangen sind leicht rosa geworden. Sie leckt sich über die Lippen und kann ein leises Stöhnen nicht unterdrücken.

Sie ist wie ein Gottesgeschenk. Ich lege eine Hand in ihren Nacken und hebe sie aus dem Bürosessel. Sie wehrt sich kein bisschen, und ihre Augen werden glasig, als ich mich ihrem Gesicht nähere.

„Das ist verficktes Schicksal", murmele ich und küsse sie.

Sie reagiert sofort. Mit den Händen krallt sie sich in mein Shirt, ihre Nägel kratzen an dem Material. Mein Schwanz ist jetzt vollständig hart. Ich lege einen Arm hinter ihren Rücken und ziehe sie an mich. Brooke stöhnt in meinen Mund. Mir ist unverständlich, wie ich je glauben konnte, dass dies lediglich ein One-Night-Stand wäre. Aber als ich in den frühen Morgenstunden gegangen bin, habe ich nicht nach ihrer Nummer gefragt und sie auch nicht nach meiner. Vielleicht deshalb nicht, weil es vorbestimmt war, dass wir uns wieder begegnen würden.

„Arbeitest du hier?", frage ich.

„Ich bin die stellvertretende Direktorin des Team-Services."

Interessant. Aber nicht wirklich. Ich küsse sie

wieder und ihre Zunge gleitet zart in meinen Mund.

Ich spreche leise an ihren Lippen: „Bitte sag mir, dass man diese Tür abschließen kann, denn wenn ja, werde ich dich jetzt über deinen Schreibtisch beugen und dich hart und schnell vögeln."

Brooke stöhnt, doch schüttelt den Kopf und tritt zurück. Ihr Gesicht ist erhitzt und sie sieht mich besorgt an. „Ehrlich jetzt, was machst du hier, Bishop?"

„Ich arbeite hier", sage ich und lache. „Sozusagen. Ich bin bei den Vengeance."

Sie schnappt nach Luft. „Wie meinst du das?"

„Ich meine, dass ich einer der Spieler bin." Grinsend stelle ich fest, dass sie die erste Frau ist, die vor dem Ficken nicht wusste, dass ich ein Profispieler bin.

Brooke wird blass. Sie stöhnt, doch diesmal nicht auf sinnliche Weise. Sie lässt ihre Stirn an meine Brust sinken und krallt sich wieder kurz in mein Shirt, ehe sie die Finger entspannt.

„Was ist denn los?", frage ich. Ich umfasse ihre Hüften und drücke sie leicht und tröstend, obwohl ich keinen Schimmer habe, warum ich sie trösten muss.

Sie schüttelt den Kopf und sieht mich nicht direkt an. „Ich hatte ja keine Ahnung."

„Wie solltest du auch?", frage ich sanft. „Es sei denn, du würdest wie verrückt auf Eishockey stehen, nehme ich an."

Sie hebt den Blick, und der gefällt mir gar nicht.

Sie legt die Hände flach auf meine Brust und schiebt mich zurück. „Du musst gehen. Und zwar sofort. Das Ganze war ein großer Fehler."

„Was? Wieso das denn?" Ich knurre, unwillig, zu glauben, dass letzte Nacht ein Fehler war, wo es doch vielmehr fantastisch war. Jetzt, wo ich sie wiedergefunden habe, ist mir klar geworden, dass der einzige Fehler war, zu gehen, ohne nach ihrer Nummer zu fragen. Oder wenigstens nach ihrem Nachnamen.

Ich lege eine Hand auf ihren unteren Rücken und ziehe Brooke an mich, sodass sie meinen Schwanz spürt. Der Druck ihrer Hände auf meiner Brust verringert sich, aber ich sehe ihr an, dass sie mit einem inneren Konflikt kämpft.

Bevor sie sich entscheiden kann, was sie wirklich will, geht die Bürotür auf. Wir sehen beide hin und Brooke schnappt gestresst nach Luft. Verärgert über die Störung beiße ich die Zähne zusammen, weite jedoch die Augen, als ich Claude Perron dort stehen sehe. Den neuen Coach der Vengeance.

„Daddy", sagt Brooke mit etwas wie Panik in der Stimme und befreit sich aus meiner Umarmung.

Mit offenem Mund starre ich Brooke an, aber ich habe keine Zeit, mich auf sie zu konzentrieren. Ich schaue zu ihrem Vater, der die Tür zumacht und sich mir zuwendet.

„Wieso zum Teufel hast du deine Flossen an meiner Tochter?"

Ich bekomme nicht die Gelegenheit zu antworten, Brookes Ehre zu verteidigen oder mir eine plausible Lüge einfallen zu lassen. Oder mich gegen Coach Perron zu verteidigen, sollte er seine riesigen Fäuste gegen mich einsetzen.

„Das ist mein Verlobter", stößt Brooke schnell hervor.

Ich bin derartig sprachlos, dass ich mich nicht bewegen kann. Nicht mal den Kopf drehen. Ich kann den Blick nicht von ihrem Vater nehmen, der mich entsetzt und angewidert über diese Neuigkeit anstarrt.

Brooke tritt wieder nah an mich heran und ich kann nicht einmal mit der Wimper zucken. Sie schlingt einen Arm um mich und zuckt leicht mit den Schultern, als wollte sie ihrem Vater sagen: Ups!

Stattdessen sagt sie: „Überraschung!"

„Dein Verlobter?", knurrt Claude Perron drohend.

Sie versteift sich, als hätte sie Angst vor ihm.

Das gefällt mir nicht, doch ich stehe immer noch unter Schock und kann nicht einmal einen Arm um sie legen oder mich irgendwie sonst galant benehmen.

„Daddy", sagt Brooke besorgt, lässt mich los und hebt die Hände in dem Versuch, um Geduld zu bitten. „Ich weiß, dass es ein Schock sein muss, und ich wollte es dir sagen, aber … bei all dem, was passiert ist, hielt ich es einfach nicht für den richtigen Zeitpunkt."

Endlich spüre ich meinen Körper wieder und sehe Brooke an. Sie hebt den Kopf und sieht zu mir hoch. Ich erkenne Betteln und Flehen in ihrem Blick aus diesen whiskeyfarbenen Augen.

„Das ergibt doch keinen Sinn." Coach Perron hat nur Augen für seine Tochter, und die sind wirklich voller Sorge. Er klingt nicht mehr wütend, aber total durcheinander. „Wieso weiß ich nichts davon?"

„Wir haben versucht, feinfühlig zu sein", sagt Brooke.

Feinfühlig? Wem gegenüber? Ich habe keine Ahnung.

„Aber wann?" Er spricht ohne jegliche Aggression weiter, und vielleicht habe ich mir vorhin nur eingebildet, dass Brooke Angst vor ihm hat. „Wie? Ich meine, woher kennt ihr euch überhaupt?"

„Das ist eine lange Geschichte", sagt Brooke beschwichtigend.

Ich bin nicht sicher, ob es gut war, das zu sagen, aber auf jeden Fall bringt es ihren Vater auf den Boden der Tatsachen. Er schaut auf seine Uhr, und sein Gesicht wird rot, was nun wieder nach guter alter Wut aussieht. Er nagelt mich mit seinem Blick fest.

„Wir müssen zum Team-Meeting."

Ich antworte nichts. Ich weiß nicht einmal, ob meine Stimme funktioniert.

Claude wendet sich an seine Tochter. „Ihr zwei seid heute Abend um sechs zum Dinner bei mir. Und dann habt ihr hoffentlich eine gute Erklärung für diesen Mist."

Innerlich verziehe ich das Gesicht und Brooke

knetet ihre Hände.

Claude macht auf dem Absatz kehrt, marschiert aus dem Büro und lässt die Tür weit offen.

„Es tut mir so leid", flüstert Brooke und zieht das *So* in die Länge.

Langsam drehe ich ihr den Kopf zu und spüre, wie mein Nacken vor Ärger heiß wird. „Das ist dein Vater? Und warum zum Fick hast du ihm erzählt, dass wir verlobt sind?"

„Es tut mir leid", wiederholt sie, diesmal dringlich. Sie legt die Hände auf meinen Arm. „Das ist eine lange Erklärung, aber mein Vater passt auf mich auf und wir stehen uns sehr nah. Nachdem meine Mom letztes Jahr gestorben ist, bin ich alles, was er noch hat. Und ich bin mit ihm hergezogen, weil er den Tod meiner Mutter nicht gut verkraftet."

„Aber warum ihn dann anlügen?", platze ich heraus. „Ich meine, ja, es war ein bisschen peinlich, von ihm erwischt zu werden, aber wir sind erwachsen, Brooke. Es war idiotisch, ihm zu sagen, dass wir verlobt sind."

Brooke senkt das Kinn und sieht mich wenig überzeugt an. „Hast du sein Gesicht nicht gesehen, als er reinkam? Er war stinkwütend."

Ich starre sie an. Na und?

„Auf dich." Sie pikst mit dem Finger in meine Brust. „Ich habe dich aus dem Schneider geholt."

„Mich?" Ich schnaube.

„Willst du wirklich die Saison mit einem Coach starten, der dich hasst?", fragt sie. „Du hast zwar nie unter meinem Vater gespielt, aber bestimmt von ihm gehört. Er ist ein harter Knochen. Kommt der Tod meiner Mom dazu, und das Ganze ist ein Rezept für eine Katastrophe. Er hätte dich leiden lassen. Es hätte sich sogar auf deine Position im Team auswirken können."

„Na und?", frage ich sarkastisch. Ich nehme ihre Hände von mir. „Und jetzt wird von uns erwartet, dass wir heiraten, oder was?"

Man muss Brooke zugutehalten, dass sie genauso entsetzt schaut, wie ich mich fühle. „Oh Gott, nein."

„Sondern?" Frustriert knurre ich, weil mein erster Tag im neuen Job schon so scheiße läuft.

Sie seufzt und lässt die Schultern hängen. „Tun wir einfach eine Weile als ob. In ein paar Wochen sage ich ihm dann, dass das mit uns vorbei ist. Natürlich werde ich die volle Schuld auf mich nehmen. Ich lasse mir etwas einfallen, sodass du weiterhin in gutem Licht bei meinem Vater stehst."

Ich fahre mir mit den Händen durch die Haare und verschränke die Finger am Hinterkopf. „Ich glaube das einfach nicht", murmele ich und schaue zur Decke, um nicht Brookes schöne, flehende Augen zu sehen, die mich anbetteln, diesen Betrug mitzumachen.

„Bitte", sagt Brooke leise. „Kommst du heute Abend zum Essen mit? Hilfst du mir, ihn zu beruhigen? Und dann kümmern wir uns sofort darum, wie wir die Sache aus der Welt schaffen können."

Ich sehe sie an. Dann gestehe ich ihr, wozu ich

momentan bereit bin. „Ich weiß noch nicht. Lass mich darüber nachdenken."

Dann verlasse ich ihr Büro und gehe zum Team-Meeting.

KAPITEL 3

Bishop

Der Meeting-Raum ist ungefähr halb voll. Schon gestern bei der Führung war ich von dem Vortragssaal beeindruckt. Die Sitze im Stadion-Stil waren viel bequemer, als ich es je gesehen habe. Und breite Ledersessel mit viereckigen Schreibtischen auf der linken Seite sorgen dafür, dass unsere Meetings mit Stil und angenehm verlaufen. Unser Kader umfasst vierundzwanzig Leute, vierzehn Stürmer, sieben Verteidiger und drei Tormänner, aber in den Saal passten leicht doppelt so viele Personen.

Ich entdecke Dax in der dritten Reihe und gehe zu ihm.

„Was geht ab?" Er hält mir seine Faust hin.

Abwesend schlage ich dagegen und setze mich rechts neben ihn. „Nicht viel."

Außer, dass ich anscheinend mit der Tochter des Coachs verlobt bin.

Ich verziehe das Gesicht und sehe zu, wie die anderen Spieler reinkommen. Dax hebt die Hand, als er Legend Bay sieht. Er hat mit uns für eine Saison bei den Vipers gespielt, bevor er von den Florida Spartans geschnappt wurde, als sein Vertrag ausgelaufen ist. Ihm geht es wie mir: Die Spartans gaben ihn eigentlich nur ungern her, wollten aber auch Geld für Nachwuchs haben, sodass er ebenfalls nicht geschützt wurde.

Er setzt sich rechts neben mich und wir schütteln uns die Hände. Er beugt sich über mich und begrüßt Dax auf dieselbe Weise.

„Was geht ab, Monahan?", fragt er Dax.

„Mein Schwanz, wenn deine Schwester den Raum betritt", antwortet Dax rundheraus.

Legend lacht in sich hinein, aber ich schweige. Wenn ich an harte Schwänze denke, denke ich auch an Brooke, und nun ja, ich bin sauer auf sie und wünschte, mein Schwanz würde überhaupt nicht auf sie reagieren.

Dax und Legend unterhalten sich über mich hinweg, während Geplauder in der Luft liegt, als die Spieler sich wiedersehen und neue sich gegenseitig vorstellen. Immer wenn wieder jemand in den Saal kommt, ziehen sich meine Eingeweide zusammen, bis ich sehe, dass es sich nicht um meinen frischgebackenen zukünftigen Schwiegervater handelt.

„Fuck", murmele ich frustriert.

„Was ist los?", fragt mich Dax diskret leise.

Ich schüttele den Kopf. „Später", sage ich nur, denn ich will Dax zwar von meinem irrsinnigen Morgen erzählen, aber jetzt ist nicht der richtige Zeitpunkt.

Erik Dahlbeck stößt zu unserer kleinen Gruppe dazu. Mit ihm haben wir noch nie zusammengespielt, aber wir haben uns über die Jahre kennengelernt, als wir gegen sein Team in Los Angeles antraten. Er ist ein außergewöhnlicher Verteidiger mit offensiver Einstellung, der genauso gut den Puck übers Eis führen kann wie jemanden an die

Bande schmettern. Sein Vertrag war ausgelaufen, das hat ihn zu uns nach Phoenix gebracht. In Los Angeles hingen wir gern mit ihm ab, weil er ein Party-Playboy ist, der die besten Clubs kennt und jede Menge heiße Schauspielerinnen, die bereit sind für eine kurze Affäre.

Plötzlich wird es still im Raum. Alle blicken zur Tür. Ich glaube, es ist der Coach, aber dann sehe ich jemanden reinkommen, der noch mehr polarisiert.

Tacker Hall, der talentierteste Spieler der Liga, aber auch der tragischste. Dies ist seine erste volle Saison, nachdem er letztes Jahr monatelang pausiert hat, weil seine Verlobte bei einem Flugzeugabsturz ums Leben kam. Die Tragödie war nicht nur, dass er zwei Wochen vor der Hochzeit seine große Liebe verlor, sondern dass er auch noch selbst der Pilot der kleinen Maschine war. Nach dem, was ich gehört habe, wurde ihm keine Schuld zugeschrieben, aber man sagt, er trage Schuldgefühle mit sich herum, und das habe ihn verändert. Ich kenne den Mann nur oberflächlich, habe mich lediglich ein paarmal auf Siegesfeiern mit ihm unterhalten. Das war alles vor dem Unfall, und damals war er ein netter Kerl, wenn auch eher introvertiert. Jetzt habe ich gehört, er sei ein Arschloch geworden, aber davon will ich mich erst selbst überzeugen.

Tacker sieht zu Boden und sucht sich den hintersten Stuhl am Ende des Raumes aus. Er holt sein Handy aus der Tasche, lässt die Schultern vorsacken und stellt praktisch ein Schild vor sich auf, auf dem steht: Lasst mich um Himmels willen in Ruhe.

Der Lärmpegel steigt wieder, als die Jungs weiterplaudern, ebbt aber sofort ab, als die Coach-Crew, Equipment- und Trainingsleute reinkommen. Ganz hinten Coach Perron.

Der Mann ist ein Riese und spielte vor ein paar Jahrzehnten in der Liga. Er war ein Brutalo, und auch wenn er jetzt Mitte fünfzig sein müsste, ist er noch exzellent in Form. Ich bin froh, dass ich mich vorhin nicht mit ihm anlegen musste, das wäre total unangenehm geworden.

Unser neuer Manager, Christian Rutherford, schlendert zum Podium und spricht ein paar Eröffnungsworte. Zwar sind unser neues Team und die Coach-Crew auch ziemlich gut, aber ich glaube, mit dem neuen Manager hat die Organisation einen echten Glückstreffer gelandet. Er ist jung, klug und geht auch mal ungewöhnliche Wege. Das erinnert mich an die Managerin der Cold Fury, die das Team dank ihrer kontroversen, jedoch erfolgreichen Strategie, die auf statistischen Algorithmen beruhte, schnell zweimal hintereinander zum Titel führte.

Christian begrüßt Claude Perron, der eine gute Laufbahn als Assistent und schließlich als Chef-Coach bei den New York Phantoms hingelegt hat.

Mir ist nicht entgangen, dass Brookes Idee mit der Verlobung nicht allzu unrealistisch war, da wir beide in New York City gewohnt haben und uns sehr leicht bei irgendeinem Eishockey-Event kennengelernt haben könnten.

Man muss Perron lassen, dass seine Worte inspirierend sind, obwohl er den Ruf hat, ein harter Knochen zu sein, mit dem auszukommen schwer sein kann. Er konzentriert seine Rede darauf, dass wir das Potenzial haben, besser zu sein, als alle von uns erwarten. Er glaubt an uns, denn die talentiertesten Spieler der ganzen Liga sitzen hier in diesem Raum. Sein Blick schweift über uns, während er spricht, und er stellt mit vielen Spielern Augenkontakt her, doch über mich gleitet er hinweg, als wäre ich nicht da.

Ich hingegen höre ihm ganz genau zu. Brooke scheint zu glauben, dass meine Karriere in Gefahr wäre, wenn ich den Mann auf dem falschen Fuß erwische. Ich weiß nicht, ob das stimmt, aber ich werde ihn auf jeden Fall genau studieren, um besser beurteilen zu können, wie ich mit diesem Scheiß umgehen soll.

„Der Coach weiß jedenfalls, wie man uns Honig um den Bart schmiert", sagt Legend neben mir.

Ich nehme nicht den Blick von Perron, nicke und antworte: „Yep, und wie."

In dem Moment, in dem ich etwas gesagt habe, ist es, als würde ich ein Zielsignal abstrahlen.

Perron nimmt mich ins Visier und sein Blick verhärtet sich. „Haben Sie etwas Wichtiges hinzuzufügen, Mr. Scott?"

Mein Gesicht wird heiß, weil ich sozusagen vom Scheinwerfer angeleuchtet werde und mir klar ist,

dass er nur darauf gewartet hat, auf mich einzuste-
chen. Ich kann mir nicht helfen, ihm das ein bisschen übel zu nehmen. „Nein, Sir. Aber bitte nicht
so formell. Du kannst mich Bishop nennen.“

Dax gibt einen erstickten Laut von sich, aber ich
wage es nicht, den Blick von Perron zu nehmen.

Der Coach sieht mich nur ein paar Sekunden an,
aber mir kommt es wie Jahre vor. „Reden wir über
Formelles“, sagt er barsch, nimmt dann den Blick
von mir und lässt ihn durch den Saal schweifen.
„Ich bin weder euer Vater noch euer bester
Freund. Auch nicht eure Vertrauensperson. Es ist
mir egal, wenn eure Gefühle verletzt wurden. Wir
werden uns formell anreden. Ich bin entweder
Coach oder Mr. Perron. Mein Wort ist Gesetz.
Wenn euch das nicht gefällt … die Bank ist nicht
der gemütlichste Platz, aber sie wird euch nett
aufnehmen, bis ihr lernt, meine Position zu respek-
tieren. Ist das klar?“

Bei dieser Frage sieht er wieder mich an. Als ob
diese Ansprache an das Team nur dafür gedacht
war, mich in den Senkel zu stellen. Ich lächele ihn
an und nicke kurz.

Danach lässt mich der Coach in Ruhe. Ich versuche, ihm weiter zuzuhören, aber das ist sinnlos.
Jetzt bin ich restlos sauer und denke mir, dass es
das Beste ist, mich von ihm zu distanzieren.

Als es vorbei ist, wollen wir in die Kabine gehen
und uns für ein kurzes Training umziehen. Alle
schieben sich aus dem Vortragssaal. Legend und
Erik sagen, dass wir uns gleich auf dem Eis sehen

werden.

Absichtlich bleibe ich zurück, denn ich muss kurz mit Dax sprechen, kann es nicht länger für mich behalten und drehe langsam durch.

Als fast alle draußen sind, sieht mich Dax besorgt an. „Warum hat der Coach es auf dich abgesehen?"

„Du wirst den verrückten Scheiß nicht glauben, in den ich mich geritten habe." Ich seufze und fahre mir mit der Hand übers Gesicht. Normalerweise bin ich am ersten Tag einer neuen Saison voller Aufregung und Freude. Aber im Moment würde ich am liebsten in eine Bar gehen und mich volllaufen lassen.

Dax wartet geduldig auf eine Erklärung.

Ich seufze erneut, nehme die Hände vom Gesicht und sehe Dax direkt an. „Erinnerst du dich an die Frau, mit der ich gestern Abend verschwunden bin?"

Dax nickt.

„Tja, das war Coach Perrons Tochter."

„Ach du Scheiße!"

„Und vor dem Meeting war ich in ihrem Büro …"

„Wieso? Was macht die denn hier?"

Dieses Detail hat zwar nichts mit meinem Dilemma zu tun, aber ich nehme mir die Zeit, es ihm trotzdem zu erklären. „Sie ist die Stellvertreterin des Direktors der Abteilung Team-Services."

Dax runzelt die Stirn. „Was soll das denn für ein erfundener Job sein?"

„Keine Ahnung." Normalerweise braucht diese

Stelle nur einen Mitarbeiter, der unsere Reisen koordiniert und das Catering unterwegs. Es ist ein gemütlicher Job. Wir haben dafür bereits einen Direktor, und eine Assistentin ist garantiert nicht nötig, was verrät, dass die Organisation damit lediglich dem Coach möglich machen wollte, seine Tochter nach Phoenix mitzunehmen.

Und das ist verdammt seltsam.

„Jedenfalls", fahre ich mit dem wichtigen Teil der Geschichte fort, „hat uns ihr Dad erwischt, als wir uns gerade recht innig umarmt haben."

„Und?", fragt er mit hochgezogenen Augenbrauen.

„Und er war sauer, und sie hat ihm schnell erzählt, dass wir verlobt wären." Meine Stimme klingt bitter.

„Sie hat *was* gesagt?" Dax sieht mich entsetzt an, doch schnell verwandelt sich seine Überraschung in Humor und er lacht hysterisch los. Er hat Tränen in den Augen und schlägt mit der Faust auf die Armlehne seines Stuhls.

„Leck mich", brumme ich und stehe auf. „Wenn du dich zusammengerissen hast, erzähle ich dir den Rest der Story, und dann kannst du mir helfen, zu überlegen, was ich jetzt machen soll."

Dax ist nicht einmal in der Lage, mir zu antworten. Er lacht noch lauter, während ich aus dem Saal marschiere und so fest die Zähne zusammenbeiße, dass ich Angst habe, sie könnten Risse bekommen.

KAPITEL 4

Brooke

Ich lehne mich mit dem Rücken an mein Auto, lege einen Arm über den Bauch, kaue an meinem Daumennagel und zerstöre die schöne Maniküre, die ich mir vor Kurzem erst habe machen lassen. Ich bin erst seit einem Monat in Phoenix und versuche mich einzuleben, indem ich Dinge tue, die ich in New York auch tun würde. Maniküre ist eine der wenigen Sachen, die ich mir gönne. Und teure Handtaschen, aber nur selten, denn ich kann sie mir nur leisten, wenn ich monatelang wirklich knausrig bin.

Mein Blick fällt auf meine Stuart-Weitzman-Pumps und das Kleid von Moschino. Dafür habe ich nichts bezahlt. Das war der Vorteil des Jobs in New York, wo ich bei einem Modemagazin gearbeitet habe, das sich auf Haute Couture spezialisiert hat. Ich war Assistentin der Redaktionschefin, die die beste Chefin war, die man sich nur wünschen könnte, und das nicht nur, weil sie mir Designerklamotten geschenkt hat, nachdem sie für das Fotoshooting nicht mehr gebraucht wurden. Elizabeth Standish ist einfach ein großartiger Mensch. Sie sah Potenzial für die Modebranche in mir.

Es gibt viele Gründe, warum ich bedauere, New York verlassen zu haben, die mich traurig machen und weswegen ich manchmal nachts weine, aber meine Chefin zu verlassen, schmerzt am meisten.

Andererseits war es sonnenklar, dass ich mit meinem Vater nach Phoenix gehen würde. Er braucht mich einfach, und er ist das Wichtigste in meinem Leben. Viel wichtiger als mein toller Job und die wunderbare Chefin.

Ein Auto biegt in die Straße meines Vaters ein und mein Pulsschlag erhöht sich. Das ist jetzt schon das dritte Mal innerhalb einer Viertelstunde. Jedes Mal erwarte ich mit Spannung, ob es Bishop ist. Ich bin extra früher hier, um vorher noch kurz mit ihm reden zu können, aber ich habe keine Ahnung, ob er wirklich kommt. Während die Männer auf dem Eis waren, habe ich mir aus dem Büro meines Vaters aus den Personalakten Bishops Handynummer ergattert. Am Nachmittag habe ich ihm eine Nachricht mit der Adresse geschickt und der Bitte, zu bestätigen, dass er kommen wird.

Er hat aber nicht geantwortet.

Mir springt fast das Herz aus der Brust, als sich das Auto nähert. Es ist ein dunkelblauer Sportwagen irgendeiner Marke. Ich verstehe nichts von Autos. Ich benutze stets die U-Bahn – zumindest bisher.

Der Wagen hält hinter meinem und das tiefe Dröhnen des Motors passt zu dem Gefühl in meinem Brustkorb. Als der Motor ausgeht, schließt sich praktisch vor Nervosität auch meine Kehle.

Bishop steigt aus.

Himmel, warum muss er bloß dermaßen heiß und verführerisch aussehen?

Hätte ich gestern gewusst, wer er ist, hätte ich ihn auf keinen Fall mit nach Hause genommen. Es wäre mir schwergefallen, denn er ist mehr als eine Sünde wert, aber ich wäre standhaft geblieben.

Der Mann ist auf alle wunderbaren Arten groß gewachsen. Sein dunkelblondes Haar ist lang, reicht ihm ungefähr bis zum Kinn, aber er trägt es zurückgekämmt, wo es wahrscheinlich brav bleibt, weil es von einem Stylingprodukt unterstützt wird. Der modisch kurze Bart macht ihn älter und erwachsener, als seine achtundzwanzig Jahre vermuten lassen würden. Sein Alter habe ich heute von Google erfahren.

Seine Augen erinnern an die grünen Wiesen Irlands, wo ich während des Studiums mein Auslandsjahr verbracht habe.

Man muss ihm einiges zugutehalten. Nicht nur, dass er tatsächlich zu diesem betrügerischen Dinner erschienen ist, sondern auch, dass er sich zur Feier des Tages ebenfalls schick angezogen hat. Dunkelblaue Anzughose, eng und ohne Bundfalten, dazu kamelfarbene Oxford-Schuhe. Mit Herrenmode kenne ich mich zwar nicht so gut aus, aber diese Schuhe sind teuer. Zwar hat er sich nicht übermäßig aufgestylt, aber das graue Oberhemd, mit leicht hochgekrempelten Ärmeln und nicht bis ganz oben zugeknöpft, gibt ihm eine selbstsichere, coole Ausstrahlung.

„Du bist wirklich gekommen", hauche ich atemlos. Doch meine Lungen füllen sich ganz schnell wieder, als er missmutig die Lippen zusammenpresst.

„Dein Vater wird das sofort durchschauen", antwortet Bishop und macht eine Handbewegung zum Haus hin. „Er wird uns mit Fragen überschütten, die wir nicht beantworten können, und wird nach ein paar Minuten den Braten riechen."

Ich schüttele den Kopf und hebe die Hände. „Nein, wird er nicht. Ich habe heute Nachmittag die Geschichte ein bisschen aufgemotzt. Er ist noch mal in mein Büro gekommen."

„Wie meinst du das?"

Bishop lehnt sich mit der Hüfte hinten an meinen Wagen – mein erstes eigenes Auto – und verschränkt die Arme vor der Brust. Das zeigt seine Skepsis, was meine Zuversicht ein wenig dämpft.

„Ich habe ihm gesagt, dass wir erst seit rund zwei Monaten miteinander ausgehen." Ich gebe ihm eine kurze Zusammenfassung meines Gesprächs mit Dad. „Aber wir hätten uns schnell und gründlich ineinander verliebt. Alles ging wie in einem Wirbelsturm, sodass er glaubt, dass es für uns auch noch ganz frisch ist."

„Aber du hast ihm gesagt, dass wir verlobt sind. Das ist ein riesen Unterschied zu sich erst zwei Monate kennen."

„Ich weiß", gebe ich zu und spreche schnell weiter, bevor er in seinen Wagen steigt und wegfährt. „Dahingehend bin ich leicht zurückgerudert. Ich habe ihm gesagt, dass wir übers Heiraten gesprochen hätten und das irgendwann tun, aber nichts überstürzen wollen. Und vor allem habe ich gesagt, dass wir wissen, dass der Zeitpunkt ungünstig ist, wo wir doch alle gerade erst nach Phoenix gekommen sind und beruflich neu anfangen müssen."

„Und er hat sich nicht darüber gewundert, dass wir schon so früh ans Heiraten denken?"

Seufzend drücke ich meinen Nasenrücken, um aufkommende Kopfschmerzen zu vertreiben. Dann lasse ich die Hand sinken, sehe Bishop an und hoffe, dass er den Ernst in meiner Stimme wahrnimmt. „Ich weiß, dass ich das verbockt habe. Aber mein Vater ist wirklich gerade in einer echt blöden Situation."

„Du hast gesagt, dass deine Mutter gestorben ist." Jetzt spricht er sanfter und endlich sieht er mich nicht mehr voller Wut und Abscheu an.

„Im Februar an Bauchspeicheldrüsenkrebs", sage ich leise. Es war brutal, aber wenigstens schnell. „Ich weiß nicht, ob du das verstehen kannst, aber meinem Dad geht es seitdem nicht gut. Sie waren dreiunddreißig Jahre zusammen. Seelenpartner. Er war zusammengebrochen und hatte nicht mehr auf sich geachtet. Ich habe mich um ihn gekümmert und ihn wieder auf die Beine gebracht, aber es ist immer noch ein Kampf. Ich hoffe wirklich, dass der Umzug und die neue Saison helfen, ihn wieder in die Spur zu bringen. Ich bin mit ihm umgezogen, weil ich mir immer noch Sorgen um ihn mache."

Bishop blickt eine Weile gedankenverloren zum Haus meines Vaters. Dann sieht er mich wieder an.

„Wie gehen wir also vor?"

Vor Erleichterung werden meine Knie weich. „Oh, vielen Dank, dass du das tust …"

Bishop hebt eine Hand. „Aber nicht lange."

Ich schließe den Mund und runzele die Stirn.

„Wenn das Gespräch den Bach runtergeht, werde ich reinen Tisch machen", warnt er mich. Das bezweifle ich nicht. „Aber wenn es klappt, dann ist der Plan, uns so schnell wie möglich offiziell zu trennen, und zwar so, dass ich vor deinem Vater immer noch gut dastehe, ja?"

Ich schaffe es, zu nicken.

„Dann los." Er stößt sich vom Auto ab und greift so schnell nach meiner Hand, dass ich erschrecke und sie automatisch wegziehe. Seine Mundwinkel heben sich, und ich hätte angenommen, dass er echt amüsiert wäre, hätte er nicht diesen harten Blick in den Augen. Er greift wieder nach meiner Hand und hält sie fest. „Wenn du ihm das verkaufen willst, Brooke, musst du es auch richtig machen. Wir müssen uns wenigstens wie ein Pärchen verhalten, wenn du nicht willst, dass dein Vater uns durchschaut."

„Oh, ja, natürlich …", murmele ich und lasse mich von ihm Hand in Hand über die Einfahrt führen, über den Gartenweg bis zur vorderen Veranda.

Bevor ich nach der Klinke greifen kann, geht die Tür auf und Dad steht da und starrt uns an. Erst fällt sein Blick auf unsere ineinander verschlungenen Hände und dann auf Bishop.

Ich bin ehrlich überrascht, als Dad die Hand ausstreckt. „Willkommen, Bishop.“

Mit seiner freien rechten Hand greift Bishop zu und schüttelt ihm kurz die Hand.

Dad tritt ins Foyer zurück. „Na dann, kommt doch rein.“

Bishop lässt mich los und legt seine Hand auf meinen unteren Rücken, damit ich vorgehen kann. Meinem Vater werden seine guten Manieren gefallen.

Dad führt uns ins Wohnzimmer, wo sich eine kleine Bar in einem Alkoven zwischen Wohnzimmer und Küche befindet. Er fragt uns, was wir trinken möchten, und reicht uns die Gläser. Er und Bishop wählen einen Bourbon und ich ein Glas Weißwein.

„Hier riecht es verdammt gut“, sagt Bishop und schaut in die Küche.

„Chicken Marsala“, antwortet Dad.

„Dad liebt das Kochen“, verrate ich und zucke zusammen, weil meine Stimme zu hoch ist, was deutlich meine Nervosität anzeigt. „Ihr zwei könntet euch eigentlich schon mal an den Tisch setzen und ich werde servieren.“

Ich schaffe es, mein Weinglas abzustellen, ohne mit den zittrigen Händen etwas zu verschütten. Mir gelingt es auch, die Teller aus dem Schrank zu nehmen, ohne sie fallen zu lassen.

„Schon komisch, dass ihr zwei euch in einer Millionenstadt getroffen habt“, merkt Dad an.

Kurz schaue ich zu Bishop, der allerdings cool bleibt. „Die Welt ist ein Dorf, nicht wahr?", sagt er.

Ich stelle die Teller neben den Herd, wo eine Pfanne mit dem Chicken Marsala und eine mit grünen Bohnen französischer Art steht.

Ich versuche, locker zu klingen, höre mich aber dennoch eher angestrengt an. „Daddy versteht nicht, wie angesagt Club Zero ist. Sonst würde er sich nicht wundern, dass wir uns da kennengelernt haben."

Bishop nickt und spielt mit. „Außerdem war es schwer, dich in der Menge nicht zu sehen."

Das wäre sehr süß, wäre es die Wahrheit und nicht unter Zwang gesagt. Schnell fülle ich zwei Teller, nehme das Besteck und bringe alles an den Tisch. Ich serviere den beiden Männern, die sich gegenüber sitzen.

„Ich kapier das nicht", sagt Dad. „Ihr zwei seht überhaupt nicht verliebt aus. Und ich weiß, wie so was aussieht. Ich habe es dreiunddreißig Jahre lang selbst erlebt."

Mein Herz zieht sich zusammen. Dads Stimme ist leise und traurig, und er hat das nicht gesagt, um uns zu entlarven, sondern weil er die Liebe kennt. Das, was ich mit Bishop schnell inszeniert habe, wirkt völlig anders als seine Liebe zu meiner Mutter, die er immer noch schrecklich vermisst.

Bishop sieht mich an und schnell blinzele ich die Tränen in meinen Augenwinkeln fort. Ich räuspere mich und lege eine Hand auf Dads Schulter. „Es ist noch neu für uns, Daddy. Und etwas peinlich, weil du es jetzt erst erfahren hast. Aber du musst es akzeptieren. Bishop ist mir sehr wichtig."

Oh Mann, diese Lüge schmeckt ekelhaft auf meiner Zunge. Bishop ist nichts weiter als ein One-Night-Stand für mich. Und wenn das hier vorbei ist, kann ich froh sein, wenn er mich nicht hasst.

Anscheinend läuft es aber doch nicht so schlecht, denn Bishop besiegelt sein Schicksal als fester Bestandteil dieser Geschichte. „Ihre Tochter ist mir auch wichtig, Mr. Perron. Ich bin sicher, mit der Zeit werden Sie das auch sehen."

Der Blick meines Vaters bohrt sich in Bishop. Die Luft in meinen Lungen scheint einzufrieren.

Dad nimmt sein Besteck auf und schneidet in sein Huhn. „Darauf freue ich mich schon."

Ich zwinge mich zum Ausatmen und gehe in die Küche, um meinen Teller zu holen. Währenddessen ist nur das Klappern von Besteck auf den Tellern zu hören.

Als ich mich setze, wedelt Dad vor Bishop mit der Gabel in der Luft herum. „Du weißt schon, dass das nicht bedeutet, dass ich dich im Training nicht so hart rannehme? Wahrscheinlich eher im Gegenteil."

Bishop kaut weiter, schluckt und nickt dann. „Das habe ich auch nicht anders erwartet, Sir."

Mist, Mist, Mist.

Jetzt wird Dad Bishop noch mehr antreiben, und auch das habe ich auf dem Gewissen.

Ich schneide in mein erstes Stück Huhn, als Dad

sagt: „Brooke, wann wollt ihr das Hochzeitsdatum festlegen? Denn es wäre besser, wenn ihr damit bis nächsten Sommer wartet. Du weißt schon, wenn die Saison vorbei ist."

Langsam sehe ich auf und lächele ihn zittrig an. „Natürlich. Ich habe ja schon gesagt, dass wir es nicht eilig haben."

„Es gibt eine Menge zu tun bis dahin, auch wenn ihr es erst für nächsten Sommer plant", fährt Dad fort und massakriert sein Hühnchen.

Ich blicke kurz zu Bishop und er sieht genauso verwirrt aus wie ich.

„Wir müssen uns erst mal auf die neue Saison vorbereiten", sage ich mit einem nervösen Lachen. „Es ist noch viel Zeit, um über die Hochzeit zu reden …"

„Und einen Ring", unterbricht Dad und sieht Bishop an. „Es ist schön und gut, übers Heiraten zu sprechen, aber du hast das völlig falsch angefangen. Erst hättest du ihr einen Ring schenken sollen. Ich erwarte, dass du das bald nachholst."

„Dad", keuche ich entsetzt und lasse die Gabel sinken. „Das geht dich nichts an."

„Blödsinn", sagt Dad und zeigt mit der Gabel zuerst auf mich und dann auf Bishop. „Ihr sollt wissen, dass mir nicht gefällt, dass ihr das vor mir verheimlicht und mir erst heute ins Gesicht geschleudert habt. Aber ich verzeihe euch noch mal. Und jetzt, wo es raus ist, erwarte ich, dass ihr es auf die korrekte Weise tut." Er sieht Bishop an und sticht mit der Gabel in seine Richtung. „Das heißt, *du* hast es auf die richtige Weise für meine Tochter zu tun."

„Verstanden", sagt Bishop kurz und knapp.

Mein schlechtes Gewissen wegen des ganzen Fiaskos wird noch größer.

KAPITEL 5

Bishop

Ich hasse es, ihre Hand halten zu müssen, und gleichzeitig habe ich das Gefühl, es unter anderen Umständen viel zu schön zu finden.

Hand in Hand gehen wir zum Auto und werden wahrscheinlich von ihrem Vater durchs Fenster beobachtet. Ich hatte mich darauf vorbereitet, schamlos zu lügen, um Coach Perrons Verdacht zu zerstreuen, aber er hat den verfickten Spieß umgedreht und scheint ziemlich entschlossen zu sein, dass wir heiraten sollen.

„Es tut mir so leid", sagt Brooke leise, als wir an ihrem Auto neben der Fahrertür stehen bleiben.

„Das hast du jetzt oft genug gesagt." Ich lasse ihre Hand los.

„Nein, nicht annähernd oft genug." Sie senkt den Blick auf ihre Schuhe.

Mitgefühl trifft mich hart auf der Brust. Ich umfasse ihren Nacken und hebe mit dem Daumen ihr Kinn, damit sie mich ansehen muss. Ich beuge mich nah an sie heran. „Es ist nun mal passiert. Hör auf, dich zu entschuldigen, und lass uns lieber herausfinden, wie wir jetzt weitermachen, okay?"

Sie nickt und lächelt zittrig.

„Ich meine es ernst", sage ich sanft. Ich habe den Unterton in der Stimme ihres Vaters nicht überhört, als er von seiner Frau sprach. Nach allem, was der Familie passiert ist, und da Brooke uns aus altruistischen Gründen in die Scheiße geritten hat, um mich vor ihrem Vater zu schützen, habe ich beschlossen, es zu akzeptieren. Es ergibt keinen Sinn, darüber zu klagen, sondern wir müssen einen Ausweg finden.

Bis dahin habe ich vor, ein paar Aspekte dieser Situation auszunutzen.

Ich beuge mich noch weiter vor und verstärke den Griff an ihrem Nacken. Mit leicht schrägem Kopf berühre ich ihre Lippen mit einem sanften Kuss. Brooke schnappt überrascht nach Luft.

Ich sehe sie an und ihr Ausdruck ist vorsichtig. Sie legt ihre Finger auf ihre Lippen, als ob sie das Gefühl bewahren möchte. „Warum hast du das gemacht?", flüstert sie.

„Weil dein Dad uns bestimmt beobachtet."

„Oh." Sie senkt den Blick.

Ich lasse von ihr ab, öffne ihre Autotür und nicke. „Ich fahre dir bis nach Hause hinterher."

Überrascht zuckt sie zusammen. „Was?"

„Ich übernachte heute bei dir."

Auf ihrer Stirn erscheint eine Falte. „Wieso?"

„Weil wir verlobt sind." Ich lege eine Hand auf ihren unteren Rücken und schiebe sie praktisch ins Auto. „Wir müssen die Lüge nicht nur für deinen Dad leben, sondern für ein ganzes Eishockeyteam."

„Dafür müssen wir aber nicht zusammen schlafen."

Ich grinse. „Ich habe nicht vor, heute viel Schlaf zu bekommen."

„Wir müssen keinen Sex haben, damit die Leute glauben, dass wir verlobt sind", sagt sie schnippisch mit Feuer in den Augen.

„Und da irrst du dich gewaltig." Ich fasse wieder in ihren Nacken und ziehe sie an mich. Sie öffnet leicht die Lippen und stemmt die Hände auf meine Brust. Sollte ihr Dad zusehen, wird es sicherlich wie eine intime Geste aussehen. Ich neige mich zu ihrem Ohr vor. „Weißt du, Brooke, ich bin immer noch ein bisschen sauer, dass mein Leben von dieser Sache wohl noch wochenlang gestört wird. Und wenn ich so aussehen soll, als wäre ich irrsinnig in dich verliebt, dann musst du mir helfen, über meine Wut wegzukommen, damit es auch überzeugend wirkt und nicht so, als ob ich dich eigentlich gern erwürgen würde."

Sie versucht, mich fortzuschieben, doch ich halte sie kraftvoll fest. Sie beugt den Kopf nach hinten, um mich eisig und empört anzusehen. Sie faucht beinahe.

„Du erpresst mich also? Oder soll das eine Strafe sein?"

Ich lache in mich hinein und drücke ihren Nacken leicht. Tief und leise sage ich: „Baby, du weißt ganz genau, dass es keine Strafe ist, meine Zunge tief in deiner Pussy zu fühlen."

Die Kälte in ihren Augen schmilzt und wird zu purer Hitze. Sie schluckt schwer und legt die Hände wieder auf meine Brust.

Ich zucke leicht mit den Schultern. „Aber mein Schwanz in deinem Hintern könnte eine Art Strafe sein, doch wir werden uns langsam da hinarbeiten, dann tut es nicht sehr weh."

Ich konnte mir nicht helfen, auch wenn ich jetzt erwarte, eine Ohrfeige zu bekommen. Stattdessen wird die Hitze in ihren Augen nuklear. Meine schmutzigen Worte haben sie berührt.

„Das würde dir gefallen, oder?", frage ich herausfordernd, aber auch neugierig. Brooke gefiel jedenfalls mein Finger in ihrem Hintern. Das brachte sie zum Kommen, dennoch scheint sie mir darüber hinaus ziemlich auf Vanilla-Sex zu stehen.

Deshalb nimmt es mir den Wind aus den Segeln, als sie antwortet: „Das hat mich schon immer interessiert." Sie beißt sich auf die Lippe. „Du bist allerdings ziemlich groß. Ich weiß nicht, ob ich das ertragen kann."

Ich schlucke ein Stöhnen und ignoriere meinen zuckenden Schwanz. „Du kannst es ertragen." Ich weiß es einfach.

Und auch wenn ich glaube, dass meine Wut auf sie gerechtfertigt ist, und ich Brooke zu meinem Vorteil ein bisschen ausnutzen will, möchte ich doch ehrlich sein. „Es geht nicht nur darum, dass du mir was schuldig bist, Brooke. Bevor dein Dad uns erwischt hat, sind wir aus einem Grund wieder zusammengekommen. Hätte er uns nicht überrascht, wären wir heute sowieso bei dir gelandet, und das ist uns beiden bewusst. Habe ich recht?"

Sie nickt. Wenn nicht, wäre es gelogen.

„Aber wir müssen trotzdem reden", sagt Brooke. Der Ernst in ihrer Stimme sagt mir, dass das Thema Analsex abgehakt ist. „Wir müssen uns eine Strategie ausdenken. Ich kann nicht nachvollziehen, wieso mein Dad plötzlich mit allem einverstanden ist."

„Ist er nicht." Ich lasse sie erneut los und deute auf den Sitz. Nachdem Brooke eingestiegen ist, lege ich eine Hand aufs Dach und eine an die Tür. „Ich glaube, er spielt absichtlich den Bluff mit."

Ihre Augen weiten sich. „Glaubst du wirklich?"

„Und wie ich das glaube." Der Mann hat auf keinen Fall unsere Geschichte geglaubt, und jetzt hat er seinen Spaß mit uns. „Dummerweise heißt das, dass wir uns sehr anstrengen müssen, ihm unsere Beziehung zu verkaufen, bevor wir sie abbrechen."

„Es tut mir …", beginnt sie, aber ich sehe sie mahnend an. Sie schließt den Mund.

„Keine Entschuldigungen mehr. Ich werde gleich bei dir zu Hause sein."

„Wohin willst du noch?"

„Einkaufen", sage ich und richte mich auf. Ich sehe Brooke lüstern an. „Eine große Packung Kondome."

Sie öffnet den Mund, aber ich schlage die Tür zu, bevor sie etwas entgegnen kann.

Ich öffne den Mund weit, um ihn auf Brookes Pussy zu legen. Erst gebe ich ihr einen nassen Kuss, bevor ich mein Versprechen einlöse, meine Zunge so tief ich kann in sie zu stecken.

Sie greift in meine Haare und zieht mich so abrupt an sich, dass meine Nase an sie rammt. Ich inhaliere tief und stöhne, denn sie riecht unglaublich gut und schmeckt noch besser. Trotz ihres festen Griffs hebe ich problemlos den Kopf und lächele sie an, doch sie hat die Augen verdreht. Jetzt kann ich sie spreizen und das entblößen, worauf ich wirklich scharf bin. Ihre Klit. Sie ist geschwollen und bettelt praktisch um mich. Sanft beginne ich, sie zu lecken.

„Bishop", wimmert Brooke.

Ich führe zwei Finger in sie ein und spreize diese, und mit dem Daumen übe ich Druck direkt unterhalb ihrer Klit aus.

Wieder hebe ich den Kopf und betrachte Brooke, die splitternackt auf dem Bett liegt. Die Beine lüstern gespreizt und die Fußsohlen aufs Bett gepresst, sodass sie mit den Hüften kreisen und mehr Reibung von meinem Mund erhaschen kann. Ihre Nippel sind hart und ihre Augen zugekniffen.

Ich schaue wieder auf die Stelle, wo meine Finger tief in ihr stecken und ich ihre Klit massiere. Brooke stöhnt und bäumt sich auf. Kurz bewundere ich ihre Pussy, die fast vollständig haarlos ist, bis auf einen schmalen Streifen in der Mitte. Brooke benutzt sicherlich Wachs, denn auch ihr Hintern ist wunderbar glatt.

Ich gehe wieder mit dem Mund zur Sache, beginne sanft und werde langsam immer grober. Sie nimmt drei meiner Finger mühelos auf, und ich muss lediglich kurz und heftig an ihrer Klit saugen, da kommt sie schon, schreit meinen Namen, und es gefällt mir sehr.

Ich brauche einen Moment, um ein Kondom überzuziehen. Brooke sieht mir dabei zu. Dann packe ich sie unter den Schenkeln und spreize ihre Beine noch weiter.

„Führ mich rein", befehle ich durch zusammengepresste Zähne. Mein Schwanz ist hart wie Granit, was normalerweise nicht der Fall ist, während ich mir Zeit lasse und eine Frau oral befriedige. Sonst brauche ich etwas mehr Stimulation, um bereit zu werden, einzudringen, doch Brooke zu lecken macht mich enorm an. Ich brauche nichts weiter als das Kondom, und schon kann ich loslegen.

Sie legt die Hände um meinen Schaft und drückt fest zu.

Unweigerlich stöhne ich auf. Sie reibt meine Spitze durch ihre Nässe und drückt mich nur leicht in sich. Himmel … so eng. Trotz des Kondoms fühle ich, wie mich ihre feurige Hitze umgibt und durchdringt. Mit kreisenden Hüften gleite ich langsam hinein. Obwohl sie schon einen Orgasmus hatte und von meinen Fingern gefickt wurde, ist sie unfassbar eng. Auf keinen Fall will ich ihr wehtun, auch wenn meine niederen Instinkte verlangen, wie ein Tier in sie zu stoßen.

Fasziniert sehe ich zu, wie mein Schwanz in sie dringt, und stelle fest, dass ein Teil von mir dankbar ist, dass all dies passiert ist. Sicherlich ist es der Teil von mir, der von meinem Penis kontrolliert wird, aber wenn ich schon ein paar Wochen so tun muss, als wäre ich verlobt, dann könnte es keine bessere Frau dafür geben als Brooke Perron.

„Bishop", flüstert Brooke.

Langsam gleitet mein Blick über sie, bis ich in ihr Gesicht sehe. Sie blinzelt kurz. Ihr Ausdruck macht mich leicht nervös. Er ist fast wehmütig, doch vielleicht sind es auch ihre Schuldgefühle, die ich erkenne.

„In diesem Moment, genau jetzt, tut mir gar nicht leid, wie das alles gekommen ist."

Darauf war ich nicht vorbereitet. Noch nie habe ich beim Sex so einen zum Schreien komischen Moment erlebt. Ich kann nicht anders, als den Kopf zurückzulegen und laut zu lachen. Als ich sie wieder ansehe, grinst sie.

Die Erkenntnis, dass die Sache wohl nicht so schlimm werden wird wie gedacht, liegt in unseren Blicken. Wenn absolut fantastischer Sex die Bürde ist, die wir zu tragen haben, dann bitteschön.

„Du darfst mich jetzt ficken", sagt sie amüsiert. „Und nicht zu zaghaft, okay?"

Genau mein Ding. Ich senke mich über sie und gebe ihr, wonach sie verlangt.

KAPITEL 6

Eins verstehe ich nicht", sagt Dax, als wir am Küchentisch sitzen.

Er vernichtet ein Omelett aus fünf Eiern, das er sich gebraten hat, während ich bei der Hälfte eines Protein-Shakes bin. Dax frühstückt gern ausgiebig, aber mindestens eine Stunde vor seinem Work-out. Ich habe erst am späten Vormittag Hunger, also beginne ich den Tag mit einem Shake. Nach dem Work-out könnte ich dann ein Pferd essen.

Drei Jahre war Dax in New York mein Mitbewohner. In der Zeit des Zusammenlebens und der gemeinsamen Arbeit ist er zum besten Freund geworden, den ich je hatte.

„Und das wäre?", will ich wissen, bevor er sich erneut den Mund füllen kann.

„Wieso hat sie nicht gewusst, wer du bist, als du sie kennengelernt hast?"

Er klingt leicht sarkastisch und voller gesunder Skepsis. Darüber zu lachen hat er hinter sich und jetzt macht er sich Sorgen um mich. Gerade habe ich ihm von dem Dinner mit ihrem Vater erzählt.

Ehrlich gesagt hat mich das auch gewundert, und ich habe darüber nachgedacht, ob das eine Falle ist. Doch der Gedanke kam mir nur flüchtig. Aus zwei Gründen. Erstens empfange ich von Brooke keine anderen Schwingungen als die eines netten

Menschen. Sie hat sich selbst entwurzelt, indem sie wegen der Sorge um ihren depressiven Vater nach Phoenix gezogen ist. Gestern Abend hat sie mir noch detaillierter davon erzählt. Zwischen den Ficks.

Zweitens habe ich Brooke offen damit konfrontiert. „Du hast wirklich nicht gewusst, wer ich bin?"

„Nein. Ich schwöre es." Sie bekreuzigte sich. Das lenkte meinen Blick auf ihre Titten und ich musste dringend eine Weile mit ihren Nippeln spielen. Als ich von ihr abließ, sprach sie weiter. „Ich liebe Eishockey. Ich habe mich immer für Dads Team interessiert, erst die Phantoms und jetzt die Vengeance. Ich sehe mir viele Spiele an. Aber das ist schon alles, was ich über den Sport weiß. Ich bin nicht total darauf konzentriert."

Durchaus plausibel. Immerhin gibt es über fünfhundert Spieler in der Liga, und nicht mal ich kenne sie alle. Ich beobachte die Bestenlisten und sehe mir die Tabellen an, sodass ich gut informiert bin, aber warum sollte Brooke das tun, wenn sie kein glühender Fan des Sports allgemein ist?

„Sie wusste wirklich nicht, wer ich war", sage ich überzeugt. „Sie ist ein Fan ihres Vaters, aber nicht von Eishockey generell."

Nicht wirklich überzeugt sieht er mich an und isst weiter. „Und was zur Hölle willst du jetzt machen?"

Zwar habe ich ihm bisher vom gestrigen Abend erzählt, aber noch nicht, was danach passiert ist.

Doch er weiß, dass ich bei ihr übernachtet habe. Er briet sich gerade sein Omelett, als ich nach Hause kam. Locker drauf und befriedigt, auch wenn ich nur wenig Schlaf hatte.

„Wir werden ein paar Wochen so tun, als wären wir zusammen", sage ich rundheraus. „Irgendwann inszenieren wir einen Bruch der Beziehung. Das passen wir der Situation an, und so, dass der Coach mich danach nicht auf dem Kieker hat. Wahrscheinlich wird sich Brooke offiziell von mir trennen und die Sache auf sich nehmen."

„Das ist die blödeste Idee, die ich je gehört habe", murmelt er und schiebt sich den letzten Bissen in den Mund.

„Sie wollte mich nur beschützen." Jetzt verteidige ich sie auch noch, dabei war es ihr Tun, das uns in diese Scheiße gebracht hat. „Sie wollte nicht, dass meine Beziehung zum Coach gleich schlecht anfängt."

„Nein, und jetzt fängt sie ja nur mit einer Lüge an." Dax steht auf und bringt seinen Teller zum Spülbecken.

„Das stimmt, Bro." Ich trinke meinen Shake aus.

„Und wie ist die Tussi so?" Dax dreht sich zu mir um. Er lehnt sich an die Arbeitsplatte und kreuzt die Arme vor der Brust.

„Sie heißt Brooke", knurre ich, stehe auf und bringe mein Glas zur Spülmaschine.

Dax gibt ein Schnauben von sich. „Entschuldige. Also, wie ist Brooke so? Ich nehme an, super im Bett, gemessen an deinem Grinsen heute Früh."

Mein Schulterzucken soll die Lockerheit ausdrücken, die ich allerdings bei Brooke nicht empfinde. „Sie ist cool."

„Cool?"

„Jawohl, cool." Ich öffne die Spülmaschine, stelle das Glas oben hinein und schließe sie wieder.

„Und wie viele Kondome hast du gestern benutzt?", fragt Dax und nimmt einen Umweg zu dem, was er wirklich wissen will.

„Drei", gebe ich zu. Natürlich habe ich schon öfter mehr als das in einer langen Nacht benutzt. Aber ich spare mir, Dax zu sagen, dass wir auch eine Menge Sachen ohne Gummi gemacht haben. Er hat ja nicht gefragt, wie viele Orgasmen ich hatte.

Dax lacht und klopft mir auf den Rücken. „Wenigstens springt für dich etwas Gutes bei der Sache heraus."

„So kann man es auch betrachten", sage ich lachend.

„Und was macht sie so?" Dax stellt seinen Teller in die Spülmaschine.

Ich kann froh sein, dass wir beide auf Ordnung stehen.

Ich setze mich wieder an den Tisch. Wir müssen erst um 14:00 Uhr beim Training sein, allerdings wollen Dax und ich am Vormittag noch unser Work-out machen. Dennoch haben wir keinen Zeitdruck. „Sie hat in New York bei einem Modemagazin gearbeitet und besitzt einen Abschluss in Modemarketing. Aber im Februar ist ihre Mutter gestorben und ihr Vater trauert noch sehr. Also ist sie mit ihm nach Phoenix gezogen, um ihm nah sein zu können. Ich habe sie zwar nicht gefragt, kann mir aber vorstellen, dass die Position in der Abteilung Team-Services extra für sie eingerichtet wurde.“

Dax dreht sich zu mir um und nickt. Er nimmt sich eine Flasche Wasser aus dem Kühlschrank und setzt sich zu mir.

„Schwer zu glauben, dass der alte Griesgram auch eine weiche Seite hat, was?“

„Keine Ahnung. Aber ich glaube, sein Gehabe als Coach ist nur so, um sich Respekt zu verschaffen. Beim Dinner war er viel entspannter. Nachdem er mit seinen Forderungen und Drohungen fertig war. Das habe ich dir noch gar nicht erzählt. Er verlangt, dass ich Brooke einen Ring an den Finger stecke.“

Dax’ Brauen schießen in die Höhe. „Und? Machst du das?“

„Fuck, nein!“ Ich bin entsetzt von seiner Frage. „Wieso sollte ich dreißigtausend Dollar für eine Farce ausgeben?“

„So viel kosten Ringe?“, fragt er und seine Augenbrauen sind jetzt gar nicht mehr zu sehen. Vielleicht sind sie ihm bis an den Hinterkopf weitergerutscht.

„Weiß nicht. Vielleicht. Der springende Punkt ist, dass ich nur Kohle für einen Diamanten an der Hand einer Frau ausgebe, wenn ich sie liebe. Und das wird sicher so schnell nicht passieren.“

Dax hat wieder Augenbrauen und nickt verstehend. „Und wie willst du es vor dem Team machen? Diese Woche finden eine Menge Veranstaltungen statt, und sie wird sicher überall dabei sein."

Darüber habe ich mit Brooke gesprochen und wir wollen es halten wie alle anderen verliebten Paare auch. Wir werden gemeinsam auftreten, und wenn wir reisen und ich ein eigenes Zimmer gebucht bekomme, wird sie in meinem Bett schlafen. Das mit dem eigenen Zimmer weiß man vor Start der Saison nie. Das Recht auf ein Einzelzimmer muss man sich verdienen. Meistens werden wir in der Vorsaison jedoch zu zweit in ein Zimmer gesteckt.

Also, ehrlich gesagt ist mein Arrangement mit Brooke nicht ganz so gelaufen. Sie sagte, dass sie nicht bei mir übernachten will, weil sie nicht vorhat, das Ganze vor ihrem Vater so offen zur Schau zu stellen. Ich war einverstanden, dass sie ein Einzelzimmer bekommt, aber das heißt ja nicht, dass ich sie nicht ficken kann. Das ist ihr nur noch nicht bewusst.

„Du bist der Einzige, der weiß, dass das Ganze ein Fake ist", sage ich. „Wir bleiben bei der Geschichte, die wir dem Coach aufgetischt haben. Vor ein paar Monaten fingen wir an, uns zu treffen, verliebten uns schnell und heftig und so weiter. Mehr gibt's dazu nicht zu sagen."

„Es wird seltsam sein, dich so eng mit einer Tus…"

Mein Blick unterbricht ihn.

„Ich meine, mit Brooke zu sehen."

Das stimmt. In den drei Jahren unserer Freundschaft hatten wir beide nie eine feste Freundin. Tatsächlich hatte ich in meinem achtundzwanzigjährigen Leben noch nie eine. Natürlich bin ich mit einigen Frauen eine bestimmte Zeit lang ausgegangen, aber ich war noch nie verliebt.

Und ich glaube, mit einer Frau auf lockere Weise auszugehen oder mit einer, die man liebt, sind höchstwahrscheinlich zwei verschiedene Dinge. Für einen Profi-Eishockeyspieler bedeutet lockeres Daten, sich einmal die Woche zum Essen oder im Kino zu treffen. Und hinterher zu ficken. Oder die Frau zu einer Gala mitzunehmen, sozusagen als hübsche Begleitung. Und danach … natürlich zu ficken.

Aber diese Sache mit Brooke …

Unsere falsche *ernste* Beziehung wird wahrscheinlich ganz anders ablaufen. Besonders, damit ihr Vater uns glaubt.

„Das Ganze könnte komplizierter werden, als ich dachte", gebe ich zu.

Er lacht in sich hinein und dreht die Kappe der Wasserflasche auf. Dann deutet er mit ihr auf mich. „Das kriegen wir schon hin, Bro. Vielleicht solltest du Liebesromane lesen oder so einen Mist. Meine Schwester tut das und behauptet, wenn Männer die lesen und sich so benehmen würden, würden Frauen ihnen viel lieber Blowjobs geben."

Ich kann nicht anders, als zu schnauben. Seine Schwester Willow ist die letzte Person, die ich um

Ratschläge bitten würde. Sie vernascht mehr Kerle als ich M&Ms, wenn es mich nach Schokolade verlangt.

Mein Handy klingelt. Ich nehme es vom Tisch und grinse, als ich den Anfang von Led Zeppelins *Immigrant Song* höre. Meine Mom steht total auf Led Zeppelin, und daher ist es ihr Klingelton.

„Was geht ab, Hot Mama?"

Dax beugt sich über den Tisch und brüllt ins Handy: „Was geht, Mama Scott?"

Ich werfe Dax einen schiefen Blick zu, aber Mom lacht am anderen Ende. „Sag dem süßen Bengel, dass ich Hallo gesagt habe."

„Er ist nicht süß", antworte ich, aber es wäre sinnlos, sie überzeugen zu wollen. Sie betet Dax an. „Was verschafft mir die Ehre deiner schönen Stimme am Morgen?"

„Ich wollte nur Hallo sagen." Sie klingt ein wenig wehmütig. „Ich habe gestern versucht, dich zu erreichen, um dir viel Glück für den ersten Tag zu wünschen, aber es ging nur die Mailbox ran."

Sie hat wirklich angerufen. Und zwar während des Team-Meetings. Ich hatte das Handy stummgeschaltet. Nach dem Meeting gingen wir direkt aufs Eis. Danach war ich im Fitnessraum und versuchte, meinen Frust mit Squats, Gewichtheben und Brustdrücken zu bekämpfen. Danach dann Dinner, und dann verlor ich mich in Brooke. Ich hatte keine Gelegenheit, Mom zurückzurufen.

„Entschuldige bitte, aber gestern war es echt stressig."

„Und wie war es?", fragt sie vorsichtig optimistisch. Mehr als jeder andere weiß meine Mom, wie enttäuscht ich war, von den Vipers abgegeben zu werden, wo sie dieses Jahr so stark sein werden. „Wie ist der Coach? Und die anderen Spieler? Und die Trainings-Crew? Sind die alle cool?"

Ich lache leise, sinke auf dem Stuhl zurück und erzähle Mom alles. Sie ist so ein wichtiger Teil meines Eishockeylebens, dass sie es verdient hat, dass ich ihre Neugier befriedige.

Marianne Scott hat mich ganz allein großgezogen, nachdem mein Vater an einem Herzinfarkt verstorben war, als ich sieben war. Durch ihn war ich zum Eishockey gekommen, und nachdem er gegangen war, wurde meine Mom meine größte Unterstützerin. Sie ist Finanzanalystin bei einer Versicherung in London, Ontario, Kanada, wo ich geboren und aufgewachsen bin. Während meiner Kindheit, in der ich in London spielen durfte und nicht in Massenunterkünften schlafen musste, war meine Mom fast bei jedem Spiel anwesend. Sogar als sie dafür über sechs Stunden fahren musste, um mich in Sault Ste. Marie, Michigan, spielen zu sehen.

Unnötig, zu erwähnen, dass wir uns sehr nahestehen.

Nachdem ich 2014 die Goldmedaille mit dem kanadischen Team gewonnen hatte, gab ich sie Mom als Dank für ihre Unterstützung und Hingabe all die Jahre und die noch kommenden. Natürlich besteht sie darauf, die Medaille nur für mich aufzubewahren, bis sie stirbt, aber egal. Die Medaille gehört jetzt ihr.

„Wie ist Coach Perron so?", fragt sie am Ende.

Ich habe das Thema Coach absichtlich umschifft, um Mom nicht versehentlich zu belügen.

„Schwer zu sagen", antworte ich wahrheitsgemäß. „Er ist ein harter Brocken, aber Spieler, die ihn schon kennen, sagen, dass er immer fair ist." Um sie endgültig vom Thema Coach abzulenken, frage ich: „Weißt du schon, für welche Spiele du Tickets haben willst?"

Mom ist in ihrer Firma ziemlich aufgestiegen und arbeitet schon einunddreißig Jahre dort. Daher handhabt man es flexibel, wenn sie zu meinen Spielen kommen will. Teilweise, weil ich aus London stamme und der heiße Scheiß in der NHL bin, und teilweise, weil Mom eigentlich von überall aus arbeiten kann, solange sie ihren Laptop hat.

„Auf jeden Fall will ich die Spiele in meiner Nähe sehen. Detroit, Buffalo. Vielleicht Pittsburgh. Ich werde mir den Kalender ansehen und entscheiden, welche ich im ersten halben Jahr sehen will."

Das bringt mich zum Lächeln. „Klingt super. Sag mir einfach Bescheid und ich kümmere mich um die Tickets."

Natürlich wird es Brookes Job sein, die Tickets zu besorgen, aber wozu sind Verlobte schließlich gut?

„Lass mich mit ihr reden." Dax reißt mir das Handy aus der Hand.

Ich lasse ihn gewähren, denn er ist wie ein Sohn für sie geworden. Er erzählt ihr von seinem neuen

Trainingsplan, und da meine Mom wirklich interessiert ist, wird es eine Weile dauern. Ich gehe aus der Küche, ziehe meine Trainingssachen an und mache mir keine Sorgen, dass Dax meiner Mom von der Sache mit Brooke und dem Coach erzählen wird. Er steht immer hinter mir.

KAPITEL 7

Bishop

Es gab schon viele stressige Momente in meinem Leben.

Als ich in die NHL einzog und darauf wartete, welches Team mich unter Vertrag nehmen würde.

Das erste Mal, als ich als Profispieler das Eis betrat.

Die letzten Minuten des Goldmedaillenspiels in Sotschi.

Mit Brooke Perron am Arm eine Team-Veranstaltung betreten.

Ich weiß wirklich nicht, was am schlimmsten war, aber mir liegt ein Stein im Magen. Nicht nur, weil die Leute schockiert sein werden, uns zusammen zu sehen, und die Lüge sich verbreiten wird, sondern auch, weil wir beide uns seit drei Tagen nicht mehr gesehen haben.

Das Team hat das Trainingslager hinter sich und das erste Vorsaisonspiel findet übermorgen statt. Der neue Teambesitzer, ein reicher Typ namens Dominik Carlson, dem auch ein Basketballteam in L.A. gehört, hat ein nobles Restaurant in Phoenix gemietet und dem Team freie Auswahl bei Speisen und Getränken gelassen. Die Einladung umfasst Ehefrauen, Kinder, Lebenspartnerinnen und sogar Begleiterinnen, mit denen viele Spieler heute auftauchen werden.

Diese Zusammenkunft dient nur dazu, das neue Team zu feiern und uns familiär zusammenzubringen. Es ist das erste Mal, dass alle Spieler, Coaches, Mitarbeiter und deren Familien unter einem Dach zusammen sind und sich kennenlernen. Ich nehme an, dass Mr. Carlson dafür eine sechsstellige Rechnung bekommen wird, aber er kann es sich bestimmt leisten.

„Schwitzt deine Hand oder meine?", fragt Brooke, als wir ins Restaurant gehen.

Ich habe ihre Hand genommen, als ich sie auf der anderen Seite des Wagens traf, wo ein Diener ihr beim Aussteigen half.

„Shit." Ich lasse ihre Hand fallen wie eine heiße Kartoffel und wische sie an meiner Anzugjacke ab. Brooke tut dasselbe an ihren Hüften. Der eng anliegende Stoff wird allerdings nicht viel helfen.

„Schon gut", murmelt sie und nimmt meine Hand. Ich bin dankbar für ihre kühle, trockene Hand an meiner. „Wir schaffen das, da bin ich sicher."

Das hoffe ich. Das hier ist genauso beunruhigend wie am Tisch ihres Vaters zu sein, wo ich seiner Prüfung und potenziellen Rache ausgesetzt war. Weder Brooke noch ich haben uns bemüht, uns diese Woche zu sehen, und ich weiß nicht, warum. Zwar habe ich darauf bestanden, dass wir jede Menge Sex haben sollten, um uns besser kennenzulernen und das Ganze fehlerlos abspulen zu können, doch das war nicht wirklich nötig. Ehrlich gesagt ist es völlig egoistisch von mir gewesen, aber da sie sich weder beschwert noch geweigert hat, ging ich davon aus, dass sie genauso dachte. Ich glaube, die Anzahl an Orgasmen in unserer letzten Nacht sowie ihr befriedigtes und schläfriges Lächeln, als ich ging, sprachen Bände.

Ich habe mich absichtlich zurückhaltend verhalten, um zu sehen, was Brooke tun würde. Würde sie mich anrufen und sich verabreden wollen? Ich muss zugeben, es nagt etwas an meinem Ego, dass sie das nicht getan hat. Zweifellos steht sie voll auf Sex mit mir. Vielleicht ist sie nur zu schüchtern, um auf mich zuzukommen? Oder einmal in der Woche reicht ihr, oder so was? Oder sie braucht etwas mehr von mir, und genau das würde auf jeden Fall bedeuten, dass wir eine Beziehung hätten.

Vermutlich.

Ich bin nicht sicher.

So oder so haben wir drei Tage vergeudet, an denen wir uns hätten besser kennenlernen können, um den Schwindel zu verfestigen. Und noch wichtiger ist, dass wir wegen unserer Untätigkeit auf jede Menge guten Sex verzichtet haben.

Und jetzt sind wir dabei, gemeinsam vor das ganze Team zu treten. Augenbrauen werden in die Höhe schießen.

Besonders, weil sich gestern Abend eine Gruppe Spieler mit ihren Frauen zum Essen getroffen hat. Ich habe Brooke nicht dazu eingeladen, aber lange darüber nachgedacht. Am Ende habe ich gekniffen und die unweigerliche Peinlichkeit und die Fragen, die kommen würden, wenn man uns zusammen sieht, aufgeschoben.

Der Spieler und die Tochter des Coaches.

Das Ganze wird diskutiert werden wie eine verfickte Folge der Kardashians, und alle werden tausend Fragen stellen.

Am besten bringe ich Brooke auf den neuesten Stand. „Also … gestern hat ein gemeinsamer Abend stattgefunden. Ein paar Spieler mit ihren Frauen haben sich getroffen."

„Okay."

„Nun … wir beide sind nicht zusammen hingegangen." Ich öffne ihr die Eingangstür.

„Das ist wohl wahr", antwortet sie scharf und geht hinein.

Ich folge ihr, nehme ihre Hand und ziehe Brooke auf die Seite. Ein paar Spieler und Gäste kommen rein und werfen neugierige Blicke auf uns.

„Die Leute werden sich wundern, warum du nicht dabei warst, und ich finde, wir sollten dieselbe Geschichte erzählen."

„Und das fällt dir jetzt erst ein?" Sie hebt eine Braue. „In dem Moment, wo wir zum ersten Mal als Paar zu einer Team-Veranstaltung gehen?"

Ich ignoriere den Vorwurf. „Also, was sollen wir sagen, wenn jemand fragt, warum du gestern Abend nicht dabei warst?"

„Die Wahrheit." Sie zuckt die Achseln. „Ich habe gearbeitet."

„Du hast gearbeitet?", wiederhole ich dümmlich.

„Genau. Ich habe gearbeitet."

„Warum solltest du abends noch arbeiten?" Jetzt interessiere ich mich für sie aus einem ganz anderen Grund. „Du bist die stellvertretende Direktorin des Team-Services. Ich weiß genau, was der Job beinhaltet, und ich bezweifle stark, dass er mehr als eine Vierzigstundenwoche benötigt."

Brooke senkt das Kinn und kreuzt in abwehrender Haltung die Arme vor der Brust. „Ich schlage vor, du hörst auf, meinen Job kleinzumachen, falls du willst, dass unsere Beziehung länger als die nächsten zehn Sekunden andauert."

Ehe ich mich entschuldigen kann oder meine Neugier taktvoller erklären, fährt sie fort.

„Tatsächlich arbeite ich auch noch stundenweise in der Merchandising-Abteilung. Zuerst war dort keine Stelle frei, und ja, sie haben einen anderen Job für mich als Gefälligkeit für meinen Dad geschaffen, aber der ist nicht das, was ich arbeiten will. Ich komme aus dem Bereich Merchandising und hoffe, dort in Vollzeit reinkommen zu können."

Sehr interessant. „Merchandising also. Was heißt das genau? Hast du das studiert?"

Ihre Augenbrauen gleiten noch höher. „Ernsthaft, Bishop? Du willst jetzt meinen Lebenslauf hören?"

Okay. Vielleicht hätte ich mich diese Woche bemühen sollen, mehr über sie zu erfahren, anstatt sexuell besessen zu sein und wie ein bockiges Kind darauf zu warten, dass sie mich anruft.

Ich atme tief aus. „Okay, es tut mir leid. Wir hätten uns diese Woche Zeit nehmen sollen, über diese Dinge zu reden."

„Ja, *du* hättest das tun sollen", sagt sie und teilt selbst einen Schlag aus.

Ich hebe die Hände. „Moment! Du hast dich auch nicht bei mir gemeldet. Erinnerst du dich? Du hast uns das eingebrockt. Warum hast du mich also nicht angerufen, damit wir über alles reden können?"

Ich entdecke Humor in Brookes Augen statt der Wut, die ich vermutet habe. Sie sticht mir mit einem Finger in die Brust. „Weil deine Vorstellung von einem Treffen völlig anders ist als meine. Du hast klargestellt, dass du den sexuellen Vorteil willst. Und ich wollte dich nicht anrufen, damit du nicht denkst, ich wäre nur darauf aus."

„Das hätte ich nie gedacht", versichere ich ihr.

Wieder schießt eine Augenbraue hoch. Verdammt, sie glaubt mir kein Wort. „Hör zu", sage ich leise und trete näher. Ich nehme ihre Hand und führe sie zwischen uns. „Lass uns das Essen überstehen und eine Weile bleiben, um Geselligkeit zu zeigen. Aber dann lass uns abhauen und irgendwo hingehen, wo wir uns unterhalten können. Vielleicht in ein Café oder so etwas. Okay?"

Anscheinend wollte sie genau das hören, denn ihr Ausdruck wird weicher und sie drückt meine Hand. „Ich werde nicht sagen, dass es mir leidtut, weil du es mir verboten hast, aber mir ist jeden Tag klar, dass es meine Schuld ist, dass wir in dieser Lage sind. Ich will es dir nicht noch schwerer machen. Und ehrlich gesagt habe ich mich nicht bei dir gemeldet, weil ich dir nicht auf die Nerven gehen wollte. Ich bin sicher, dass du genug um die Ohren hast und lieber etwas anderes tun würdest, als mit mir *Fake-Beziehung* zu spielen."

„Wenn ich schon Fake-Beziehung spielen muss, dann bin ich froh, dass es mit dir ist", sage ich ihr ehrlich.

Ohne Scheiß.

„Du bist süß", antwortet sie und klimpert mit den Wimpern. Ich muss darüber lachen. „Bist du bereit, es hinter uns zu bringen?"

„Bereit", sage ich und drehe mich zur Tischanweiserin um. Doch dann fällt mir noch etwas ein. Ich drehe mich wieder zu Brooke um und dränge sie in die Ecke. Dann flüstere ich ihr ins Ohr. „Wir *müssen* keinen Sex haben. Das weißt du, oder?"

„Ja, ich weiß", haucht sie atemlos.

„Ich meine … natürlich will ich Sex", erkläre ich schnell, damit sie nichts anderes denkt, „und es sieht so aus, als ob du das genauso siehst. Aber falls ich mich irre … nun ja, du sollst einfach wissen, dass es nicht mein Hauptinteresse ist. Sondern, diese Farce hinter uns zu bringen, wobei deine Beziehung zu deinem Vater intakt bleibt und er mich nicht aus dem Team wirft."

„Das kann er nicht tun", sagt sie trocken.

„Ich weiß." Ich grinse. „Aber er kann mir das Leben zur Hölle machen."

„Wir wollen beide dasselbe, Bishop."

Ihre Worte streifen mich federleicht, ihre Stimme ist weich, doch deren Bedeutung trifft mich wie ein

Schlag in den Magen.

Sie weiß genau, was ich will.

Sie.

Und sie will dasselbe.

Das heißt, sie will mich.

Wenn das wirklich so ist, werde ich den Teufel tun und ihr fernbleiben. Die Ausrede, wir müssen uns besser kennenlernen, um eine gute Show abzuliefern, ist unnötig geworden. Es geht mehr darum, das Fiasko zu überstehen und dabei auch noch Spaß zu haben. Zumindest verstehe ich es so und bleibe dabei.

„Dann legen wir mal los", sage ich und gebe ihren Lippen einen sanften Kuss. Sie atmet leicht keuchend auf und sieht mich strahlend und verheißungsvoll an.

Ohne ein weiteres Wort hake ich ihre Hand bei mir unter und führe sie ins Restaurant. In diesem Moment kommt Erik durch die Tür. Er hat den Typ Frau dabei, mit dem ich ihn schon öfter gesehen habe. Sie sieht aus, als käme sie direkt aus dem sonnigen Kalifornien, mit einer erblondeten Haarmähne und großen Titten, die aus ihrem Kleid quellen, das kaum lang genug ist, um ihren Hintern zu bedecken.

Er kommt auf uns zu und ich schüttele amüsiert den Kopf. Sein Arm um sie befindet sich so tief, dass er sicherlich die Hand auf ihren Hinterbacken hat.

„Was geht?", fragt Erik und hält mir seine Faust hin. Erst dann fällt ihm Brooke neben mir an meinem Arm auf. Ihm fällt die Kinnlade herunter und seine Augen weiten sich. „Wow!"

Ich weiß genau, was er denkt. Was alle anderen da drin auch denken werden. Bishop Scott vögelt die Tochter des Coaches, und das kann nichts Gutes bedeuten.

„Brooke, hast du schon Erik Dahlbeck kennengelernt?" Ich sehe auf sie hinunter.

Bei ihrem schönen Lächeln würde ich sie am liebsten noch näher an mich heranziehen.

Sie schüttelt Eriks Hand. „Nein, das Vergnügen hatte ich noch nicht."

„Erik kommt von den Los Angeles Demons. Er ist ein erstklassiger Verteidiger, einer der stärksten Abräumer der Liga, und wir können froh sein, ihn zu haben." Ich sehe Erik an, der immer noch schockiert wirkt. Ich nicke meinem Mädchen kurz zu und spreche die Lüge zum ersten Mal heute Abend aus. „Das ist Brooke Perron. Wir beide daten schon seit ein paar Monaten."

„Was zum Geier?", murmelt Erik und scheint dann zu merken, dass seine Reaktion nicht gerade professionell ist. Er schüttelt kurz den Kopf und streckt Brooke die Hand entgegen. „Freut mich, dich kennenzulernen."

„Herzlich willkommen im Team", antwortet sie mit einem Lächeln.

Erik sieht mich an und sein Blick sagt deutlich: *Mann … wir müssen reden.*

Erik geht weiter, ohne sich die Mühe zu machen, uns sein Date vorzustellen. Was nicht ungewöhnlich ist. Viele Spieler – ich eingeschlossen – haben One-Night-Stands. Heiße, schöne Frauen, die man gut herzeigen kann, danach vögeln, und jeder geht wieder seiner Wege. Es wäre sinnlos, sie allen vorzustellen, denn beim nächsten Mal wird es wieder eine andere sein, also wozu sich die Mühe machen. Dass ich soeben Brooke als mein Date vorgestellt habe, wird dem Team zeigen, dass sie nicht nur eine hübsche Begleiterin für mich ist.

KAPITEL 8

„Ich kann das immer noch nicht glauben", murmelt Legend und sieht zwischen Brooke und mir hin und her.

Mein Blick verweilt auf ihr. Sie steht weiter hinten und unterhält sich mit Eriks Begleiterin, deren Namen ich immer noch nicht kenne.

Das Dinner ist beendet, was eine zweieinhalbstündige Angelegenheit war. Ein paar von uns haben sich in der großzügigen Bar des Restaurants eingefunden, während andere noch beim Dessert im Essbereich sitzen.

„Wie hast du nur geheim halten können, dass du mit der Tochter des Coaches ausgehst?", fragt mich Erik genauso ungläubig, wie Legend. „Ich meine, du hast sie getroffen, während du bei den Vipers gespielt hast und Perron die Phantoms coachte. Und du hast nie jemandem was davon erzählt?"

Dax lacht und klopft Erik auf den Rücken. „Ich hab's gewusst. Aber ich kann genauso gut ein Geheimnis bewahren wie Bishop."

Das bringt mich zum Grinsen. Dax hat sich selbst eine Rolle in unserem Theaterstück gegeben. Als ich heute Abend das erste Mal auf das Geheimnis meiner Beziehung angesprochen wurde, sprang er mir sofort zur Seite und erzählte lautstark allen Zuhörern, dass er es von Anfang an wusste. Er fing sogar an, Details hinzuzufügen. Glücklicher-weise habe ich ihm genau erzählt, was wir dem Coach aufgetischt hatten, und Dax griff das ziemlich exakt auf.

„Wir waren im Club Zero", erzählte er der Gruppe von acht Leuten an unserem Tisch. Absichtlich hatten wir uns zu Spielern gesetzt, die wir nicht gut kennen, um genau das zu ändern. „Und es waren massenweise Leute da, denn das ist eine echt heiße Partyzone. Irgendwann hat Bishop Brooke tanzen sehen und sich in einen Zombie verwandelt. Gruselig, wie er sie sabbernd angestarrt hat. Erst nachdem ich ihm ein paar Drinks bestellt und ungefähr zehnmal auf ihn eingeredet habe, hat er sich getraut, sie anzusprechen. Ja, genau, man könnte sagen, dass die ganze Beziehung nur auf mir beruht, denn Bishop war zu feige, sie selbst anzubaggern."

Gern hätte ich ihn fröhlich erwürgt, und Brooke kicherte hinter vorgehaltener Hand. Die Spieler waren höchst amüsiert, und ich konnte nichts tun, um ihn zu korrigieren.

Von dem Punkt an entwickelte sich die Geschichte automatisch. Brooke und ich fügten Sachen hinzu und wir dachten uns immer mehr aus. Wir deckten das Geheimnis auf, dass wir die Dinge mit ihrem Vater nicht komplizieren wollten, er es jedoch rausbekam und wir daher jetzt reinen Tisch machen wollten. Die näheren Umstände deuteten wir nur vage an, sodass niemand vermuten konnte, dass wir von Coach Perron in einer kompromittierenden Situation erwischt worden waren.

„Wie ist Coach Perron denn in Wahrheit so, wenn er uns nicht beim Training in den Arsch tritt?", fragt Legend und holt mich in die Gegenwart zurück.

Ich zucke mit den Schultern und sehe ihn an. „Cool. Immer noch etwas schroff, weil er seine Tochter beschützen will, aber er will nur ihr Bestes."

Ich hatte mir von Anfang an vorgenommen, Coach Perron stets in bestem Licht darzustellen. Das ist sicher nützlich, um unsere Beziehung stabil zu halten, wenn Brooke und ich uns dann *trennen*.

Legend dreht sich mir zu. „Du weißt aber schon, dass du am Arsch bist, wenn die Sache nicht lange hält?"

Da hat er nicht unrecht.

„Wird die Sache denn länger halten?", will Erik wissen.

„Mir ist es jedenfalls ernst", erlaube ich mir, zu sagen. Von einer Verlobung haben wir noch nichts erzählt. Wir glauben nicht, dass ihr Dad etwas darüber in der Öffentlichkeit sagen wird, und bis es noch nicht mit einem Ring formell ist, sagen wir nur, dass Brooke und ich uns daten, und ich gebe zu, dass es etwas Ernstes ist. Von den Jungs, die beim Essen an unserem Tisch saßen, sowie Dax, Erik und Legend wird wahrscheinlich am Ende dieses Events jeder wissen, dass Brooke und ich ernsthaft ein Paar sind.

Ich sehe wieder zu Brooke hinüber und muss zugeben, dass sie sich während des Essens wirklich gut gehalten hat. Beide gaben wir wenig Details preis, doch wenn sie von mir sprach, dann voller Wärme und Zuneigung. Sie war auch aufmerksam den anderen gegenüber, und es war eine gute Gelegenheit, sie agieren zu sehen ohne den Druck der Lügengeschichte oder die Ablenkung durch Sex. Ich stelle heute fest, dass man eine Menge über jemanden erfährt, wenn man ihn einfach nur mit anderen interagieren sieht.

Brooke ist eine gute Zuhörerin. Sie ist witzig, aber nicht zu übertrieben. Am Ende des Dinners wusste ich, dass Brooke nichts Arrogantes an sich hat, was noch deutlicher wird, als ich sie mit Eriks Date sprechen sehe. Sie pflegt keine Vorurteile. Alle anderen Frauen hier halten sich von Eriks Begleiterin fern. Doch Brooke scheint ihr interessiert zuzuhören.

Kurz gesagt, sie ist einfach ein netter Mensch.

Die Jungs reden über das Spiel, das uns in San Francisco erwartet. In der letzten Trainingswoche war ich angenehm überrascht, zu sehen, dass diese Jungs, die jetzt als Vengeance bekannt sind, durchaus gutes Karma auf dem Eis haben. Wenn man in ein neues Team wechselt, braucht es Zeit, sich einzugewöhnen. Nun stelle man sich dreißig Männer vor, alle mit einem anderen Spielstil, alle unterschiedlich gecoacht, die zusammen aufs Eis geworfen werden.

Ich habe ein Desaster erwartet. Aus irgendeinem Grund jedoch fanden wir schnell zusammen, und alle besitzen eine Intuition, die selbst in einem Team aus Fremden zu funktionieren scheint. Hoffentlich bleibt das auch so für die nächsten Spiele und die ganze Saison.

Sogar Tacker – und mein Blick schweift zur Bar, wo er ganz allein sitzt – hat sich irgendwie integriert. Er ist still und sucht kein Gespräch, aber reagiert höflich, wenn man den ersten Schritt macht. Auf dem Eis ist er ein anderer Mensch. Er übernimmt subtil das Kommando und strahlt so viel Selbstsicherheit aus, dass er die anderen damit beruhigen kann. Als würden wir, wenn Tacker an unseren Erfolg glaubt, diesen auch haben werden. Natürlich hilft ihm dabei, dass er einer der besten Spieler ist, die die Liga je gesehen hat. Und auch mit dreißig kann er besser Skaten als die meisten jungen Skater und fast jeden Torwart in einer Eins-gegen-eins-Situation schlagen.

Erik redet von einer tollen Oben-ohne-Bar in San Francisco, in die er gern gehen würde, aber er lamentiert herum, dass wir nach dem Spiel alle sofort zum Flieger und nach Los Angeles fliegen müssen.

„Bin gleich wieder da", murmele ich zu wem auch immer, der gerade zuhört.

Brooke fängt von Weitem meinen Blick auf, als ich mich auf den Weg zur Bar mache. Sie lächelt mich süß an und ich zwinkere ihr zu. Mit der Hand mache ich eine Trinkbewegung und forme mit den Lippen: „Willst du noch was trinken?"

Sie schüttelt den Kopf und ich hebe verstehend

den Daumen.

An der Bar setze ich mich rechts neben Tacker. Der Hocker links von ihm ist ebenfalls frei. Sicherlich, weil Tacker nicht gerade einladende Schwingungen verströmt. Im Augenblick ist er über ein Glas gebeugt, in dem sich vermutlich Bourbon on the Rocks befindet.

„Was geht, Mann?", frage ich ihn.

„Nicht viel", murmelt er und sackt noch tiefer über seinem Drink zusammen.

Mir ist klar, dass der Typ nicht gerade gesellig ist, aber warum hängt er dann noch hier ab, obwohl das Dinner schon vorbei ist? Ich glaube, die Antwort zu kennen. Er ist noch voller Trauer über den schlimmen Verlust seiner Verlobten. Natürlich verstehe ich, wenn sich jemand zurückziehen will, aber ich lasse mich davon nicht ausbremsen. Außerdem hat der Coach Tacker und mich im Trainingslager zusammen in der First Line aufgestellt, was sich bis jetzt nicht geändert hat. Als Right Wing und Center müssen wir uns vertrauen und gegenseitig einschätzen können. Manchmal auch mit Worten.

„Am Montag", sage ich, um seine Aufmerksamkeit zu bekommen. Montag werden wir gegen die San Francisco Bay Brawlers spielen. „Wenn Bronson im Tor steht, wird er wie immer in die Schmetterlingshaltung gehen. Wenn er einmal damit anfängt, hört er nicht mehr auf, also achte darauf."

Ich kenne ihn gut, denn Bronson spielte zwei Jahre als Ersatztorwart bei den Vipers, bevor er nach

San Francisco ging, um deren erster Torwart zu werden.

„Also, was ist die beste Taktik?" Tacker wirkt jetzt entspannt und interessiert.

Das habe ich schon über ihn herausgefunden: Solange man mit ihm über Eishockey und auf unpersönlicher Ebene spricht, bringt er sich mit ein.

„Wenn ich mit dem Puck hinter dem Netz bin und etwas Platz habe, schleich dich in die Corner Pie." Die sogenannte Corner Pie ist ein Viertel des Kreises nahe der blauen Linie in der Mitte des Eises. Es ist die Traumposition für den Mittelfeldspieler für einen guten Schuss. „Ich werde dich dann schon finden."

Tacker grinst schief und nickt. „Ich spiele den Puck in die obere Ecke des Tors."

„Genau." Über die Schulter sehe ich mich nach Brooke um, will sie nicht allzu lange allein lassen. Sie redet noch mit Eriks Date. Und zwar recht angeregt, mit bewegten Händen. Zu gern wüsste ich, was die beiden gemeinsam haben könnten.

„Wir zwei sind ein gutes Team", sagt Tacker barsch.

Vor lauter Schock, dass er freiwillig etwas gesagt hat, um ein Gespräch zu beginnen, sehe ich ihn abrupt an. Lächelnd sage ich: „Das glaube ich auch."

Tatsächlich arbeiten wir ziemlich flüssig miteinander. Die Left-Wing-Position ist noch ein bisschen in der Schwebe, und ich glaube, dass der Coach seine endgültige Entscheidung erst nach der

Vorsaison treffen wird, aber Dax ist Anwärter für die First Line. Nicht mal meine Position in der First Line ist in Stein gemeißelt. Nur weil ich die ganze Woche mit Tacker dort war, bedeutet das nicht, dass ich dort bleiben werde. Von den ersten paar Spielen hängt eine Menge ab.

Ich nehme eine Bewegung neben Tacker wahr und sehe Coach Perron, der sich neben ihn stellt. Tacker wendet ihm seinen Blick zu.

Der Coach setzt sich nicht hin, sondern nickt erst Tacker grüßend zu, dann mir. „Schön, dass ich euch beide zusammen erwische."

Zum ersten Mal unterhalten wir uns außerhalb des Trainings. Mit einem unangenehmen Gefühl warte ich auf den Tag, an dem er mich zur Seite nimmt, um über die Hochzeit zu plaudern, doch bisher hat er das Thema noch nicht angesprochen.

Fuck sei Dank!

„Kann ich dir einen Drink bestellen?", frage ich ihn in dem Versuch, eine gewisse Lockerheit zu zeigen, wie man sie von einem Mann erwarten würde, der seine Tochter datet, doch bemüht ist, den angemessenen Anstand zu wahren.

„Nein danke", sagt er leise mit rauer Stimme. „Hört zu, ich werde dich, Hall, für die Saison zum Captain machen, und Scott, du bist einer der Stellvertreter."

Als Erstes fällt mir auf, dass er uns mit Nachnamen anspricht. Das ist zwar nicht seltsam, aber auch nicht die Norm. Es kommt immer auf die Lockerheit des Coaches an. Und ganz offensichtlich, sogar auf dieser Party, fühlt sich der Coach mit uns nicht vertraut genug, um uns beim Vornamen anzusprechen.

Egal. Es bedeutet mir nichts, aber dass er mich zum stellvertretenden Captain gemacht hat, ist genauso schockierend wie aufregend.

Der Coach wendet sich an Tacker. „Du bist mein Spieler mit der größten Erfahrung und der mit den größten Fähigkeiten. Du kannst den Jüngeren alles bieten, was Führung und Richtung angeht. Ich erwarte von dir, das auch aktiv zu tun."

Ich hebe die Augenbrauen. Sogar ein Idiot würde begreifen, dass er damit Tacker auffordert, aus seiner Höhle zu kriechen. Theoretisch ist es sinnvoll, Tacker zum Captain zu machen. Er ist ein langjähriger Veteran und hat viele Ziele erreicht. Er ist einer der führenden Spieler der Liga. Trotzdem frage ich mich, ob der Coach ihn auch ausgewählt hat, um ihn mehr zu öffnen. Falls dem so ist, hat der Mann soeben meinen Respekt für ihn um das Zehnfache erhöht.

Der Blick des Coaches fällt auf mich. „Scott … du hast auf jeden Fall Talent, aber ich bin auch von deinen Führungsqualitäten auf dem Eis beeindruckt und von deiner positiven Bestärkung des Teams. Das ergibt einen schönen Ausgleich zu meiner knallharten Art."

Damit hat er mich schlagartig sprachlos gemacht. Ein echtes Kompliment von einem Mann, der mich vor ein paar Tagen noch in der Luft zerreißen wollte. Ich bringe nur ein dümmliches Blinzeln zustande.

„Wie ihr beide wisst", fährt er fort, als hätte er mich nicht gerade völlig überrumpelt, „ist es nicht mein Stil, direkt einzugreifen. Ich werde euch sagen, was falsch läuft. Auf effiziente Art. Und ich erwarte, dass es dann auf genauso effiziente Art korrigiert wird. Ich weiß, dass manche Spieler mehr brauchen, und da könnt ihr beide mir unglaublich helfen, indem ihr euren Kameraden positives Feedback gebt."

„So wie bei guter Cop, böser Cop", sage ich grinsend.

Der Coach erwidert mein Grinsen nicht und ich lasse meins verblassen. Er nimmt die Schultern zurück, reicht uns die Hände und wir schlagen ein. „Herzlichen Glückwunsch, ihr zwei. Eure Reife und Führungsqualitäten sind aufgefallen. Und jetzt suche ich Bay. Er ist der zweite Stellvertreter."

Der Coach wandert ab und ich sehe Tacker an. Er hebt sein Glas an den Mund und kippt es in drei Schlucken ab. Dann sieht er mich an.

„Glückwunsch, Bishop. Das hast du dir verdient."

„Du dir auch, Mann."

Tacker nickt mir kurz zu, steigt vom Hocker und verlässt das Restaurant, ohne sich von jemandem zu verabschieden.

KAPITEL 9

Brooke

Eriks Date ist ganz nett. Sie heißt Sarah Kinecky, aber ich will immerzu Pamela zu ihr sagen. Weil sie aussieht wie die junge Pamela Anderson. Sie hat diese windzerzauste blonde Frisur und eine perfekte Figur. Sie hat sogar denselben Schmollmund wie Miss Anderson. Und sie ist ein bisschen schrullig, was ich noch nie der Haarfarbe zugeschrieben habe.

Das alles ändert nichts daran, dass sie ein netter Mensch ist. Beim Essen haben Erik und sie an einem anderen Tisch gesessen, und mir ist aufgefallen, dass niemand wirklich mit ihr gesprochen hat. Manchmal warf sie etwas in die Unterhaltung ein, wurde aber ignoriert. Von den Frauen an ihrem Tisch hat sie angewiderte Blicke erhalten, und es war klar, dass sie gemieden wurde. Wahrscheinlich nur, weil sie viel zu sexy war.

Deshalb habe ich nach dem Essen Bishop gebeten, sich unter die Spieler zu mischen, um die Gerüchteküche zu beruhigen, die eingesetzt hatte, als wir Hand in Hand erschienen waren. Sofort suchte ich Sarah auf, die allein im Barbereich stand. Sie sah erleichtert aus, dass ich sie angesprochen hatte.

Sie ist erst kürzlich aus Detroit hergezogen und es gefällt ihr hier. Sie war ein glühender Fan des dortigen Eishockeyteams, der Cardinals. Sarah kennt sich recht gut mit dem Sport aus und wir haben uns darüber unterhalten. Ab und zu schaue ich zu Bishop bei den Spielern hinüber. Manchmal lässt er den Blick an mir auf und ab schweifen, und wenn er mich anlächelt, bekomme ich Schmetterlinge im Bauch.

Irgendwann geht Bishop von der Gruppe weg und an die Bar. Überraschenderweise setzt er sich zu Tacker, der ganz allein ist.

Ich weiß einiges über Tacker Hall. Nicht, weil ich ein Fan von Eishockey generell bin, sondern vom Team meines Vaters. Und wir reden nicht viel über seinen Job. Aber seit wir in Phoenix sind, hat er sich mehr geöffnet und mir von seiner Sorge erzählt, für Tacker den richtigen Platz im Team zu finden. Ich glaube, mein Vater kann Tackers Trauer sehr gut nachempfinden, da es ihm seit dem Tod meiner Mutter vor sieben Monaten genauso geht.

Obwohl Dad auch etwas zu sagen hatte, was die Spieler im neuen Team betraf, wurden seine Bedenken – hauptsächlich wegen Tackers Problemen, sich in die Wettkampfdynamik einzuordnen – vom Management nicht beachtet.

Was dann doch gut war, denn am Ende des Trainingslagers sah Dad in Tacker genug Potenzial, um eine Führungsperson zu sein. Seine emotionale Zurückgezogenheit scheint sich auf dem Eis nicht zu zeigen. Der Mann ist ganz klar immer noch vom Verlust seiner Verlobten traumatisiert. Das erkennt man daran, wie er sich distanziert und lieber allein ist als gesellig.

Heute hat mir Dad unter dem Siegel der Verschwiegenheit eröffnet, dass er Tacker zum Captain machen will. Genau wie Dad hoffe ich, dass ihm das helfen wird, aus sich herauszukommen und wieder wirklich zu leben.

Ich möchte Sarah nicht ignorieren und wende mich an sie. „Wie hast du Erik kennengelernt?"

Ihre blauen Augen funkeln erfreut. „Gestern Abend in einer Bar. Ich fühlte mich sofort zu ihm hingezogen." Ihre Wangen färben sich leicht rosa und sie wirkt verschämt. Doch das hindert sie nicht daran, die Wahrheit zuzugeben. „Genauer gesagt … wir hatten sozusagen Sex auf der Damentoilette. Entschuldige bitte, wenn das verhurt klingt, aber ich habe noch nie einen Eishockeystar getroffen."

Ich lächele verstehend. „Das macht mir nichts aus. Sex ist doch super, solange man sich schützt."

Ich werde ihr nicht verraten, dass wir einiges gemeinsam haben, da ich auch gleich beim ersten Mal mit Bishop geschlafen habe. Daher habe ich nichts gegen One-Night-Stands, aber das behalte ich lieber für mich. Schnell wechsele ich das Thema.

„Was machst du beruflich, Sarah?"

„Ich mache eine Ausbildung zur Immobilienmaklerin und arbeite solange als Barfrau. Gestern, als ich Erik kennengelernt habe, war ich gerade am Arbeiten."

Ich werfe einen Blick zu Bishop und bin erstaunt, Dad bei ihm und Tacker stehen zu sehen. Wahrscheinlich eröffnet Dad Tacker gerade, dass er der Team-Captain sein wird.

„Du und Bishop seid ein schönes Paar", sagt Sarah und ich muss mich ihr wieder zuwenden.

Ich hasse es, ihn nicht ansehen zu können. Er sieht heute extrem gut aus in seinem grauen Anzug, der fast schon schwarz ist, mit dünnen, hellblauen Fäden zu einem karierten Muster durchwirkt. Dazu trägt er ein hellblaues Oberhemd mit einer blau-gelben Krawatte. Es muss ein ungeschriebenes Gesetz sein, dass sich Eishockeyspieler immer herausputzen. Das lange Haar trägt er wieder zurückgekämmt, wo es dank eines magischen Friseurprodukts auch bleibt. Ich muss ihn fragen, was das ist, denn wenn ich mit den Fingern durch seine Haare gleite, sind sie weder hart noch klebrig, sondern nur üppig und weich.

„Hast du einen Tipp für Erik und mich?", fragt Sarah.

Ich zucke zusammen und merke, dass ich auf ihre Frage nicht geantwortet habe. Es war zwar nicht direkt eine Frage, aber eine Aussage, die eine Antwort erfordert. Stattdessen habe ich mich bei Bishops Anblick Tagträumen hingegeben. Ich lächele Sarah an. „Ich glaube nicht, dass ich gute Ratschläge geben kann. Wir sind erst seit ein paar Monaten zusammen."

„Auf jeden Fall ist er ganz bezaubert von dir."

Ich neige den Kopf leicht zur Seite. „Meinst du?"

Sarah nickt in Bishops Richtung. „Er sieht dich ständig an, wenn ihr nicht zusammen seid. Spürst du das nicht?"

Nein. Wahrscheinlich deshalb nicht, weil ich sowieso vor Elektrizität bebe, wenn er in der Nähe ist. Bestimmt überlagert das die Schwingungen seiner Blicke.

„Ich wünsche mir, dass sich zwischen Erik und mir auch so etwas entwickelt", sagt sie verträumt und sieht mit offenem Verlangen zu Erik hinüber. Nicht mit sexuellem Verlangen oder nach den Dingen, die er ihr bieten könnte. Ich glaube, Sarah sucht ganz einfach die Liebe, und das auf intensive Art. Ich möchte es ihr nicht sagen müssen, aber was sie sucht, wird sie nicht bei einem One-Night-Stand finden. Beziehungsweise bei einem Two-Night-Stand, denn sie war ja schon in der Bar mit ihm zusammen und wird es heute Nacht sicher auch wieder sein.

Leider sagt mir mein hervorragendes Bauchgefühl, dass Erik sie nach dem heutigen Abend nicht mehr anrufen wird. Bisher habe ich ihn kaum ein Wort mit ihr wechseln sehen, was ihn ehrlich gesagt ein bisschen zu einem Arsch macht.

Sarah tut mir unendlich leid, denn ich kann es nachfühlen. Obwohl ich nach meinem One-Night-Stand mit Bishop keine Absicht hatte, ihm nachzustellen, habe ich doch ständig an ihn denken müssen. Und dann hat er plötzlich in meiner Tür gestanden und ich habe mich wie neu zum Leben erweckt gefühlt.

Sollte Sarah auch nur annähernd fühlen, was ich

für Bishop fühlte, als ich ihn wiedersah, wird ihr das Herz gebrochen werden.

Meins nicht, denn wir haben einen guten Plan. Mir ist bewusst, dass wir ein Ablaufdatum haben, sodass ich keine Erwartungen hege, und ohne Erwartungen keine Enttäuschung.

Eine Hand an meinem unteren Rücken holt mich aus den Überlegungen. Ich drehe mich um und sehe Bishop hinter mir stehen. Wie er mich ansieht, als wäre er froh, mich zu sehen, und könnte nicht erwarten, mit mir nach Hause zu gehen …

Ich darf nicht vergessen, dass das alles nur Theater ist.

„Können wir gehen?", fragt er mich leise und verführerisch.

Hinter mir seufzt Sarah sehnsüchtig.

„Ja, gern." Mir gefällt nicht, dass ich atemlos und notgeil klinge. „Verabschieden wir uns noch von meinem Vater, okay?"

Bevor wir Sarah sich selbst überlassen, stelle ich sie noch Bishop vor. Er wird sie nie wieder sehen, aber es ist höflich. Wir verabschieden uns von ihr und sie geht auf Erik zu. Nervös ballt sie die Fäuste, schafft es aber, einen verführerischen Hüftschwung in ihren Gang zu legen. Eriks leuchtenden Augen sieht man an, dass es ihm gefällt.

Bishop und ich finden Dad und wir verabschieden uns. Das schließt eine Umarmung von ihm ein, wobei er mich ein bisschen zu fest drückt, aber so war er schon immer. Bishop schüttelt er schweigend die Hand, doch seinem Gesicht kann ich eine Menge Informationen ablesen. Mit seinem Blick gibt er Bishop, ohne ein Wort zu sagen, die Botschaft: *Wage es ja nicht, meinem kleinen Mädchen wehzutun.*

Natürlich weiß ich, dass das sowieso unmöglich ist, da unsere Beziehung nur vorübergehend ist und wir danach beide ohne einen Blick zurück weiterleben werden.

In der Theorie zumindest.

Dennoch habe ich ein schlechtes Gefühl dabei, wenn ich an das potenzielle Leid denke, das alle Beteiligten davontragen könnten.

Als der Bedienstete das Auto gebracht hat, ich auf dem Beifahrersitz sitze und Bishop vom Restaurant wegfährt, fragt er: „Ich glaube, wir haben es erfolgreich durchgezogen, oder?"

Ich stimme mit einem Brummen zu. „Niemand scheint etwas gemerkt zu haben."

Er antwortet nichts und konzentriert sich auf den Verkehr, bevor er sich in die Straße einfädelt. Wir schweigen eine Weile und ich rutsche tiefer in den Sitz.

„Kann ich heute Nacht bei dir bleiben?", fragt er dann.

Bei dem nervösen Unterton sehe ich ihn an. Nichts als Selbstsicherheit ist in seinem Gesicht zu sehen, während er auf die Straße achtet und die Lichter des Armaturenbretts sein schönes Gesicht beleuchten.

„Okay", sage ich leise.

Seine Lippen lächeln und erst jetzt entspannt er die Schultern, was mir sagt, dass ihm meine Antwort wichtig war.

„Gut."

Mehr sagt er nicht.

KAPITEL 10

Brooke

Ich habe … das … noch … nie gemacht." Keuchend gebe ich die Worte von mir. Bishops "Finger sind zwischen meinen Beinen, die weit gespreizt sind.

„Das stimmt nicht", sagt Bishop dicht an meinem Ohr. „Ich habe es dir schon ein paarmal mit den Fingern besorgt."

Ich schüttele den Kopf, den ich an seine Schulter presse. Er sitzt in der Wanne hinter mir und ich spüre seine harte Erektion an meinem Rücken. Ich atme tief durch die Nase ein und bringe heraus: „Ich meinte, mit einem Mann in der Badewanne zu sein."

Bishops Zeigefinger streichelt meine Klit, sein anderer Arm liegt um mich herum und seine Hand drückt meine Brust. Sein Mund an meinem Ohr kitzelt mich mit seinem Atem.

Ich bin so kurz davor, aber er hat mich vorhin im Schlafzimmer schon zweimal zum Kommen gebracht und lässt mich diesmal mehr dafür arbeiten. Er lässt sich Zeit und seine zarten Berührungen bringen mich verdammt gemächlich ans Ziel.

„Brooke", wispert er. Seine Stimme ist so erotisch, dass ich mich winde. „Baden schien mir genau das Richtige zu sein, nachdem du mich gebeten hast, auf deine Titten zu kommen."

Ich stöhne und stoße meine Hüften nach oben.

Sein Lachen ist hinterhältig, während er weiterhin schmutzige Sachen sagt und mich mit seinem Finger bearbeitet.

„Ich war erstaunt, diese Bitte von dir zu hören. Überrascht und erfreut. Wusste ich doch, dass du ein unanständiges Mädchen bist."

In stummer Verdrängung schüttele ich den Kopf, aber, oh Gott, ich glaube, er hat recht. Was ich alles von mir gebe, wenn Bishop mich wild macht, sodass ich die Kontrolle verliere, ist mir eigentlich fremd. Und es scheint so, als ob er sich nicht mal besonders anstrengen muss, um mich so weit zu bringen. Vor nicht einmal fünfzehn Minuten lag ich ausgebreitet auf dem Bett und er fickte mich so gründlich, dass ich fast den Verstand verloren hätte.

Ich habe ihn tatsächlich angefleht, auf mich zu spritzen. So etwas habe ich noch nie getan. Es war einfach magisch, in seinem Gesicht die Veränderung von höchster Lust zu forderndem Verlangen zu beobachten. Er ging von langsam und tief zu hart und schnell über, bis er abrupt herausglitt, das Kondom runterriss und auf meine Brust spritzte.

„Darf ich irgendwann dieses Mundwerk ficken?", fragt er tief und heiser.

„Ja", stöhne ich ohne zu zögern. Darüber habe ich schon nachgedacht, weil er beim Sex eine derartige Macht über mich hat und ich endlich mal die Kontrollierende sein will, der er ausgeliefert ist. Vielleicht ein- oder zweimal in den nächsten Wochen.

„Wirst du auch alles von mir reinkriegen?", stochert er nach, mit Worten und seinem Finger.

Er verstärkt den Druck auf meine Klit, die inzwischen so empfindlich geworden ist, dass mir sogar das Schwappen des Badewassers Lust verschafft.

„Bestimmt", verspreche ich, und das bewirkt etwas in ihm. Sein Schwanz zuckt an meinem Rücken, Bishop stöhnt und drückt seine Lippen an meinen Hals.

„Ich kann es kaum erwarten, Baby." Er bewegt den Finger schneller.

Gröber.

Ich falle, spüre den Orgasmus über mich spülen, stemme die Füße gegen seine Knöchel, und als die Lust explodiert, hebe ich das Becken und suche nach mehr. Bishop versenkt die Finger in mir, keine Ahnung wie viele, aber ich fühle mich ausgefüllt. Meine inneren Wände ziehen sich um ihn zusammen, greifen nach seinen Fingern, saugen sie tiefer ein.

„Sehr schön", lobt er mich und beißt mir ins Ohr.

Ziemlich fest. Es gefällt mir.

Ich sinke zurück und mein Kopf ruht an seiner Schulter. Meine Hand liegt auf seiner, damit er noch ein paar wundervolle Momente in mir bleibt. Ich spüre seine Lippen an meinem Hals.

„Ich liebe es, dich zum Kommen zu bringen", flüstert er.

„Das ist irgendwie komisch", murmele ich.

Bishops Arm um mich zieht mich näher.

Wir liegen in der Löffelchenstellung.

In meinem Bett.

Bereit, zu schlafen.

Seine Stimme klingt schwer und entspannt. „Du meinst, zusammen zu schlafen?"

„Ja." Ich streichele über seinen Handrücken auf meinem Bauch. „Immerhin haben wir uns etwas angezogen und sind wie Erwachsene ins Bett gestiegen."

Bishop lacht in sich hinein. Ich hätte es seltsam gefunden, nackt ins Bett zu gehen. Ich fand es okay, mit ihm zu baden, mich von ihm befriedigen und mich übers Waschbecken gebeugt nehmen zu lassen. Aber als Bishop verkündete, über Nacht bleiben zu wollen, war mein erster Impuls, Höschen und T-Shirt anzuziehen. Plötzlich fühlte ich mich verletzlich.

Er gab dazu keinen Kommentar ab, und ich war seltsam erleichtert, als er seine Boxers anzog. Gott, er sah unglaublich gut aus mit all den Muskeln unter dem dünnen Stretchmaterial, das seine Männlichkeit umschmiegte.

„Ist es okay für dich, dass ich bleibe?", fragt er. „Wir müssen ja jetzt nicht Theater spielen."

„Ich weiß nicht", denke ich laut nach. „Sollte mein Vater unerwartet vorbeikommen, würde es zur Glaubwürdigkeit unserer Geschichte beitragen."

Bishop gibt vor, sich am ganzen Körper zu schütteln. „Bitte, lieber Gott, mach, dass das nicht passiert."

Lachend drücke ich seine Hand näher an meinen

Bauch. Er verstärkt seinen Griff und ich fühle mich auf seltsame Weise sicher. Komisch, wo ich mich doch eben noch verletzlich fühlte.

„Es war nett von dir, dich mit Eriks Date zu unterhalten", sagt Bishop in der Dunkelheit.

Ich habe die Vorhänge zugezogen, denn das Nachbarhaus steht nur ein paar Meter neben meinem und deren Schlafzimmer liegt meinem gegenüber. Als ich hier gerade eingezogen war, bekam ich den Anblick des nackten Mr. Crantz präsentiert, und seitdem sind meine Vorhänge zu.

Er spürt mein Achselzucken, doch ich füge hinzu: „Sie ist cool. Erik würde sie bestimmt mögen, wenn er einmal mit ihr reden würde."

Sicherlich spürt Bishop auch mein Unbehagen. Eigentlich wollte ich nicht so herablassend klingen.

Bishop schweigt kurz, und ich rechne damit, dass er mich kritisieren wird, weil ich seinen Teamkameraden vorverurteilt habe.

„So ist Erik eben. Er ist ein Playboy und kann sich nicht festlegen", sagt er jedoch.

„Sie hat mir erzählt, dass sie auf der Toilette in der Bar, in der sie arbeitet, Sex hatten." Ich fühle mich bei ihm sicher genug, ihm das anzuvertrauen.

Bishop lacht leise. „Yup. Und später am Abend ist er mit einer anderen weggegangen."

Ehe ich überhaupt verdauen kann, wie widerlich das ist, platzt die Antwort aus mir heraus. „Du klingst fast stolz auf ihn."

„Warum? Macht es dich eifersüchtig?"

„Kein bisschen." Ich schnaube.

Er lacht erneut und zieht mich fester an sich. „Keine Sorge, ich war gestern ein braver Junge."

„Ja", murmele ich und denke an den Grund seines guten Benehmens. „Wäre auch nicht sehr hilfreich gewesen, wenn sie dich auf der Jagd gesehen hätten, wo du doch eine feste Freundin hast, die du ihnen verheimlicht hattest."

Wieder schweigt er, und ich rechne damit, dass er sauer wird. Er streichelt mein Kinn entlang und ich wende den Kopf und sehe Bishop über meine Schulter hinweg an. Mehr als seine dunklen Umrisse kann ich nicht sehen und habe daher keine Ahnung, welchen Ausdruck er im Gesicht hat, doch seine Stimme ist sanft und gefestigt.

„Was das angeht … die Scharade, die wir spielen, Brooke … wenn ich dich ficke, dann ist es nur das. So ist es auch bei mir immer."

Ich sollte Erleichterung fühlen. Doch ich spüre eine Welle des Verlangens zwischen den Beinen. Ich muss mich zusammenreißen, um nicht nach seiner Hand zu greifen und sie an mir nach unten zu schieben. Nach ganz tief unten.

Aber momentan führen wir ausnahmsweise ein richtiges Gespräch, und das ist auch mal schön.

„Wie ist das mit dieser Stelle in der Merchandising-Abteilung?", fragt Bishop überraschenderweise. Anscheinend ist er wirklich an mir als Person interessiert. „Bekommst du wenigstens mehr Geld dafür, dass du quasi zwei Jobs hast?"

„Nein", antworte ich und erkläre es ihm. „Das ist

sozusagen ein Bewerbungspraktikum beim Director, Sebastian Parr. Ich hoffe, ich kann ihn genug
beeindrucken, dass er mir eine Vollzeitstelle gibt,
und dann Team-Services hinter mir lassen. Nichts
für ungut."

„Kein Problem", versichert er mir. „Das ist
schließlich dein beruflicher Hintergrund, nicht
wahr?"

Ich brumme meine Zustimmung und spüre die
Erschöpfung der multiplen Orgasmen. Bishop
sticht mir mit dem Zeigefinger in die Rippen. Sanft
genug, dass es mich kitzelt. Ich winde mich und
gackere. Er zieht mich wieder in seine warme Umarmung.

„Das reicht mir nicht, Brooke", tadelt er mich.
„Erzähl mir vom College, deinem beruflichen
Werdegang, Ex-Freunden und verrückten Sachen."

Er will etwas über mich wissen?

Klar war das eigentlich der Sinn der Sache, mehr
Zeit miteinander zu verbringen, aber jetzt klingt er
tatsächlich echt interessiert.

„Dann fange ich bei meinem beruflichen Lebenslauf an." Ich lege meine Hand unter mein Kinn
und erzähle ihm von meinem Bachelor-Abschluss
in Fashion-Merchandising am Fashion Institute of
Technology in New York. Ich hatte gehofft, Ein-
käuferin in einem großen Modeladen zu werden,
bin jedoch in der Welt der Modemagazine gelandet. Und ich fand heraus, dass das gut zu mir
passt.

Er hört mir geduldig zu. Ich erzähle ihm von

meinem Job als Redaktionsassistentin und dass es mir dort wahnsinnig gut gefiel, hauptsächlich wegen der tollen Chefin.

„Wirst du irgendwann wieder dahin zurückgehen?"

„Vielleicht", gebe ich im Dunkeln zu. „Falls die Stelle noch frei ist und es hier nicht so gut für mich läuft."

Ich habe noch nicht wirklich darüber nachgedacht. Ich habe mich entschlossen, mindestens ein Jahr hierzubleiben, um Dad durch die Saison zu bringen, falls er mich so lange braucht. Aber wenn es ihm gut geht und er ohne mich zurechtkommt, schlägt mein Herz immer noch für New York.

„Hast du gern in New York gelebt?", will er wissen.

„Ich habe es geliebt. Und vermisse es sehr."

„Ja. Ich auch."

„Wenigstens darfst du während der Saison dorthin reisen", wende ich ein.

Wieder schweigt er und ich warte auf seine Gedanken. Langsam wird mir klar, dass Bishop keine sinnlosen Gespräche führt.

Als ich in der Dunkelheit wieder seine Stimme höre, bin ich vom Themenwechsel erstaunt. „Warum hast du dich zu einem One-Night-Stand mit mir entschlossen?"

„Weil ich eine moderne Frau bin", antworte ich und habe das Gefühl, mich verteidigen zu müssen. „Es ist nichts Verwerfliches an Gelegenheitssex, und …"

„Nein, ich meine nicht, warum du dich dafür entschieden hast“, sagt er so fest, dass ich merke, dass
ich ihn falsch verstanden habe. „Sondern warum
ausgerechnet mit mir? Es haben dich noch andere
Kerle angemacht, und es wären sicher noch mehr
dazugekommen.“

„Willst du, dass ich dein Ego streichele?“, necke
ich ihn.

„Wenn ich will, dass du etwas streichelst, sage ich
es dir“, murmelt er. „Ich finde, dass du mich ausgesucht hast, verrät, was für ein Typ Frau du bist,
und ich möchte wissen, ob mein Verdacht
stimmt.“

Interessant. Jetzt will ich wissen, was das für ein
Verdacht ist. „Weil du nicht einfach so getan hast,
als wüsstest du, was ich will. Du hast mich gefragt,
was du tun musst, um dich mit mir zu unterhalten,
anstatt davon auszugehen, dass ich einen Drink
will oder nur Aufmerksamkeit. Vielleicht war ich
ja nur da, um nach einem anstrengenden Tag allein
einen Drink zu genießen. Du hast nicht sofort angenommen, dass ich auf einen One-Night-Stand
aus bin.“

„Stimmt“, bestätigt er. „Aber ich habe es gehofft.“

Das ist witzig und gleichzeitig süß und ich halte
mein Lachen nicht zurück. Er drückt seine Hand
auf meinen Bauch, als ob er meinen Humor fühlen
will, anstatt ihn nur zu hören.

„Du hast wie ein anständiger Kerl gewirkt, Bishop“, sage ich, um seine Frage weiter zu beantworten. Ich lache nicht mehr, aber wenn er so ein gutes Gespür hat, wie ich glaube, hört er das Lächeln in meiner Stimme. „Du hast den Eindruck gemacht, dass du mich gut behandeln wirst, wenn auch nur für eine Nacht.“

Ich spüre sein Grinsen. Merke es daran, wie er sich in der Dunkelheit leicht bewegt.

„In der ersten Nacht hast du meinen Namen gen Himmel geschrien. Also habe ich dich echt gut behandelt.“

„Das meine ich nicht“, murmele ich.

„Egal. Meinst du, wir können es schaffen, unsere gemeinsame Zeit wirklich zu genießen, während wir die nächsten Wochen deinen Dad und das Team an der Nase herumführen?“

Das wirft mich völlig aus der Bahn und mir wird leicht schwindelig im Kopf. „Du meinst, wir sollen uns ganz echt daten?“ Ich frage lieber nach, denn ich glaube, dass er das meint. Es kommt mir vor wie in der Schule, wo man gefragt wird: Willst du mit mir gehen?

„Nun ja … nicht in echt“, erklärt er und ich falle wieder auf den Boden der Tatsachen zurück. „Ich meine, wir beide wissen doch, wie es enden wird und dass wir es irgendwann abbrechen werden, ohne uns gegenseitig zu verletzen. Aber … ich schlage vor, dass wir uns nicht so sehr auf das Theater konzentrieren, sondern mehr auf den Spaß miteinander.“

„Du meinst den Sex“, sage ich trocken. Was okay ist. Schließlich ist der Sex fantastisch, heiß und besser als alles, was ich mir je hätte vorstellen können.

„Der ist Teil des Spaßes", antwortet er genauso trocken. „Aber ich rede von mehr. Wir gehen zusammen aus und du wirst ja auch mit dem Team reisen, oder?"

„So ist es jedenfalls geplant." Der Director mag nicht direkt mit Leuten wie Caterern und Hotelpersonal arbeiten, also bin ich seine Vermittlerperson.

„Gut." Dann erklärt er es mir genauer. „Wir müssen uns wie ein Pärchen benehmen, das wild aufeinander ist, also lass es uns genießen. Dass wir im Bett perfekt funktionieren, wissen wir ja schon, und …"

Er bricht ab und möchte wohl den Rest seiner Gedanken lieber nicht aussprechen.

„Und?"

Er schweigt nicht. Macht keine Pause, um seine Gedanken zu sortieren. Zögert nicht. „Und ich finde dich echt verdammt cool, Brooke. Ich glaube, das kann für uns beide ein mega Abenteuer werden."

„Ein Abenteuer." Ich lasse mir das Wort auf der Zunge zergehen. Bisher habe ich es mehr für eine belastende Verpflichtung gehalten, wie Toilette putzen. Aber Bishop möchte, dass wir es von der spaßigen Seite betrachten, und zwar weil? Nun, darüber kann man später noch diskutieren. Erneut spreche ich es aus, ohne jegliche Schwere oder Erwartung. „Ein Abenteuer. Das klingt super."

KAPITEL 11

Es kommt mir total seltsam vor, mit Brooke zum Flughafen zu fahren.

Das sollte es aber nicht, da wir uns geeinigt haben, die nächsten Wochen den Spaß miteinander zu genießen. Also sollte es leicht und normal sein, aber es fühlt sich trotzdem komisch an. Normalerweise fahre ich mit Dax mit einem Uber zum Flughafen. Zumindest in den vergangenen drei Jahren, seit wir im selben Apartment in New York wohnten.

Aber nach einer unglaublichen Nacht mit Brooke, einem Frühstück in einem Diner mit Chicken und Waffeln und einem Work-out im Gym des Stadions, habe ich mich dabei ertappt, sie zu fragen, ob wir zusammen zum Flughafen fahren wollen.

Sofort hat sie zugestimmt, und wir trennten uns nur so lange, um für den Zwei-Spiele-Trip nach San Francisco und Los Angeles zu packen. Ich holte sie zu Hause ab und wir fuhren die zwanzig Minuten zu dem VIP-Terminal, an dem wir uns alle treffen sollten.

Vielleicht bin ich ein bisschen verwirrt wegen ihrer Begrüßung, als ich an ihre Tür klopfte und ihr Gepäck zum Auto tragen wollte. Sie lachte und lehnte meine Hilfe ab, betonte, dass sie den Koffer selbst tragen könnte.

Meine Antwort war eigentlich scherzhaft gemeint. „Als dein fester Freund muss ich solche Sachen für dich tun. Zumindest glaube ich das.“

Brooke drehte sich mit strahlenden Augen und einem albernen Grinsen zu mir um. Sie umfasste mein Gesicht – eine spontane, unbeschwerte Geste – und zog mich für einen heißen, innigen Kuss an sich.

Als sie mich losließ, blinzelte ich die Sternchen aus meinem Sichtfeld und befahl den Schmetterlingen in meinem Bauch, verdammt noch mal mit dem Theater aufzuhören.

Also ja, ich fühle mich ein bisschen seltsam.

Wir parken im Bereich für Privatmaschinen und Luxus-Charter-Flieger. Ich hole das Gepäck aus dem Wagen und wir ziehen die Koffer auf ihren Rollen zum Eingang. Durch Glastüren, die sich wie von Geisterhand allein öffnen, betreten wir die großzügige Lobby, die leer ist. Wahrscheinlich, weil es schon fast 21:00 Uhr ist.

Normalerweise fliegen wir nicht so spät zu Spielen, sondern am späten Nachmittag. Doch manche Teams fliegen spät. Ich nehme an, um bei den meist wilden jungen Spielern die Zeit zu verkürzen, die sie auf Partys gehen können. Es wäre ein Leichtes, in eine Stadt wie San Francisco zu fliegen, abends in ein Restaurant zu gehen und dann in einen Strip-Club. Spieler denken oft über so etwas nicht zweimal nach und besaufen sich sinnlos. Wenn wir später fliegen, sind die Möglichkeiten nicht so zahllos, auszugehen und in Schwierigkeiten zu geraten, sodass das Team am nächsten

Morgen noch frisch ist.

Ich schätze, das ergibt einen Sinn.

Brooke und ich folgen unserer Gruppe durch die Lobby, geben unser Gepäck ab und gehen direkt nach draußen auf die Rollbahn, um in die Maschine zu steigen. Es ist bereits dunkel und das Flugzeug wird wie ein funkelndes Juwel von Scheinwerfern beleuchtet.

Ich halte abrupt inne, genau wie ein paar andere Spieler, und betrachte das neue Flugzeug bewundernd.

Viele Eishockeyteams chartern Privatmaschinen. Das mag teuer erscheinen bei fünfunddreißigtausend Dollar die Stunde, aber es kann günstiger sein als Linienflüge für fünfzig bis fünfundsiebzig Personen, um von A nach B zu gelangen. Außerdem hat man den Vorteil, kommen und gehen zu können, wann man will, anstatt den Verspätungen von Linienflügen ausgeliefert zu sein.

Manche Teams besitzen ihre eigenen Maschinen, meist umgebaute Jumbojets.

Mr. Carlson macht es offenbar nichts aus, Geld für sein Team auszugeben, denn das hier ist keine Charter-Maschine. Das sieht man deutlich an den Streifen in Silber, Blau und Grün über dem gesamten Rumpf und dem Team-Logo am Heck. Sogar die Flügel sind in den Farben lackiert. Es ist auffällig und grell und repräsentiert, wie stolz Mr. Carlson auf das neue Team ist.

„Heilige Scheiße", murmelt jemand hinter mir.

In der Tat.

Ich gehe weiter, trabe hinter Brooke her, um sie einzuholen. Mit einer Hand an ihrem unteren Rücken geleite ich sie die Treppe zur Maschine hoch. Ich lasse die Hand die ganze Zeit dort, während wir zusammen hochgehen, und lasse den Gedanken lieber fallen, wie natürlich sich das anfühlt und gar nicht so, als wäre es nur zum Schein.

Oben begrüßt uns eine dunkelhaarige Stewardess. Sie trägt eine coole Uniform mit einem engen Rock und passendem Blazer, und das Kostüm sieht aus, als wäre es extra für die Maschine geschneidert worden, denn es passt zu den Team-Farben. Die Grundfarbe ist ein Hellgrau, kariert mit neongrünen und blauen Streifen wie in unserem Logo. Das Muster ist subtil und die Streifen sind schmal, aber die Uniform ist auf jeden Fall auffällig.

„Willkommen an Bord", sagt sie in kultiviertem Ton.

Ich schaue nach links. Die Cockpit-Tür ist offen, und Pilot und Co-Pilot tun, was immer sie so tun, um den Start vorzubereiten. Deren Uniform ist dieselbe wie die bei den Linienflügen. Beide haben ihre Jacketts ausgezogen und tragen weiße Hemden, schwarze Hosen und Pilotenmützen.

Die Stewardess bedeutet uns, in den Sitzbereich zu gehen, und als wir dort sind, halte ich erneut inne. Auf den Luxus in dieser Maschine war ich nicht vorbereitet.

Charterflüge sind nett. Es gibt breite Sitze und viel Platz für die Beine. Aber das hier? So etwas habe ich noch nie gesehen.

Der Mittelgang ist breit genug, dass Brooke und ich nebeneinander gehen können, ohne uns oder sitzende Passagiere anzurempeln. Auf beiden Seiten befinden sich zwei Sitzreihen, um die fünfzehn Stück in der Länge. Die Sitze sind dunkelgrau und auf das Kopfteil ist das Team-Logo gestickt, welches einen fauchenden Tiger in den Teamfarben darstellt. Einige Spieler haben sich bereits Sitze ausgesucht, vor denen man Tabletts aus dunklem Mahagoni herunterklappen kann. Es passt zu dem restlichen Mahagoni an den Sitzen.

Ein paar Spieler haben die Rückenlehnen ausprobiert, die sich flach wie ein Bett umlegen lassen. Die Lederbezüge sehen weich aus, und ich wette, dass die Sitze verdammt bequem sind. Ein brillantes Design, denn es kommt oft vor, dass wir nachts nach einem Spiel zum nächsten fliegen müssen. Hier können die Spieler ihre dringend benötigte Ruhe finden.

Brooke und ich gehen weiter den Gang entlang, der mit einem flauschigen beigefarbenen Teppich ausgelegt ist, in den das Vengeance-Logo eingewebt wurde. Ich wette, der hat ein Vermögen gekostet.

Der nächste Bereich schießt den Vogel ab. Und das meine ich auf eine gute Art. Wieder Ledersitze, aber mehr im Captain-Stil und drehbar. In Vierergruppen stehen sie einander gegenüber und dazwischen befindet sich ein Mahagonitisch. Sechs Sitzgruppen sind es insgesamt. An der hinteren

Wand stehen zwei Couches.

„Wo möchtest du dich hinsetzen?", frage ich Brooke, die sich umsieht. „An einen Tisch oder lieber auf die Sitze im vorderen Bereich?"

„An einen Tisch", antwortet sie und bestaunt die Inneneinrichtung.

Kaum sitzen wir, erscheint eine andere Stewardess. Sofort denke ich, dass sie genau Eriks Typ ist. Sie hat blonde Haare, aber nicht übertrieben gebleicht. Eher sanft golden. Sie hat sie zu einem Pferdeschwanz gebunden. Auch wenn Brooke neben mir sitzt, kann ich nicht umhin, die schönen Brüste der Frau zu bemerken, die nur schwer von der engen Uniform in Schach gehalten werden. Die weiße Bluse darunter ist nicht ganz zugeknöpft und zeigt ihren tiefen Ausschnitt. Ich erinnere mich daran, dass die Stewardess am Eingang ihre Bluse ebenfalls skandalös weit offen trug, und frage mich, ob das jemand angeordnet hat oder sie sich untereinander abgesprochen haben.

Während ich kurz ihre Brüste abchecke, fällt mir auf, dass auf ihrem Namensschild Blue steht.

„Möchten Sie vor dem Start etwas trinken? Wir sind ausgestattet mit den Lieblingsgetränken der Spieler."

Brooke lächelt. „Ich hätte gern ein Glas Wein."

„Ich hole die Weinkarte", sagt die Stewardess.

Brooke lacht auf. „Ich bin nicht wählerisch. Irgendeinen Cabernet. Suchen Sie einen aus."

„In Ordnung", sagt die Frau und nickt. „Dann weiß ich schon, welchen ich Ihnen bringen werde."

„Vielen Dank, Blue", antwortet Brooke.

Mir fällt auf, dass sie die Stewardess beim Namen nennt. Nicht, dass das seltsam wäre, aber die meisten Leute würden nicht darauf achten. Nicht jeder schaut auf den Namen, um die Person höflich direkt anzusprechen.

Blue wendet sich an mich. „Und Sie, Sir?"

„Ich nehme einen Woodford Reserve on the rocks mit einem Spritzer Club Soda." Damit teste ich, ob es stimmt, dass wirklich alle Lieblingsgetränke an Bord sind.

Erstaunt nehme ich ihr strahlendes Lächeln und ihr Nicken zur Kenntnis. „Sofort, Sir."

Als die Stewardess weg ist, schlägt Brooke die Beine übereinander. Sie trägt ein einfaches blaues, ärmelloses Kleid mit einer dünnen beigefarbenen Strickjacke. Ihre hellbraunen Pumps haben einen breiten Riemen um die Knöchel, was dem Outfit einen leicht sexy Hauch verleiht, dennoch ist es geschäftsmäßig. Zwar bin ich ein Kerl, aber ich habe das Logo von Louis Vuitton auf ihrer dunkelbraunen Handtasche erkannt, die sie vorhin Blue gereicht hat. Als wir nach dem Frühstück noch auf ihrer Terrasse gechillt haben, hat sie mir erzählt, dass der Job in New York bei dem Magazin gerade genug Geld eingebracht hatte, um sich über Wasser zu halten, sie aber eine Menge Kleidung und Accessoires von den Shootings geschenkt bekam.

Das erklärt, warum sie immer so modisch gekleidet ist. Auch wenn ich nicht immer das Label erkenne, weiß ich doch, was Qualität ist, wenn ich sie sehe.

„Dieses Flugzeug ist der Hammer." Sie wirkt immer noch schwer beeindruckt.

Sie flüstert fast, als dürften wir nicht so erstaunt sein, sondern sollten eher Blasiertheit ausstrahlen bei all dem Luxus.

„Die meisten Teams reisen nicht so feudal." Ich beuge mich über meine Armlehne näher zu ihr. „Ich muss sagen, Mr. Carlson scheut sich nicht, viel Geld auszugeben."

„Er besitzt Milliarden", bringt Brooke in Erinnerung.

„Aber nur fünfzehn oder so. Er ist nicht mal unter den Top-Fünfzig der Milliardäre auf der Forbes-Liste."

Brooke kichert und will etwas sagen, aber soeben lässt sich Erik in den Sitz uns gegenüber fallen und Dax neben ihn.

Erik beugt sich vor, blickt zwischen Brooke und mir hin und her und wirkt genauso erstaunt wie wir. „Kannst du dieses verfickte Flugzeug glauben? Die Sitze vorne kann man zum Bett machen."

„Da können wir bei Nachtflügen pennen", sagt Dax.

„Schade, dass es nicht diese halb privaten Nischen sind wie bei Langstreckenflügen", sinniert Erik und lehnt sich im Sitz zurück. „Ich hätte nichts dagegen, mit der Brünetten …"

„Erik", knurre ich warnend und werfe einen kurzen Blick auf Brooke. „Behalte das Kabinengerede für dich, bis wir tatsächlich in der Kabine sind."

„Oh Scheiße, sorry", sagt er entschuldigend zu Brooke.

Sie winkt ab. „Ich habe schon Schlimmeres gehört."

Blue kehrt mit unseren Getränken zurück. Sie stellt meins zuerst ab, und zwar auf einen dicken runden Untersetzer mit dem Vengeance-Logo. Dann stellt sie Brooke ihren Wein hin und erklärt ihr, welche Sorte sie gewählt hat. Brooke probiert einen Schluck und ich schaue zu Dax und Erik hinüber.

Dax wartet geduldig. Wahrscheinlich geht er davon aus, dass Blue als Nächstes seine Bestellung aufnehmen wird.

Aber Erik macht ein für ihn unübliches Gesicht. Als hätte man ihm gegen den Kopf geschlagen und ihn damit verblödet. Ich wäre nicht überrascht, wenn er bei Blues Anblick das Sabbern anfangen würde.

„Was möchten Sie trinken, Sir?", fragt sie zuerst Dax.

„Welche Sorte Bier haben Sie denn?"

„Was auch immer ihre Lieblingsmarke ist", antwortet sie locker und genießt wahrscheinlich ihre Rolle als magisches Genie, das hier jeden Wunsch erfüllen kann.

„Auch Heineken?"

Blue nickt lächelnd. Und wendet sich an Erik. Der sie einfach nur dämlich ansieht.

„Und Sie, Sir?"

Stille breitet sich aus.

Peinlich.

„Dude", sagt Dax, stößt Erik mit dem Ellbogen in die Rippen und holt ihn aus dem Zombiezustand.

„Äh, ja … sorry", sagt er auf uncharakteristische Weise unsicher.

Normalerweise ist Erik der Inbegriff von Selbstsicherheit mit einem starken Ego. Amüsiert und bemüht, nicht über ihn zu lachen, blicke ich zwischen Erik und Blue hin und her. Sie lächelt ihn höflich und geduldig an.

Erik wirkt wie benebelt.

Blue will ihm helfen. „Wir haben eine große Auswahl an alkoholischen und nicht alkoholhaltigen Getränken. Wenn wir in der Luft sind, werden wir Snacks servieren. Ich glaube, es gibt eine Platte mit Delikatessen und eine mit Antipasti für den Anfang. Vielleicht etwas, was dazu passt?"

„Ich nehme einfach nur ein Heineken", murmelt er und starrt sie weiterhin an.

Jetzt wird es langsam unheimlich.

Glücklicherweise geht Blue jetzt, um das Bier zu holen. Ich werfe einen Blick zu Brooke, die ebenfalls amüsiert wirkt.

Ich beuge mich vor und schnipse vor Eriks Gesicht mit den Fingern. Er blinzelt, wie aus einer Trance erwacht, und grinst mich schief an.

„Diese Frau", sagt er und sinkt tiefer in seinen Sitz.

„Du bist irgendwie weggetreten bei ihr", informiert ihn Dax.

„Gar nicht", erwidert Erik und wirkt beleidigt.

„Bist du doch", sage ich.

Er sieht mich kurz an, dann Brooke.

Sie nickt zustimmend und ist so nett, ihm eine Rechtfertigung zu liefern: „Sie ist sehr hübsch."

Die Röte in Eriks Gesicht ist zum Schieflachen, aber ich beiße mir auf die Zunge. Ich wette, Erik begegnet nicht oft Frauen, die ihn schlagartig umhauen. Armer Kerl, hoffentlich kriegt er sich wieder ein oder er wird sich den ganzen Flug über wie ein Idiot benehmen.

Die Maschine füllt sich langsam. Blue bringt Dax und Erik das Bier und Erik scheint sich erholt zu haben. Er bedankt sich sogar bei ihr.

Sie bringt auch ein Kartenspiel mit. „Falls Sie sich beschäftigen wollen, bis wir das Essen servieren."

Ich habe Brookes Dad noch nicht gesehen und nehme an, dass er im vorderen Bereich sitzt. Der hintere Bereich wird immer voller. Hauptsächlich mit jüngeren Spielern, die wahrscheinlich noch nicht so müde sind, um vorn ein Nickerchen zu machen.

„Eine Runde *Texas Hold'em*?", fragt Dax und greift nach den Karten.

„Bin dabei", sagt Erik und trinkt von seinem Bier.

Dax mischt die Karten und sieht mich an.

„Ich auch", sage ich.

„Brooke?", fragt Dax.

Sie lacht und schüttelt den Kopf. „Auf keinen Fall. Ich bin nicht gut im Kartenspielen und habe keine Lust, mein Geld zu verlieren. Ich glaube, ich gehe mal nach vorn."

Brooke will sich erheben, und bevor ich darüber nachdenken kann, packe ich sie am Handgelenk. Sie sieht mich neugierig an. „Bleib." Das klingt nicht nach einem Befehl, sondern nach einer Bitte.

Ich wette, wenn ich zu Erik schauen würde, könnte ich erkennen, dass er nichts von einem Mann hält, der seine Frau bei sich behalten will. Und wenn ich Dax ansehen würde, würde ich echtes Interesse und ein bisschen Erheiterung in seinem Gesicht sehen.

Ja, wir spielen nur Theater, aber ich will sie trotzdem hier haben, und zwar, weil ich es einfach will.

Als Brooke mich gefällig anlächelt und sich wieder in den Sitz sinken lässt, lasse ich sie los. Ich erwidere ihr Lächeln, und ob es nun rein für die Scharade ist oder nicht – und scheiß auf Dax' wissenden Blick –, beuge ich mich zu ihr und gebe ihr einen sanften Kuss.

Ich setze mich wieder korrekt auf meinen Sitz und sehe Dax an. „Gib die Karten und bereite dich darauf vor, deine Kohle loszuwerden."

KAPITEL 12

Bishop

Ich packe meinen Koffer aus und schicke Brooke eine Nachricht.

Ich: *Wie ist deine Zimmernummer?*

Ich bin müde, aber nicht so, dass ich sie nicht ficken will. Auf der Fahrt vom Flughafen zum Hotel habe ich an nichts anderes gedacht.

Tacker ist noch im Bad, und die Dusche läuft. Auf seinem Bett liegt sein offener Koffer. Er sieht aus, als hätte ihn ein Fünfjähriger gepackt. Alles ist nur reingeworfen worden.

Ich frage mich, warum man uns in ein Zimmer gesteckt hat. Wir haben kein Mitspracherecht und teilen uns ein Zimmer, mit wem auch immer wir eingeteilt werden.

Brooke hat mit dem Nachtportier gesprochen, der all unsere Zimmerschlüssel bereitliegen hatte. Brooke las unsere Namen von einer Liste vor, die wahrscheinlich ihr Boss zusammengestellt hat, und war überrascht, als sie Tacker und mich zusammen aufrief.

Es ist natürlich völlig egal, wer mein Zimmergenosse ist, denn ich habe sowieso vor, bei Brooke zu schlafen. Als einzige Frau hat sie ein Einzelzimmer, und das werden wir ausnutzen.

Mein Handy brummt. Ich schaue aufs Display.

Brooke: *Verrate ich dir nicht. Geh schlafen.*

Verständnislos starre ich auf das Telefon, und es geht nicht wirklich in meinen Schädel, dass sie soeben die metaphorische Tür vor meiner Nase zugeschlagen hat.

Nach einer Weile bin ich in der Lage, zu antworten.

Ich: *Wirklich?*

Bevor ich auf Senden drücke, überlege ich es mir anders, lösche den Text und schreibe etwas anderes.

Ich: *Sag mir die Zimmernummer, oder ich klopfe an jede Tür, bis ich dich finde.*

Ihre Antwort kommt recht schnell. Drei Tränen lachende Emojis und die Zimmernummer.

Lächelnd stecke ich das Handy ein und gehe an die Badezimmertür. Ich klopfe heftig dagegen und rufe seinen Namen. „Ich gehe zu Brooke rüber und komme heute Nacht nicht wieder zurück."

„Bis später!", ruft er zurück.

So viel dazu, den Einsiedler besser kennenzulernen, aber das muss warten. Brooke habe ich nur ein paar Wochen.

Ich schnappe mir den Zimmerschlüssel von der Kommode und eile zu Brookes Zimmer, das sich eine Etage tiefer befindet. Als sie die Tür öffnet, ist sie in ein Handtuch gewickelt und ihre Schultern sind noch nass von der Dusche. Ihre Haare sind noch trocken und zu einer wilden Masse hochgesteckt.

„Hi“, sagt sie und hält das Handtuch mit einer Hand zusammen. Sie tritt zurück und ich gehe hinein und schließe die Tür. „Ich habe schnell geduscht. Aus irgendeinem Grund bin ich innerlich aufgedreht.“

„Es ist das erste Spiel der Saison“, sage ich neckend und folge ihr ins Zimmer. „Der erste Flug in einer abgefahrenen Maschine. In Gegenwart von schillernden Eishockey-Stars. Natürlich ist man da aufgedreht.“

Sie sieht mich mit gespitzten Lippen über ihre Schulter hinweg an. „Keine Ahnung, ob es wegen der Spieler ist, aber wahrscheinlich eher wegen der Maschine. Das war ein toller Flug.“

Sie bleibt vor einem der beiden französischen Betten stehen und sieht mich an. Ich lege die Hände an ihre Hüften und schaue nach unten. Ihr Gesicht ist aus jedem Winkel schön, aber wenn sie durch diese dichten Wimpern zu mir aufsieht, ist das ihr süßester Ausdruck.

„Wie wär's mit einer Rückenmassage?“, frage ich.

„Hast du Rückenschmerzen?“, fragt sie mit besorgtem Blick.

„Nein, Dummerchen.“ Ich grinse sie an. „Ich meinte, ob ich dir den Rücken massieren soll. Zur Entspannung.“

„Oh.“

„Allerdings kenne ich noch andere Mittel zur Entspannung.“ Ich wackele zweideutig mit den Augenbrauen.

„Das stimmt“, murmelt sie und ihr Blick wird leicht glasig.

Wie anzüglich von ihr, der Idee, sie durch einen Orgasmus zu entspannen, so offen gegenüberzustehen, aber verdammt … das kann ich jederzeit tun.

Ich greife sie an den Schultern und drehe sie zum Bett um. „Leg dich auf den Bauch, ich bin gleich wieder da.“

Brooke kichert und steigt aufs Bett. Inzwischen gehe ich ins Bad und durchstöbere ihre Sachen. Ich habe oft genug die Dinge in ihrem Badezimmer gesehen, um zu wissen, was ich suche.

Ich nehme die Körperlotion an mich. Als ich ins Schlafzimmer komme, liegt Brooke auf dem Bauch, die Wange auf den Armen abgelegt, und sieht mich an. Ihre whiskeyfarbenen Augen scheinen zu glühen, als sie mich beobachtet und ich auf sie zugehe.

Das Handtuch hat sie weggelegt und ihr nackter Körper verlangt nach meiner Aufmerksamkeit. Ihre Haut, die ich als zart kenne, die kleine Delle auf ihrem unteren Rücken und die Rundungen ihres Hinterns. Diese ewig langen Beine mit den hübschesten Füßen überhaupt, die ich heute Nacht auf meinen Schultern spüren will.

Bei dieser Vorstellung werde ich hart, aber ich

achte momentan nicht auf meinen eigenen Körper. Ich habe Brooke eine Massage versprochen und werde ihr eine richtig schöne geben. Ich werde dafür sorgen, dass sie sich knochenlos entspannt fühlt, und dann tief in sie dringen. Wenn ich alles richtig mache, werden wir gemeinsam kommen.

Ich steige aufs Bett und spreize die Beine über ihrem Hintern, betrachte diesen und frage mich, ob ich ihn jemals ficken darf. Das macht mich noch härter. Ich schüttele den Kopf und öffne die Lotion. Ich gebe etwas davon auf meine Hand und verreibe sie, um sie anzuwärmen.

Als ich die Hände auf sie lege, seufzt Brooke, als ob ich etwas in ihr löschen würde. Mit nur leichtem Druck verteile ich die Lotion auf ihrem gesamten Rücken und lasse mich vorsichtig auf ihrem Hintern nieder. Dann streiche ich über ihre Schultern und drücke die Daumen in ihre harten Muskeln. Brooke stöhnt dankbar und das bringt mich zum Lächeln.

Sie schweigt eine Weile, während ich mich auf ihren oberen Rücken konzentriere. Ich habe es nicht eilig, trotz der späten Stunde, denn ich komme auch mit wenig Schlaf aus und muss mich erst morgen früh um elf mit dem Team auf dem Eis treffen.

„Kommt deine Mom zu deinen Spielen?", fragt Brooke.

Ihre Stimme klingt schläfrig, was mich wieder lächeln lässt. „Ja." Ich massiere ihren mittleren Rücken. „Sie sieht sich die Heimspiele in Phoenix an

und die Spiele, die in der Nähe von London stattfinden."

Beim heutigen Frühstück, oder besser gesagt
beim gestrigen, denn jetzt ist es schon halb eins,
fragte Brooke mich aus, damit sie besser über meine Mom informiert ist. Ähnlich wie bei Brooke ist
mein Leben ein ziemlich offenes Buch, ohne Skelet-
te im Schrank. Ich erzählte ihr vom Tod meines
Vaters und wie meine Mutter die Rolle beider Eltern übernahm. Sie weiß, dass ich meiner Mom
nahestehe, was manche Kerle peinlich finden, aber
ich nicht. Meine Mom ist verdammt cool hoch
zehn.

„Sie hat Glück, einen Job zu haben, bei dem sie
dich trotzdem beim Eishockey unterstützen kann",
murmelt Brooke.

Ihre Augen sind halb geschlossen und ein gelas-
senes Lächeln umspielt ihre Lippen.

„Das war echt schön, als ich noch jünger war.
Von einem geliebten Menschen angefeuert zu
werden, macht wirklich etwas aus. Und wenn ihr
das Reisen nicht erlaubt werden würde, würde ich
sie kurzerhand kündigen lassen und sie finanziell
versorgen, damit sie zu allen Spielen kommen
kann."

„Wirklich?", fragt Brooke gerührt, was mir sagt,
dass sie das echt süß von mir findet.

Ich lache und fahre mit den Daumen über ihre
Muskeln, die ihre Wirbelsäule schützen. Brooke
erbebt und ich gleite auf und ab. „Na ja, nicht
wirklich, denn meine Mom ist in der Finanzanaly-

se bei einer großen Versicherungsgesellschaft und würde ihren Job nie aufgeben. Sie liebt ihn viel zu sehr und ist einer dieser Leute, die bis zum Tod arbeiten. Sie weiß gar nicht, wie man kürzertritt und entspannt."

„Ich wünschte, ich würde auch so fühlen in meinem jetzigen Job", murmelt Brooke.

Sie gähnt, behält die Augen geschlossen und ihre Züge sind völlig entspannt. Meine Massagen sind wirklich gut.

„Wie meinst du das?"

„Ach, in New York, und im Job beim Magazin, geht es immer hektisch zu, es herrscht ein großer Druck, alles ist auf die Deadline konzentriert und ich musste in enormer Geschwindigkeit leben. Und hier … ist es ganz anders."

„Du klingst nicht gerade begeistert."

„Nicht nur das", sagt sie leise. „Ja, es ist nicht das, was ich wirklich machen will. Es ist einfach so, dass die Arbeit nicht fordernd ist. Ich bin echt froh über diese Möglichkeit in der Merchandising-Abteilung."

Ich nehme mir mehr Lotion und rutsche auf Brooke tiefer, über ihre Schenkel, um ihren unteren Rücken erreichen zu können. Brooke stöhnt zufrieden und kneift die Augen fester zusammen, als ich einen besonders verspannten Muskel erwische. Ich nehme etwas Druck heraus und ihr Gesicht entspannt sich wieder.

Sie sagt nichts weiter über ihren Job, aber ich bin unglaublich neugierig auf etwas anderes. Brooke hat mir vorgestern erzählt, dass sie gern wieder nach New York zurückgehen würde. „Wie geht es deinem Dad?"

Sie öffnet die Augen und hebt den Kopf von den Armen. Fragend sieht sie mich an.

Ich zucke mit den Schultern. „Es ist nur, weil … wenn es deinem Dad besser geht und wir uns in ein paar Wochen offiziell trennen, dann kannst du ja vielleicht deinen alten Job wiederbekommen. Du könntest unsere Trennung sogar als eine Art Ausrede benutzen, dass du mehr Abstand brauchst."

Brooke sieht mich ausdruckslos an. Ich halte ihren Blick und massiere sie weiter.

Schließlich legt sie sich wieder ab, macht die Augen zu und antwortet. „Eigentlich geht es ihm sehr gut. Ich glaube, das Training hat ihn wieder in die Spur gebracht. Das neue Team. Das neue Zuhause. Es ist ein Neustart, den er sicherlich braucht, um aus der Depression nach Moms Tod zu kommen."

„Wie hieß sie?"

Wieder lächelt Brooke, was nicht nur von der Kindheitsliebe zu ihrer Mutter zeugt, sondern dass sie liebevoll an die Frau selbst denkt. „Margaret", sagt sie leise. „Aber alle nannten sie Margie."

„An deiner Stimme erkenne ich, dass sie eine tolle Frau war."

„Wenn du sie gekannt hättest", sagt Brooke fast flüsternd, „würdest du verstehen, warum mein Dad so gebrochen war, als sie starb."

„Aber das warst du auch." Ich weiß nicht, warum ich das gesagt habe, doch Brooke spricht nie über ihren Schmerz. Dabei hat sie ihre Mutter genauso geliebt wie ihr Vater.

Sie sagt nichts, und ich bereue sofort, das Gespräch so schwermütig gemacht zu haben, aber ich bin wirklich an der Antwort interessiert.

Brooke atmet tief ein und langsam aus. Sie öffnet die Augen und starrt ins Leere. „Ich bin still und unauffällig zerbrochen."

Ich ziehe meine Schlüsse. „Damit dein Dad es nicht sieht. Du wolltest ihn nicht noch mehr belasten."

Brooke dreht den Kopf und sieht mich lächelnd an. „Mein ganzes Leben lang war mein Dad eine Quelle der Kraft für unsere Familie. Der Versorger und Beschützer. Wenn ich einmal seine Kraftquelle sein konnte, dann wollte ich es sein, egal, was ich fühlte."

Ich halte inne und wir sehen einander an. Tief empfundener Respekt steigt in mir auf für diese Frau, die so ein Fels in der Brandung sein kann. Ich frage mich, wie erschöpft sie wohl gewesen sein musste nach dem Tod ihrer Mutter, als sie für ihren Vater Stärke zeigte. Als sie ein stahlhartes Rückgrat besaß und ihren Schmerz für sich behielt.

„Leg deinen Kopf wieder ab", murmele ich und nicke zu ihren verschränkten Armen.

Sie blinzelt, doch gehorcht, schließt die Augen und ich massiere weiter. Ich halte die Konversation wieder leicht, erzähle alles Mögliche und vom Training. Geschichten, die nicht besonders interessant sind und manchmal ein bisschen zu technisch und langweilig. Sie interessiert sich nicht so sehr für Eishockey, also ist es das perfekte Thema momentan. Ich massiere sie weiter, werde dabei immer sanfter, spreche leise und berichte ihr alles über den Drill von letzter Woche.

Angriffspressing.

D-Zone-Abdeckung.

Bandenspiel.

Puck-Sicherung.

Es dauert nicht lange und Brooke atmet tief und gleichmäßig, ist eingeschlafen, wie ich es vorhatte.

Ich gleite vom Bett und gehe ins Bad, um mir die Hände zu waschen. Ich greife mir Brookes Zahnbürste und benutze sie, ohne zu zögern, mit ihrer Pfefferminz-Zahnpasta.

Auf dem Weg zum Bett mache ich alle Lichter aus und stelle fest, dass es unmöglich ist, die Überdecke unter ihr wegzuziehen, ohne Brooke zu wecken. Also ziehe ich mich bis auf die Unterhose aus und schnappe mir die Decke des zweiten Bettes. Vorsichtig lege ich mich neben Brooke und decke uns beide damit zu. Sanft lege ich die Arme um sie und ziehe sie an mich, sodass wir die Löffelchenstellung einnehmen. Ich schließe die Augen und warte auf den Schlaf.

KAPITEL 13

„Du machst echt ein Schläfchen vor einem Spiel?", frage ich Bishop, als wir den Gang entlang zu meinem Zimmer gehen.

„Das tun die meisten, besonders wenn wir auf Reisen sind."

Er hält meine Hand, was inzwischen normal geworden ist, und unsere Arme schwingen beim Gehen leicht.

Ich kann mich nicht daran erinnern, gestern eingeschlafen zu sein. In einem Moment bekam ich eine unglaublich gute Massage und erwartete tollen Sex. Im nächsten Moment hörte ich Bishops Handywecker klingeln und es war acht Uhr morgens. Ich war total benebelt und brauchte etwas Zeit, um zu realisieren, dass ich mich mit Bishop in einem Hotelzimmer befinde. Sofort drehte er sich zu mir um und wir hatten mehr als nur Nachholsex von gestern. Er war nicht in Eile und der Sex bestand aus gemächlichen Küssen und langsam streichelnden Händen. Bishop nahm sich auch die Zeit, ein Kondom überzuziehen, fast wie bei einem Rückwärts-Striptease, und ich sah ihm sozusagen sabbernd dabei zu. Oh Gott, es hat was, wenn ein Mann sich selbst berührt ... seinen Schwanz pumpt ...

„Hast du mir zugehört?", fragt Bishop, als wir vor meiner Tür ankommen.

Ich wende mich ihm zu und blinzele dümmlich. „Nicht wirklich."

„Ich habe gefragt, ob du lieber etwas unternehmen willst."

Ich verstehe jetzt, dass er mit mir San Francisco erkunden will, in der Zeit, in der er sich normalerweise vor einem Spiel ausruht.

Das dürfte als unser erstes offizielles Date zählen. Denn das Team-Dinner zählt nicht wirklich, weil ich dort auch ohne Bishop hingegangen wäre. Am Sonntag bei mir zu Hause herumhängen, bevor der Flug ging, zählt auch nicht.

Ich lege eine Hand auf seine Brust, gehe auf die Zehenspitzen und gebe ihm einen Kuss auf den Mund. Daran ist nichts seltsam. Es gehört nicht zum Theater, sondern ich tue es als Reaktion auf sein süßes Angebot.

„Danke", sage ich und lande wieder auf meinen Füßen. „Aber du sollst nichts tun, was von deinen normalen Angewohnheiten vor einem Spiel abweicht. Ich mag keine Spezialistin in dem Sport sein, aber ich weiß, dass du all deine Kräfte brauchen wirst."

Er hat mir beim Frühstück erklärt, wie der Tag ablaufen wird. Einiges wusste ich schon, denn als Mitglied des Team-Services hatte ich den Plan mit koordiniert. Der beinhaltete ein Mittagsbüfett nach dem morgendlichen Training. Das Heimteam, die Brawlers, hatte das Eis um zehn Uhr morgens für sich und die Vengeance um elf. Das Training beinhaltete auch Zeit für die Spieler für ein leichtes

Work-out ihrer Wahl oder auch für Behandlungen durch die Crew, wie Eisbäder oder Massagen.

Nach dem Mittagessen haben die Spieler Freizeit, bis der Bus um halb fünf ins Stadion fährt, wohin ich ein gesundes Dinner bei einem Caterer bestellt habe. An dieser Stelle erklärte mir Bishop, dass die meisten Spieler in ihrer knappen Freizeit ein Nickerchen machen. Außerdem informierte er mich darüber, dass er das Nickerchen in meinem Zimmer machen wird, weil er Tackers Schnarchen nicht hören will. Woher er weiß, dass Tacker schnarcht, ist mir allerdings ein Rätsel.

Bishop nimmt mir die Schlüsselkarte aus der Hand und öffnet die Tür. Er hält sie mir auf, ich folge ihm hinein und sehe, dass er das Schild *Bitte nicht stören* draußen anhängt. Dann geht er ins Zimmer und legt mit dem Rücken zu mir seine Uhr auf die Kommode.

„Magst du dich mit mir hinlegen oder lieber etwas anderes machen?"

Er nimmt seinen Geldbeutel aus der Hosentasche und zieht die Schuhe aus. Mein Blick bleibt auf seinem Hintern hängen, denn es handelt sich um einen tollen Knackarsch. Alles an diesem Mann ist toll. Angefangen bei dem dank harter Arbeit wohlgeformten Körper, bis hin zu seiner muskulösen Breite, die vorhin beim Training auf dem Eis in voller Montur noch beeindruckender war. Mein Zeitplan hatte es erlaubt, beim Training zuzusehen, da ich eine Lücke hatte.

Als Bishop das Eis betreten hat, flatterten seine

Haare durch seine Bewegung auf dem Eis beim Aufwärmen. Ich saß nur da und bewunderte ihn allein mit meiner rein weiblichen Betrachtungsweise. Ich dachte eh schon, dass Bishop der heißeste Typ unter der Sonne ist, aber nachdem ich ihn auf dem Eis gesehen hatte, mit der Polsterung, die ihn noch breiter macht, und den Schlittschuhen, die ihn noch größer machen, wünschte ich mir, dass er die volle Kontrolle über mich hätte. Es ist verrückt. Solche Gedanken sind absolut absurd, aber am liebsten hätte ich ihm meine Kehle hingehalten und ihm gesagt, dass er mit mir machen kann, was er will. Möglichst sein Schlimmstes.

„Ich möchte lieber etwas anderes machen", poltere ich los. Das rauschende Blut in meinen Adern und die Lust zwischen meinen Beinen bringen mich dazu, so direkt zu sein.

Bishop dreht sich um und ich sehe die Überraschung in seinen Augen, bevor sie dunkel werden. Langsam kommt er auf mich zu, bis wir uns gegenüberstehen. Er sieht mich an, bewegt sich aber nicht.

Ich habe gehofft, dass er bei meiner direkten Antwort schon längst die Kontrolle übernommen hätte, doch er sieht mich nur an und wartet wahrscheinlich auf eine nähere Erklärung.

Ich versuche, trotz der Mundtrockenheit zu schlucken, und komme mir plötzlich entblößt und verletzlich vor. Beim Sex war ich noch nie gut darin, die treibende Kraft zu sein, denn ich bin sexuell nicht so selbstsicher.

„Was genau willst du, Brooke?" Seine Stimme klingt angestrengt. „Denn du darfst mit mir machen, was du willst. Und du kannst mich um alles bitten, was du willst, und ich werde es tun."

Mich durchläuft ein Beben. Ich schließe kurz die Lider und versuche, mich zusammenzureißen. Dann schüttele ich den Kopf und sehe ihm in die Augen. „Nein. Nicht so."

„Was meinst du?" Seine Stimme ist rau, aber dennoch sanft.

„Ich will, dass du mir befiehlst, was ich machen soll", sage ich leise und hoffe, dass es nicht zu erbärmlich klingt. „Ich will, dass du mit mir machst, was du willst."

Ein tiefes Knurren entkommt ihm. Er neigt den Kopf, um mir etwas näher zu kommen. „Brooke", sagt er nur und es klingt wie eine Warnung.

Vielleicht fordere ich ihn zu sehr heraus und er hätte es lieber, dass ich das nicht tue. Langsam bewege ich mich rückwärts, doch Bishop legt eine Hand in meinen Nacken und hält mich fest.

„Erklär es mir, Brooke", sagt er befehlend. Seine Stimme ist zärtlich, als ob er mir keine Angst machen will, doch es ist trotzdem eindeutig ein Befehl.

Okay … warum eigentlich nicht.

Ich atme kurz durch, um mich zu sammeln. Ich lege die Hände auf seine Hüften und sehe zu ihm hoch. „Mir gefällt, wenn du die Kontrolle übernimmst. In unserer ersten Nacht … da mochte ich wirklich … als du hinter mir warst und …"

Ich bin nicht mal in der Lage, es auszusprechen, während wir einander ansehen, nur Zentimeter voneinander entfernt. Sein Ausdruck ist gespannt und intensiv.

Er verstärkt den Druck seiner Hand in meinem Genick. „Du meinst, als ich deinen Hintern fingergefickt habe?"

Die nasse Flut, die mein Höschen durchnässt, ist schon fast peinlich, doch ich schaffe es, zu nicken. Jetzt kann ich auch die volle Wahrheit gestehen. „Du hast mich nicht mal vorher gefragt. Wusstest gar nicht, ob ich das mag oder nicht. Du hast es nur für dich selbst getan und … na ja, deine Selbstsicherheit, zu glauben, dass du weißt, was mir gefällt … macht mich unglaublich an."

„Himmel", murmelt Bishop und presst den Mund auf meinen.

Er küsst mich so innig, dass er mich nach hinten biegt. Nur sein Arm um meine Mitte verhindert, dass ich auf den Boden falle. Seine andere Hand gleitet von meinem Nacken an meinen Hinterkopf. Er krallt die Finger derartig fest in meine Haare, dass es ziept. Mein Stöhnen verrät ihm, wie sehr mir das gefällt.

Er unterbricht den Kuss, sieht mich an und sein Blick ist voller Verruchtheit. Er reibt mit der Nasenspitze an meiner. Eine zärtliche Geste, seine Stimme jedoch ist rau und wild.

„Dein Hintern gehört ganz mir, Brooke. Und ich werde es genießen, ihn so zu trainieren, dass er meinen Schwanz aufnehmen kann. Verstanden?"

Ich bringe ein Nicken zustande, während mein Höschen noch nasser wird. Die Vorstellung, dass er das mit mir macht, mich so kontrolliert, wie ich es niemandem zuvor erlaubt habe, ängstigt und erregt mich zugleich.

„Aber jetzt erst mal", fährt er fort und verstärkt den Griff in meinem Haar, „werde ich mir etwas anderes von dir nehmen."

Ich schwöre, dass ich meinen Puls in meiner Klit pulsieren spüre. Der Drang, mich selbst anzufassen, ist fast unerträglich. Ich seufze zittrig. „Und was?"

„Deinen wundervollen Mund", sagt er. „Ich werde ihn ficken. Ich warte schon ewig darauf, zu sehen, wie du deine Lippen um meinen Schwanz legst. Ich will spüren, wie eng deine Kehle ist. Sehen, wie du schluckst, wenn du mich aufnimmst."

„Oh Gott, Bishop." Ich stöhne und mir wird der Mund wässrig bei dem Gedanken.

„Auf die Knie, Brooke", ordnet er an.

In seiner rauen Stimme schwingt etwas Dunkles, fast Gefährliches mit. Das gefällt mir unglaublich gut, und ich muss mich fragen, was für eine Art Frau ich wohl bin.

Fast wie in Zeitlupe sinke ich auf den Boden. Begierig sehe ich zu, wie Bishop Gürtel und Hose öffnet. Es ist verdammt sexy, wie er sie nur ein Stück herunterzieht, seinen Schwanz befreit, der hart ist und bereits erste Lusttropfen produziert. Er gleitet mit dem Daumen über die Spitze und hält sie mir hin. Ich lecke mir die Lippen, öffne den

Mund und er schiebt ihn mir ganz langsam rein.

„Ja", stöhnt er, als ich ihn einsauge.

Er schmeckt salzig. Sein Schwanz füllt mich so weit aus, dass mir Tränen in die Augen steigen. Als die Spitze an meine Kehle stößt, schlucke ich gegen den Würgereiz an. Meine Hände gleiten auf seinen Hintern, um ihn in Position zu halten.

Bishop zieht sich zurück und ich sauge dabei. Er stöhnt, und als nur noch die Spitze in meinem Mund ist, kratze ich sie leicht mit den Zähnen, bis sie herausgleitet. Ich hebe leicht den Kopf und sehe ihn unter meinen Wimpern an. Er starrt mich fast schroff an, doch in seinen Augen spiegeln sich Staunen und Lust.

„Mach das noch mal, Baby", murmelt er und legt eine Hand an meine Wange.

Ich umfasse seinen Schwanz, nehme ihn in den Mund. Bishop ergreift mein Gesicht mit beiden Händen und hält mich fest, sodass ich mich nicht mehr rühren kann. Die Bewegungen seiner Hüften führen ihn nun in mich ein, langsam und fordernd.

Ich kann mich nicht bewegen … kann lediglich das Saugen kontrollieren und meine eigenen Laute.

Bishop hat die Kontrolle übernommen, und es ist genau so, wie ich es wollte.

KAPITEL 14

Bishop

Obwohl ich immer schon aufgeregt bin, wenn ich meine Sachen in der Spielerkabine anziehe, geht es mit dem Adrenalin erst so richtig los, wenn ich mich auf dem Eis aufwärme.

Das hat teilweise mit den treuen Fans zu tun, die hinter die Plexiglaswand kommen und hoffen, dass einer der Spieler für sie einen Puck darüberspielt. Und mit den Kids, die mit staunenden Gesichtern ihren Eltern sagen, dass sie eines Tages auch Profispieler werden wollen. Mann, sogar die heißen Puck-Häschen, die uns ebenfalls dort beim Aufwärmen zuschauen, bringen mich in Fahrt. Welcher Mann kommt nicht zu Höchstleistungen, wenn ihm schöne Frauen zusehen?

Doch heute schaue ich die Puck-Häschen nicht an.

Nach drei Minirunden über die Hälfte der Eisfläche finde ich Brooke im Gästeblock. Selten reisen die besseren Hälften der Spieler mit zu den Spielen, aber manche tun es. Meistens sind jedoch die Frauen oder Freundinnen der kinderlosen Spieler flexibler, was das Reisen angeht. Und auch wenn sie nicht mit dem Team mitfliegen können und selbst anreisen müssen, sind stets Tickets für Angehörige der Vengeance reserviert, damit sie alle zusammensitzen können.

Als ich mich noch ungezwungen mit Frauen traf, kamen diese oft, um mich spielen zu sehen. Seien wir ehrlich, das ist es doch, worauf sie hauptsächlich aus sind, wenn sie sich mit einem Spieler einlassen. Auf den Ruhm und die Ehre, mit einem Profisportler zusammen zu sein.

Während eines Spiels und wenn ich zum Aufwärmen meine Runden drehe, sehe ich mich nie nach ihnen um. Es interessiert mich nicht einmal, wo genau sie sitzen. Denn sobald ich aufs Eis gehe, geht es nur noch um das Spiel. Ich blende alles und jeden aus, außer den Teamkameraden und den Coach.

Doch heute ist alles anders.

Ich war nicht in der Lage, meine Gedanken abzuschalten, als ich ins Stadion kam. Konnte nicht aufhören, an Brooke zu denken, seit ich sie vor ein paar Stunden verlassen habe, um in die Kabine zu gehen und mich vorzubereiten. Sie ist mit uns im Teambus gefahren und hat neben ihrem Vater gesessen. Um mir Freiraum zu geben, mich geistig ins Spiel zu versetzen, sagte sie. Dann hat sie mir direkt vor ihrem Dad einen schnellen Kuss gegeben und ist verschwunden.

Direkt vor einer Menge Leuten, genauer gesagt. Ich glaube, das diente nur dem Theater. Um ihrem Dad und allen anderen zu zeigen, dass wir sehr wohl das Paar sind, das wir zu sein vorgeben. Ich war fast beeindruckt, dass ihr Vater nicht knurrte oder mir einen drohenden Blick zuwarf, doch gelächelt hat er auch nicht.

Brooke sitzt ungefähr fünfzehn Reihen hinter unserer Bank. Sie trägt ein nagelneues Trikot mit dem Namen SCOTT auf dem Rücken und meiner Nummer 32. Und das A auf der Vorderseite ist in den Teamfarben umrandet. Gestern Abend habe ich sie damit überrascht und gesagt: „Von meiner Freundin wird erwartet, dass sie mein Trikot trägt, weißt du?"

Sie sitzt mit ihrem schönen Hintern ganz vorn auf ihrem Stuhl, hat die Ellbogen auf den Knien und beugt sich so weit vor, wie sie kann, ohne herunterzufallen. Sie grinst mich an und ich hebe das Kinn und zwinkere. Ihr Grinsen wird breiter.

Bevor ich versehentlich mit einem dämlichen Gesichtsausdruck reagiere, drehe ich mich um und konzentriere mich aufs Aufwärmen.

Wir formieren uns zu Zweiergruppen und schießen auf den Torwart, damit der sich auch aufwärmen kann. Ich schaffe es, drei Schüsse aufs Netz zu schießen, ohne dabei ein Mal an Brooke zu denken. Muss aber zugeben, dass ich nach dem dritten Schuss zu ihr schaue. Sie sieht mir aufmerksam zu.

Ich habe keine Ahnung, warum das so ist, aber sie scheint meine Leistung und das Adrenalin zu steigern. Ich kann es kaum erwarten, loszulegen und heute dem Gegner in den Arsch zu treten. Umso mehr, weil Brooke zusieht.

Obwohl ich das Gefühl hatte, dass zwischen den Vengeance-Spielern im Trainingslager die Chemie auf Anhieb stimmte, habe ich keine großen Erwartungen, wie wir dann tatsächlich gegen einen Top-Gegner abschneiden würden.

Im dritten Drittel, als wir fünf zu eins führten, wusste ich, dass das Team etwas Besonderes ist. Vielleicht war eine magische Formel im Spiel, als die Spieler ausgesucht wurden, oder meine Kameraden sind einfach alle angestachelt von der Möglichkeit, etwas Großes zu schaffen. Ich muss zugeben, dass ein Stadion und eine Trainingseinrichtung von Weltklasse sowie ein Flug zum Spiel in luxuriösem Stil auch nicht schaden. Wahrscheinlich spielt noch mit hinein, dass sich Mr. Carlson so gut um uns kümmert, sodass wir hundertzehn Prozent geben. Vielleicht ist es die Kombination von allem, jedenfalls stehen wir heute in Flammen.

Weniger als eine Minute Spielzeit übrig und San Francisco hat den Puck in unserem Ende.

Legend hat sich heute voll ins Zeug gelegt, hat achtunddreißig von neununddreißig Schüssen aufs Tor abgewehrt, und es wäre ein Wunder, wenn die Brawlers noch ein Unentschieden erreichen würden. Doch trotz der komfortablen Führung lässt keiner von uns nach, auch wenn wir konservativ spielen und uns jetzt fast nur noch auf die Verteidigung konzentrieren, um die Zeit rumzukriegen.

Noch dreißig Sekunden. Erik gelingt es, den Puck zu erobern. Dieser gleitet direkt auf Tackers Schläger zu und ich rase übers Eis. Ich werfe einen Blick über die Schulter und sehe, dass Tacker schon den Pass zu mir herüberspielt. Mein Blick zu ihm hat nur eine Sekunde gedauert, aber inzwischen ist ein

Brawler vor mir aufgetaucht und stellt ein riesiges Hindernis für mich dar, wenn ich versuchen will, den Puck zu schießen.

Obwohl meine Beine fix und fertig sind, gibt mir das Wissen, dass Brooke da oben steht und mich schreiend anfeuert, einen unerwarteten Energieschub. Ich bohre die Schlittschuhe ins Eis und schiebe den Puck im Zickzackkurs vor mir her. Nähere mich dem Verteidiger so schnell, dass er die Augen weitet, bevor er sich auf meinen Oberkörper konzentriert, um zu erahnen, wie ich ihn umgehen will. Mein Lieblingszug ist es, links anzutäuschen und dann rechts um den Gegner herum zu gleiten. Ich habe keine Ahnung, ob der Spieler mich gut genug kennt, um das zu wissen, aber falls dem so ist, wechsle ich diesmal die Reihenfolge. Er dreht sich um und kommt mit seiner Masse auf mich zu, um mir den Weg abzuschneiden. Ich mache eine 360-Grad-Drehung nach rechts, zeige ihm kurz meinen Rücken, und dann habe ich freies Eis vor mir und einen Torwart, der entschlossen ist, mich zu schlagen. Mit kraftvollen Zügen nähere ich mich dem Tor und täusche einen Schlag nach links an. Er fällt darauf rein. Nach einer kurzen Drehung des Handgelenks nach rechts sehe ich, wie sich der Puck durch die kleine Lücke zwischen Beinschutz und Arm des Torwarts hindurchmogelt. Und direkt ins Netz.

Ein Raunen geht durch die Menge. Höchstens zwanzig Prozent der Zuschauer sind unsere Fans, aber dass wir als neues Team gerade sechs zu eins gegen die Brawlers gewinnen, macht sie entsprechend lauter.

Meine Teamkameraden stürzen sich auf mich, umarmen mich und klopfen mir auf den Helm. Das ist mein zweites Tor heute.

Auf dem Weg zur Bank hebe ich den Blick und sehe Brooke für mich klatschen und jubeln.

Ich setze mich auf die Bank und grinse in mich hinein. Das war ein verdammt geiles Spiel.

Als ich später aus der Dusche komme, gehe ich mit einem Handtuch um die Hüften in die Kabine.

„Bishop", sagt Coach Perron mit seiner rauen Stimme.

Ich blicke mit fragend gehobenen Augenbrauen über meine Schulter.

„Schenk mir bitte kurz deine Zeit", sagt er.

Das ist die seltsamste Art, in der mich je ein Coach nach einem Spiel angesprochen hat. Ich gehe auf ihn zu, ohne zu wissen, ob ich es jetzt mit einem Coach oder einem überbesorgten Vater zu tun bekomme. Allerdings habe ich das Gefühl, dass er extra bis nach meiner Dusche gewartet hat, damit ich nichts als ein Handtuch trage und mich entsprechend schutzlos fühle.

Der Coach steht in einer ruhigen Ecke der Umkleide und hält mir erstaunlicherweise die Hand hin. „Du hast heute verdammt gut gespielt. Wenn du so weitermachst, wirst du bald einer der Besten der Liga sein." Er schüttelt mir kurz und fest die Hand und lässt wieder los.

„Danke, Coach."

Da ich annehme, dass das alles ist, drehe ich mich wieder um. Doch seine Stimme stoppt mich.

„Ich muss zugeben, dass es schön war, dich und Brooke im Flugzeug und bei den Team-Essen zusammen zu sehen."

Ich versuche, die Schultern entspannt zu lassen, wende mich ihm zu und trete näher, damit niemand das Gespräch mithört. Es ist eine Sache, wenn die anderen hören, dass ich gelobt werde, aber eine ganz andere, wenn es um ein Privatgespräch geht.

„Schon über die offizielle Verlobung nachgedacht?", fragt er freundlich.

Meine Muskeln ziehen sich zusammen und mein Magen ebenfalls. Ich bewege mich auf verdammt dünnem Eis, denn ich habe keine Ahnung, was Brooke mit ihrem Vater inzwischen gesprochen hat. Also antworte ich vage: „Wir hatten nicht wirklich Zeit, darüber zu reden. Wegen des Trainings und dann der Reise hierher."

„Aber was gibt es da noch zu reden?" Sein leicht aggressiver Tonfall entgeht mir nicht. „Ich verstehe nicht, wieso ihr beide ständig darüber reden müsst. So, wie ich es verstanden habe, habt ihr es bereits ausdiskutiert. Wenn du heiraten willst, dann kaufst du einen verfickten Ring und machst meiner Tochter einen Antrag."

Dazu fällt mir nichts ein. Denn so altmodisch das auch klingen mag, der Mann hat recht. Wenn ich wirklich heiraten wollte, könnte ich mir gar nicht vorstellen, was es da noch zu diskutieren geben könnte. Der ganze Sinn eines Heiratsantrages liegt doch darin, dass er spontan erfolgt.

„Gibt es etwas, was du mir verheimlichst?", fragt er mich direkt ins Gesicht. „Liebst du meine Tochter nicht?"

Oh Gott, ich hasse es, ihn belügen zu müssen, tue es aber dennoch. „Natürlich liebe ich sie. Deine Tochter bedeutet mir alles."

Huch.

Diese Lüge tut gar nicht so weh, wie ich gedacht habe. Denn auch wenn ich nicht in Brooke verliebt bin und sie mir nicht die Welt bedeutet, kann ich sie doch sehr gut leiden.

Der Coach entspannt seinen Gesichtsausdruck, und das entspannt mich ebenfalls. Etwas.

Seine Stimme ist jetzt nicht mehr aggressiv. „Aber irgendwas scheint mir hier trotzdem zu entgehen. Brooke hat mir gesagt, dass ihr zwei verlobt seid. Später ist sie davon etwas zurückgerudert. Plötzlich heißt es, dass ihr nur darüber diskutiert, zu heiraten. Und immer wenn ich das Thema anspreche, lasst ihr beide mich abblitzen. Da muss ich mir die Frage stellen, ob du meine Tochter einfach nur ausnutzt."

Ich hebe entsetzt die Augenbrauen, und mein Schock muss echt wirken, denn sein Gesichtsausdruck wird milder.

„Coach, ich würde Brooke nie ausnutzen. Niemals. Und ich werde deiner Tochter auch nicht wehtun", versichere ich ihm.

Das kann ich mit Bestimmtheit behaupten. Denn meine volle Absicht ist es, wenn wir das Ganze beenden, soll keiner von uns es bedauern.

Coach Perron antwortet nichts, sieht mich aber eine Weile an, als ob er testen will, ob ich schwach werde und die Farce dieser Beziehung gestehe. Ich halte seinen Blick und warte.

Schließlich nickt er. „Noch mal … tolles Spiel. Ich will, dass du morgen dasselbe tust."

Er geht, doch ich schaffe es, ihm hinterherzurufen: „Mach ich, Coach!"

KAPITEL 15

Bishop

Es ist fast halb zwei nachts, als wir bei Brooke zu Hause ankommen.

Nachdem wir San Francisco geschlagen haben, flogen wir nach Los Angeles, um die Demons zu besiegen. Dieses Spiel gewannen wir 2:1. Nach einer schnellen Dusche fuhren wir zum Flughafen, bestiegen unsere fantastische Maschine und flogen wieder nach Phoenix. Ich hatte einen derartigen Höhenflug, dass ich zu aufgedreht war, um zu schlafen. Brooke dagegen hatte den ganzen Flug über ihren Kopf an meiner Schulter und schnarchte leise. Damit war ich zufrieden und hörte Musik.

Als wir in Brookes Einfahrt biegen, gähnt sie und sieht mich an. „Bleibst du über Nacht?"

Ich stelle den Motor ab, schüttele den Kopf und sehe sie an. „Ich glaube, ich schlafe heute mal zu Hause. Ich muss Wäsche machen und morgen Früh ist Training. An Spieltagen geht es einfach total hektisch zu, weißt du."

Was Ausreden angeht, ist diese ziemlich lahm. Allerdings stimmt es, dass wir heute Abend ein Heimspiel haben, und auch, dass ich waschen muss und morgen Früh Training habe. Man könnte auch behaupten, dass ich nach Hause muss, um mich etwas auszuruhen, statt den Rest der Nacht in Brooke zu verbringen. Das morgige Spiel wird brutal, da wir gerade von einem Zwei-Spiele-Trip zurückkommen.

Außerdem ist die Ausrede lahm, weil Brooke und ich recht nah beieinander wohnen. Hierzubleiben würde meinen Terminplan kein bisschen stören.

Aber auf der Fahrt hierher habe ich nachgedacht. Während ich sehr erstaunt bin, wie schön ich diese Tage mit Brooke fand, macht es mir außerdem Angst. Nachts bei ihr zu schlafen, fühlt sich etwas zu gut an, und dass sie mir beim Spielen zusah, fühlte sich ein bisschen zu fantastisch an. Und wenn es nur dafür gut ist, mir zu beweisen, dass ich eine Nacht ohne sie aushalten kann.

Brooke lächelt und nickt. „Ja, du solltest dich ausschlafen. Du musst total erschöpft sein."

So erschöpft nun auch wieder nicht. Wenn Brooke mich bitten würde, sie den Rest der Nacht zu ficken, wäre ich voll dabei. Doch glücklicherweise gähnt sie und steigt aus dem Wagen.

Sie wartet, während ich ihren Koffer aus meinem Auto hole und ihn an ihre Tür bringe. Dort angekommen, sehen wir, dass eine Notiz daran klebt. Die Lampe neben der Tür beleuchtet sie.

Ich stelle den Koffer ab und Brooke greift nach dem Zettel und liest ihn. Ich sehe zu, wie ihr Blick über die Zeilen gleitet.

„Huch", sagt sie irgendwie erstaunt.

„Was ist?"

Sie sieht mich an. „Das ist von einer Freundin aus New York, mit der ich im Magazin gearbeitet habe. Sie hat einen spontanen Urlaub eingelegt und wollte mich besuchen kommen."

Ich kreuze die Arme vor der Brust und lehne mich an die Tür. „Und sie hat nicht vorher angerufen?"

Brooke zuckt mit den Schultern. „Nanette ist ein sehr spontaner Mensch."

„Du wirkst nicht besonders begeistert über diesen Besuch."

Ihr schuldbewusstes Gesicht sagt mir alles, was ich wissen muss. Ich glaube nicht, dass diese Nanette eine enge Freundin ist.

„Es ist nur … echt seltsam. Ich habe keine Ahnung, warum sie das macht."

Ich merke, dass Brooke besorgt ist, aber es handelt sich ja nicht um einen Stalker oder Ex. Daher ist es keine Situation, in der ich bei ihr bleiben müsste. Allerdings würde ich es, wenn sie mich darum bitten würde.

Fuck. Nein, würde ich nicht.

Ich werde mir selbst beweisen, dass meine Eier immer noch mir gehören.

„Kommst du heute Abend zum Spiel?" Sofort würde ich mir am liebsten selbst in den Arsch treten. Ich sollte so was nicht fragen, wenn mir die Antwort plötzlich so wichtig ist.

„Hatte ich eigentlich vor", sagt sie. „Aber wenn Nanette da ist, muss ich mich wohl mit ihr treffen. Sie ist in einem Hotel in der Nähe."

„Wenn du willst, gebe ich dir meine zwei Tickets, dann könnt ihr zusammen hingehen", plappere ich drauflos.

Fuck! Warum habe ich das angeboten? Es ist doch nicht schlimm, wenn Brooke nicht kommt und mit ihrer Bekannten abhängt. Doch ohne dass ich die Kontrolle darüber habe, plaudere ich weiter. „Vielleicht können wir alle zusammen nach dem Spiel ausgehen.“

Es kommt mir vor, als wäre ich von einem Dämon besessen, der Dinge sagt, die ich gar nicht will. Und offensichtlich will er Brooke nah sein, trotz meiner Vernunft, die mir sagt, ich soll die Sache etwas abkühlen lassen.

Es ist doch gut, eine Pause einzulegen, oder? Ich muss mich wieder konzentrieren auf … ähm … das Leben. Eishockey. Was auch immer. Alles andere, außer den unablässigen Gedanken an Brooke und wie gut wir auf allen Ebenen zusammenpassen.

Brooke holt ihren Schlüssel aus ihrer Tasche und schließt die Tür auf. Mit einem sanften Lächeln dreht sie sich zu mir um.

„Das wäre schön, wenn es dir echt nichts ausmacht, mir deine Tickets zu geben. Und später auszugehen, klingt wunderbar.“

„Ich kann ja ein paar der Jungs mitbringen.“ Ich ignoriere die innere Freude bei ihrer Zusage.

„Das wird Nanette gefallen“, sagt Brooke trocken. „Als sie erfahren hat, dass ich hierherziehe, redete sie von nichts anderem mehr, als wie heiß die Eishockeyspieler sind.“

Da kommt mir ein Gedanke, und ich sehe Brooke an, dass sie dasselbe denkt. „Wir werden deiner

Freundin von unserem Theaterspiel erzählen müssen."

Brooke nickt. „Scheiße. Aber sie weiß genau, dass wir uns ganz sicher nicht in New York kennengelernt haben."

„Ist sie eng genug mit dir befreundet, dass sie das Geheimnis für sich behalten wird?" Das ist eine berechtigte Sorge, denn ich merke, dass die Verbindung zu der Frau nicht so eng ist.

„Ganz bestimmt", sagt sie, wenn auch nicht wirklich überzeugt. „Wenn ich es ihr erkläre, wird sie mitmachen. Außerdem wird sie sicher bald wieder nach New York fliegen."

„Gut", murmele ich.

„Gut", antwortet Brooke.

Wir sehen uns peinlich berührt im Licht ihrer Türlampe um halb zwei morgens an. Keine Seele ist da, um zu beobachten, ob ich ohne zurückzublicken gehe oder Brooke um den Verstand küsse. Ein Gutenachtkuss ist absolut unnötig für unsere Story, denn es gibt keine Zeugen.

Mein Mund berührt ihren, ich nehme sie in die Arme und stelle fest, dass es wohl für mich selbst nötig sein muss. Mir ist klar, dass ich tief in der Scheiße sitze.

Da Dax' Auto auf seiner Seite in der Doppelgarage steht, öffne ich die Haustür so leise wie möglich. Als wir kurz in Phoenix waren, nachdem wir unsere Verträge unterschrieben hatten, haben wir uns ein Haus gemietet. In Manhattan hatten wir in einem kleinen Apartment gewohnt, das teuer war und nicht viel hergab. Da die Lebenskosten in Phoenix viel niedriger sind, haben wir uns für ein Haus entschieden statt einem Apartment. Fast scheint es so, als ob wir endlich erwachsen würden, und uns war sogar bewusst, dass wir von nun an auch Gartenarbeit leisten müssen.

Ich drücke die Tür langsam auf und sehe Dax vor dem Fernseher auf der Couch sitzen. Das Licht ist aus und er wird von einem bläulichen Schein angestrahlt. Überrascht sieht er mich an.

„Ich dachte, du bleibst bei Brooke."

„Ich muss ja nicht jede Nacht bei ihr sein", antworte ich im Verteidigungsmodus.

Das bringt Dax zum Lachen. „Dude, ihr zwei habt die letzten Tage nicht so ausgesehen, als ob ihr eine Lüge lebt."

„Echt?", frage ich mit Neugier, und meine Gereiztheit verschwindet. Ich habe keine Ahnung, wie gut wir das spielen, und ich weiß, dass er ehrlich ist.

Dax setzt sich auf und schaltet den Fernseher stumm. Ich setze mich aufs andere Ende der Couch und lege einen Arm auf die hintere Lehne.

„Da ist wirklich etwas zwischen euch", sagt Dax mit einer Sicherheit in der Stimme, dass ich es fast glaube.

Da ich meinem besten Freund nichts verheimliche, gebe ich zu: „Ich mag sie, Mann. Sie ist klug, sexy, witzig ..."

„Dann mach doch was Echtes draus", schlägt Dax vor.

„Wir kennen uns eine ganze Woche", sage ich trocken. „Ich habe gesagt, dass ich sie mag, und nicht, dass ich was Festes mit ihr will."

„Daran wäre doch nichts Falsches." Er sieht mich bedeutungsvoll an. „Aber man sagt heutzutage nicht mehr *etwas Festes*. Man ist einfach nur zusammen."

Ich verdrehe die Augen und lasse das Thema fallen. Ich denke so oft darüber nach, dass ich Kopfschmerzen davon bekomme. Stattdessen erzähle ich ihm vom spontanen Besuch von Brookes Freundin. „Sie geht heute mit Brooke zum Spiel, und ich dachte mir, danach könnten wir alle zusammen irgendwo hingehen."

„Ist sie heiß?", fragt Dax neugierig.

„Keine Ahnung."

Dax schüttelt den Kopf. „Dann lädst du besser noch ein paar andere Jungs ein, denn ich werde nicht auf ein Blind Date gehen, ohne zu wissen, wie die Frau aussieht."

Darüber muss ich herzhaft lachen. Gern würde ich behaupten, dass das typisch Dax ist, aber verdammt, es ist auch typisch für mich. „Ich hatte vor, Legend und Erik einzuladen. Und eventuell auch Tacker."

Dax schüttelt traurig und resigniert den Kopf. „Tacker wird nicht mitkommen."

Nein, wird er wohl nicht.

Dennoch möchte ich ihn besser kennenlernen, auch wenn ich ihn im Hotel allein gelassen und bei Brooke geschlafen habe. Der Mann gibt mehr als hundert Prozent für das Team und sollte nicht mit so einer schweren Bürde leben müssen.

KAPITEL 16

Bishop

„Das hier sollte definitiv unser regulärer Treffpunkt werden", sagt Erik und gafft die Kellnerin angetan an.

Soeben sind wir ins Sneaky Saguaro gekommen, nur eine von vielen Locations, wo man in Vengeance-Town vor oder nach Spielen etwas essen und trinken kann. Eine Empfehlung unseres Equipment-Managers, der meinte, dass er hier die schärfste Frau, die er je hatte, gefunden hätte.

Seine Worte, nicht meine, aber das hat auf jeden Fall Eriks Interesse geweckt. Nachdem er bei der Stewardess sämtliche Kontrolle über seinen Geisteszustand verloren hatte, will er jetzt seine Lässigkeit wiederfinden. Er und Legend sind voll dafür gewesen, heute nach dem Spiel mit Brooke, Dax, Nanette und mir noch wegzugehen. Die Mädels sind schon hier, wir müssen sie nur noch finden.

Das Sneaky Saguaro ist ein Biergartenrestaurant mit einhundertsiebenundzwanzig Biersorten aus dem Zapfhahn und gutem Essen. Das Gebäude hat zwei Stockwerke, ist im Stil des Südwestens eingerichtet und in der Mitte steht ein riesiger Saguaro-Kaktus. Er ist von einem Seil umzäunt, was bedeutet, dass er echt sein muss.

Erik stößt mir in die Rippen und beißt sich in die Faust, während er ganz offen die Kellnerin ansabbert. „Verdammt", murmelt er dramatisch.

Ein durchaus angebrachtes Statement. Die Bedienungen und Barkeeperinnen tragen abgeschnittene Jeans-Shorts, die kaum ihre Hintern bedecken, und Western-Blusen, die unter der Brust geknotet sind, mit einem Ausschnitt, der zur Schau stellt, wie gut sie obenrum ausgestattet sind. Cowboystiefel und Hüte komplettieren die Outfits. Die Mädchen schwingen beim Gehen die Hüften. Ich wette, dass sie hier ein Vermögen an Trinkgeldern kassieren.

„Brooke hat gesagt, sie haben oben einen Tisch reserviert." Einen Kommentar zu der Kellnerin spare ich mir. Ich habe schließlich jetzt eine Freundin. Sie ist die Einzige, die ich so angezogen sehen will.

Darüber denke ich kurz nach. Jawohl, genau so ist es.

Im Untergeschoss befinden sich nur Esstische. Eine Treppe führt nach oben, wo eine lange Bar ist und an der Wand dahinter eine Reihe Zapfhähne. Hier stehen verschiedene Tische. Hohe und niedrige, und außerdem noch Sitzecken. Sicher kann man hier oben auch essen, doch die meisten Leute trinken nur etwas. Wir schlängeln uns durch die Menge, in der viele Leute zu unserem ersten Heimspiel die neuen Vengeance-Trikots tragen.

Die Fans lachen, trinken und machen die High-Five-Geste. Weil wir gewonnen haben. Unser erstes Heimspiel in dem schicken, glitzernden Stadion, und wir haben dem Gegner mächtig in den Arsch getreten. Drei Spiele, null Niederlagen, und auch wenn ich weiß, dass wir nicht all unsere Spiele werden gewinnen können und wir erst in der Vorsaison sind, ist es doch ein fantastischer Start. Ich bin auf jeden Fall in Feierstimmung.

„Ich glaub's ja nicht!", ruft ein Kerl zu meiner Linken. „Das ist echt Bishop Scott!"

Ich drehe mich um und sehe einen jungen Mann, der ziemlich besoffen wirkt, von anderen Vengeance-Fans umringt ist und mit offenem Mund auf mich deutet.

Erik, Legend und Dax stellen sich hinter mich.

Der Fan weitet die Augen. „Heilige Scheiße … Erik Dahlbeck, Legend Bay und Dax Monahan. Verdammte Hacke, Leute! Die Arizona Vengeance sind hier!"

Das Letzte hat er laut gebrüllt, hält sein Bier hoch, und alle Anwesenden drehen durch, weil ihre Helden in ihrer Lieblingsbar sind.

Der Überschwang der Gefühle der Fans wird mit der Zeit nachlassen. Wenn wir weiterhin herkommen, werden sie bald nicht mehr annähernd so aufgeregt sein und sogar respektvoll Abstand halten, wenn wir das wollen. Aber wir sind ein brandneues Team und müssen den Fans zeigen, dass wir sie genauso wertschätzen wie sie uns.

Das muss man meinen Teamkameraden lassen, sie setzen dasselbe freundliche Lächeln auf wie ich. Ich reiche dem besoffenen Fan die Hand. Er schüttelt sie und plappert drauflos, wie super wir gespielt haben und wie begeistert er ist.

Eine gute halbe Stunde schreiben wir Autogramme und lassen uns fotografieren. Wie erwartet sind auch ein paar Puck-Häschen in engen Trikots da. Ich möchte wetten, dass sie extra Kindergrößen gewählt haben oder bauchfreie T-Shirts mit dem Vengeance-Logo. Erik, Legend und Dax fahren voll auf diesen Scheiß ab, und einige der Puck-Häschen werden heute Nacht sicherlich von meinen Kumpels vernascht.

Es sei denn, Nanette ist eine Heiße und auf ein bisschen Spaß aus.

Endlich finde ich Brooke, die an einem hohen Tisch mit vier Hockern sitzt. Neben ihr sitzt eine schöne Rothaarige, die anscheinend Nanette ist. Genau wie Brooke ist sie modisch angezogen. Das war zu erwarten, da sie aus New York ist und bei einem Modemagazin arbeitet.

„Die Freundin gehört mir", sagt Erik leise, als wir auf den Tisch zugehen.

Keine Ahnung, ob die anderen Jungs ihn gehört haben, aber es spielt auch keine Rolle, was er will. Sondern was Nanette will.

Brooke dreht den Kopf und ihr Blick trifft auf meinen. Ihre Lippen öffnen sich zu einem strahlenden Lächeln. Himmel, ob der Tag wohl kommen wird, an dem ihr Lächeln keine Wirkung mehr auf mich hat?

„Hi", sage ich und gebe ihr einen kurzen Kuss.

„Hi", antwortet sie und legt ihre Hand in meinen Nacken. „Du hast fantastisch gespielt."

„Okay, und jetzt hört auf mit dem Liebesgeflüster", knurrt Erik und setzt sich neben Nanette. Er hält ihr seine Hand hin. „Hi, ich bin Erik."

„Hier kommt das Vorstellen", sagt Brooke, während Nanette sexy lacht und Eriks Hand schüttelt. Man sieht ihr an, dass sie von Erik entzückt ist. „Nanette, das ist Erik Dahlbeck, der deine Hand hält." Sie deutet auf die anderen. „Und das sind Legend Bay und Dax Monahan."

Nanette entzieht Erik ihre Hand und schüttelt die der anderen. Ihr Blick ist draufgängerisch und abschätzend, und man merkt, dass sie darauf aus ist, einen schönen Abend zu erleben.

„Und an Bishop erinnerst du dich sicher", fügt Brooke hinzu.

Ich lege einen Arm um Brookes Schultern. Nanette sieht mich an und ich nicke ihr zu. Brooke hat mir heute geschrieben, dass sie Nanette in unsere Beziehung eingeweiht hat, und sie voll dabei ist, unser Geheimnis zu wahren. Sie haben ausgemacht, Nanette in unsere Geschichte einzubeziehen. Ich habe also offiziell Nanette erst ein Mal getroffen, sodass wir nicht vorgeben müssen, uns gut zu kennen. Diese Sache wird langsam echt kompliziert.

Eine Kellnerin kommt zu uns und betrachtet uns Männer ganz offen, während sie Brooke und Nanette ignoriert. Vielleicht, weil die beiden bereits Getränke haben oder weil sie einfach nicht wichtig sind. Irgendwie schafft Erik es, die Kellnerin und Nanette gleichzeitig abzuchecken.

Als die Drinks da sind, lässt sich Nanette von Erik, Dax und Legend abwechselnd umwerben und verteilt ihre Aufmerksamkeit gleichmäßig. Ich nutze die Gelegenheit, um mit Brooke zu sprechen. Ich habe mir keinen der Barhocker genommen, sondern stehe neben Brooke.

„Wie war dein Tag?", frage ich und spiele mit ihren Haaren, da meine Hand auf ihrer Rückenlehne liegt.

„Anstrengend", sagt sie mit einem kleinen Lächeln. „Ich habe heute mit Sebastians Truppe gearbeitet und …"

„Sebastian?"

„Der Merchandising-Chef."

Sie schiebt sich das Haar hinters Ohr. Obwohl sie einen langen Tag hatte, strahlen ihre Augen, und das sagt etwas. Sie muss dringend aus dem Team-Service raus und rein in die Merchandising-Abteilung. Brooke erzählt mir, wie aufregend es ist, an Sachen vom Design bis zur Produktion zu arbeiten. Ich muss sagen, dass ich sie noch nie so lebhaft gesehen habe, außer wenn ich sie zum Kommen bringe.

„Was meinst du, wie groß die Chancen sind, dass du dorthin versetzt wirst?"

Sie zuckt mit den Schultern. „Sebastian scheint meine Arbeit und meine Ideen zu mögen, aber ich weiß es nicht. Ich habe keine allzu großen Hoffnungen."

Ich lege einen Ellbogen auf den Tisch und spreche leiser. „Soll ich mal schauen, ob ich da was drehen kann?"

Brooke legt eine Hand an meine Wange, streichelt

mit dem Daumen an meinem Kinn entlang, und das ist so eine zärtliche Geste, dass sie mich kurz aus der Fassung bringt. Sie schüttelt den Kopf und lächelt unglaublich süß.

„Nein danke. Aber ich möchte mir den Job mit meiner eigenen Leistung verdienen."

Ich erwidere ihren Blick und nicke dann. „Solltest du deine Meinung ändern, sag mir Bescheid."

„Okay."

Sie nimmt ihre Hand von meinem Gesicht, legt sie auf den Tisch und ich sehe sie an. Es wäre albern, ihre Hand wieder an meine Wange zu legen und meine obendrauf, aber es spricht wohl nichts dagegen, ihre Hand zu nehmen und sie einfach zu halten. Also tue ich das.

„Seht euch zwei nur an … genauso verliebt wie damals in New York", sagt Nanette.

Brooke und ich sehen zu ihr hinüber.

Nanette schenkt Brooke nur einen kurzen Blick und sieht dann mich an. Mit einem bewundernden Ausdruck. Auf dieselbe flirtende Art, wie sie eben noch meine Freunde angesehen hat. Sie beugt sich über den Tisch und präsentiert ihren großzügigen Ausschnitt. „Du siehst wie immer toll aus, Bishop."

Dann klimpert sie mit den Wimpern und sieht aus, als ob sie erwartet, dass ich das Kompliment zurückgebe. Ich weiß nicht, warum mich das stört, aber so ist es. Drei Profi-Eishockeyspieler sabbern sie an, aber sie muss ausgerechnet mit mir vor meiner Freundin flirten.

Na ja, sie weiß schließlich, dass Brooke und ich nicht wirklich …

Oder sind wir?

Fuck, ich weiß es selbst nicht mehr. Alles gerät durcheinander.

Nichtsdestotrotz werde ich mich auf keinen Fall auf den Mist einlassen. „Danke, Nanette. Das ist nett von dir."

Kurz lächelt sie mich an, als ob sie wartet, ob ich noch mehr sage, und als ich das nicht tue, wendet sie sich sofort wieder Erik zu und unterhält sich weiter mit ihm.

Ich gehe noch dichter an Brooke heran und drehe der Gruppe fast den Rücken zu. Leise flüstere ich in ihr Ohr, damit wirklich nur sie es hört: „Wie läuft es so mit deiner unerwarteten Besucherin?"

Frustration schimmert in Brookes Augen. Sie lehnt sich an mich. „Sie hat sich selbst eingeladen, bei mir zu übernachten."

„Frech", zische ich.

„Genau. Aber was hätte ich machen sollen? Nein sagen?"

Das ist nicht Brookes Art. Sie öffnet ihre Tür, wenn ein Freund sie darum bittet.

Mit dem Daumen streichele ich Brookes Hand. „Weiß sie, dass ich heute mit dir nach Hause komme und sie keine Mädelszeit mit dir haben kann?"

Brooke lächelt breit. „Oh, du kommst also mit mir nach Hause, ja?"

„Du hast gesagt, dass du es magst, wenn ich das

Kommando übernehme, also ja. Ich komme heute zu dir, und dein Gast wird was zu hören bekommen, wenn du nicht leise bist."

Brooke beugt den Kopf zurück und lacht herzhaft. Als sie mich wieder ansieht und in ihren Augen Lachtränen schimmern, legt sie ihre andere Hand wieder an meine Wange – was sich verdammt schön anfühlt – und nickt.

Ihre Stimme ist nur ein Wispern. „Ja, ich mag es, wenn du das Kommando übernimmst, und ich freue mich, dass du zu mir nach Hause kommst."

KAPITEL 17

Bishop

Endlich kann ich wieder atmen und habe wieder Kraft in den Armen, um von Brooke herunterzurollen und mich neben ihr aufs Bett fallen zu lassen. Mit dem Blick an der Decke spüre ich mehr, wie sie sich bewegt, als dass ich es sehe.

„Es ist schön, nicht leise sein zu müssen", sagt sie mit belegter Stimme von ihren Lustschreien.

Ich drehe den Kopf und sehe sie an. Ihr Gesicht ist nur Zentimeter entfernt, und diese bernsteinfarbenen Augen mit den goldenen Sprenkeln sehen mich an und Brooke lächelt schief. Ich erwidere das Grinsen und gebe ihr einen kurzen Kuss. „Es ist immer schöner, wenn du alles herauslassen kannst."

Und da Nanette doch nicht mit uns nach Hause kam, musste sich Brooke nicht zurückhalten. Eventuell habe ich selbst gen Himmel gebrüllt, als ich mich gehen ließ und so heftig kam, dass ich überzeugt war, gleich einen Infarkt zu bekommen.

„Ich werde dich waschen", sage ich und steige aus dem Bett.

„Okay", murmelt sie und rollt in die andere Richtung.

Zum Schlafen wird sie sich ein Höschen und ein T-Shirt anziehen, was zu einer Angewohnheit geworden ist. Das macht es morgens schwieriger, an ihre schönsten Stellen zu kommen, denn ich liebe es, sie so zu wecken, doch ich stehe auf Herausforderungen.

Als ich aus dem Badezimmer komme, hockt Brooke im Schneidersitz auf dem Bett und hat die Decke über dem Schoß. Sie sieht auf ihr Handy und tippt wie verrückt.

„Auf dem Tisch steht eine Flasche Wasser", sagt sie, ohne aufzublicken.

Ohne mir extra die Boxers anzuziehen, schlüpfe ich unter die Decke. Mir ist es egal, ob ich mit oder ohne schlafe, aber da ich gerade nackt bin, bleibe ich auch so. Ich öffne die Wasserflasche und trinke ein paar große Schlucke. Als ich sie wieder auf den Tisch stelle, legt Brooke das Handy auf den Nachttisch.

„Das war Nanette." Immer noch im Schneidersitz sieht sie mich an. „Sie verbringt die Nacht bei Dax."

„Oh, das überrascht mich", sinniere ich, lehne mich ans Kopfteil und lege eine Hand auf Brookes Knie. Keine Ahnung, warum. Es fühlt sich einfach gut an. „Ich dachte wirklich, dass es Erik sein wird."

„Ich auch", sagt sie lachend.

Als Brooke und ich nach zwei Bier nach Hause gingen, hatte Nanette fröhlich die Gesellschaft der drei Spieler akzeptiert. Sie sagte zu Brooke, dass sie nicht auf sie warten oder sich Sorgen machen solle. Ich sah meine drei Freunde vielsagend an und sprach mit Dax. „Sorge dafür, dass derjenige, mit dem sie mitgeht, sie sicher nach Hause bringt."

„Aber immer, Bro", antwortet er.

Ich hätte nur nicht gedacht, dass es Dax sein würde.

Nicht, dass Dax nicht gut genug für sie wäre. Meiner Meinung nach ist er sogar der Beste der drei. Ich dachte aber, dass Erik der Gewinner des Abends sein würde, denn er ist in dieser Hinsicht derjenige, der am direktesten rangeht, und gleichzeitig der Charmanteste. Aber schön für Dax. Ich hoffe, dass das Ergebnis es wert war, Nanette zuhören zu müssen, um es zu bekommen.

Ich fühle mich wohl dabei, das auch zu Brooke zu sagen, denn ich spürte keine besondere Zuneigung zwischen den beiden Frauen heute Abend. Nanette hat sich nur mit den Männern beschäftigt, was ich ganz okay fand, weil sich Brooke so ganz auf mich konzentriert hat.

„Kann ich dich was fragen?" Ich glaube, diese Frage ist überflüssig, aber ich möchte sie als Hinweis benutzen, dass es sich um etwas Ernstes handelt.

„Na klar." Ihr Ausdruck ist offen und ohne Skepsis.

„Vielleicht kommt es mir nur so vor, aber irgendwie ist Nanette ziemlich arrogant", sage ich ganz ehrlich.

„Das ist dir auch aufgefallen, was?" Sie lacht, wird aber gleich wieder ernster. „Aber das war gar keine Frage."

„Ich will damit sagen, dass ich mich wundere,

dass du mit ihr befreundet bist." Ich drücke ihr Knie. „Ihr zwei könntet gar nicht verschiedener sein."

Nach nur einer halben Stunde war mir klar, was für eine Art Frau Nanette ist. Sie flirtete viel zu stark und direkt, holte zweimal einen kleinen Spiegel aus der Handtasche und zog ihren Lippenstift nach, überprüfte den Rest ihres Gesichts und schüttelte ihre Haare auf. Wenn die Jungs versuchten, Brooke ins Gespräch einzubeziehen, ging Nanette dazwischen und holte sich die Aufmerksamkeit zurück. Sie war hochnäsig und zu meiner Überraschung ziemlich fad und versuchte, ihren Mangel im Oberstübchen mit ihrem Aussehen wieder wettzumachen.

„Wir haben fünf Jahre zusammengearbeitet", erklärt Brooke. „Manchmal sind wir abends zusammen weggegangen, meistens mit anderen Kollegen. Wir aßen zusammen in der Mittagspause. Sie war eine gute Bekannte. Eine Arbeitskollegin. Aber wir stehen uns nicht sehr nah. Du weißt sicher, was ich meine, wenn ich sage, dass sich Nanette nicht eng mit anderen Frauen befreundet."

„Weil ihr Selbstbewusstsein nicht damit umgehen kann, wenn ihr jemand die Show stiehlt", nehme ich an. „Warum zum Geier kommt sie dich dann besuchen?"

Brooke zuckt mit den Schultern. „Ich nehme an, damit sie mal ein paar Tage Urlaub machen und umsonst übernachten kann und an heiße Spieler rankommt."

„Wie lange bleibt sie?"

„Eine Woche." Brooke stöhnt auf, lehnt sich ans Kopfteil und verschränkt die Finger auf ihrem Bauch. Sie sieht mich an. „Hoffen wir, dass sie die ganze Zeit über bei Dax bleibt."

Ich lache in mich hinein und deute mit dem Kopf auf ihren Nachttisch. „Mach das Licht aus."

Das tut sie, ich ziehe sie in meine Arme und wir kuscheln uns in die Kissen. Ich mag es, wenn ihre schmale Figur nachts an mich geschmiegt ist und sie sich an mich kuschelt, bevor wir unsere Beine ineinander verschlingen. Ich greife nach meiner Nachttischlampe, schalte sie aus und Brooke verstärkt ihren Griff um meinen Bauch.

Es ist still, aber ich bin noch nicht müde und habe nicht die Absicht, jetzt schon zu schlafen. Es gibt noch etwas, was ich sie fragen muss.

„Nach dem Spiel in San Francisco hatte ich ein interessantes Gespräch mit deinem Vater." Die Dunkelheit macht es irgendwie leichter, darüber zu reden. Brooke hebt den Kopf von meiner Brust, um mich anzusehen, doch da sind nur Schatten. Mit der Hand drücke ich ihren Kopf nach unten, damit sie ihn wieder ablegt. „Erst habe ich nichts davon gesagt, aber ich habe darüber nachgedacht, und wir könnten da ein Problem haben."

Bevor ich weiterreden kann, schält sich Brooke aus meinen Armen, dreht sich zur Seite und das Licht geht an. Geblendet blinzele ich, ehe ich Brooke klar sehe. Sie legt sich neben mich und legt den Kopf auf ihrer Hand ab. Ihr Blick ist erwartungsvoll, dass ich weiterrede, ohne zu erklären, warum sie das Licht angemacht hat.

Wahrscheinlich, weil Brooke zwischen uns keine Geheimnisse will, und möglicherweise könnte ich im Dunkeln etwas in meinem Gesichtsausdruck verbergen.

Ich atme tief durch, drehe mich auf die Seite, um sie anzusehen, wobei ich ebenfalls den Kopf auf meine Hand lege und wir uns direkt in die Augen schauen. „Nach dem Spiel hat er echt Druck auf mich ausgeübt wegen der offiziellen Verlobung.“

„Wie denn?“

„Er wollte wissen, was los sei, und als ich ihm gesagt habe, dass wir darüber reden, ist er ein wenig ausgerastet. Er verstand nicht, was es da noch zu reden gäbe, und meinte, ich hätte dir einfach längst einen Ring schenken sollen.“

„Verdammt“, murmelt Brooke und sieht mich entschuldigend an. „Das tut mir leid.“

„Sag das nicht“, sage ich warnend und knurre. „Das ist nicht deine Schuld. Aber als er mich weiter bedrängt hat, wollte er wissen, ob ich dich liebe.“

Brooke verzieht schmerzvoll das Gesicht.

„Da musste ich Ja sagen, Brooke. Ich musste ihm direkt in die Augen schauen und es ihm sagen, und dass du mir alles bedeutest.“

Erst sagt sie nichts und blickt mir auf die Brust. Dann sieht sie mich an und klingt zögerlich. „Nun ja … nur noch eine Woche und wir können das hinter uns lassen. Nur noch ein bisschen durchhalten …“

Ich schüttele den Kopf und greife nach ihrer Hand, die auf der Matratze ruht. Ich verschränke meine Finger mit ihren. „Siehst du denn nicht, dass wir das nicht gleich nächste Woche machen können? Gerade habe ich deinem Dad in die Augen gesehen und ihm gesagt, dass ich dich liebe. Wenn wir es nächste Woche beenden, wird er sofort wissen, dass ich ein Lügner bin.“

„Oh Gott“, sagt sie leise, als sie begreift, was ich gerade gesagt habe. „Aber … aber … was sollen wir denn jetzt machen? Soll ich einfach zugeben, dass das alles meine blöde Idee war?“

„Auf gar keinen Fall“, sage ich barsch, denn ich will nicht, dass Brooke alles auf sich nimmt. Wir stecken beide da drin.

Und dann sagt sie, worauf ich gehofft habe. „Vielleicht können wir das Theater noch ein bisschen länger spielen? Ich meine, beim Team läuft es gerade so gut und ich will es nicht sabotieren.“

Oh ja. Diese Idee ist ganz nach meinem Geschmack. Mehr Zeit mit Brooke, während wir einen Weg aus dieser Scheiße suchen.

„Ich finde, wir sollten eine gefakte Verlobung feiern“, sage ich mit Entschlossenheit.

Ihre Augen werden riesig. „Eine Fake-Verlobung?“

„Ja, das würde mir deinen Dad endgültig vom Hals halten. Uns Luft zum Atmen geben. Er kann sich ganz auf seinen Job als Coach konzentrieren und ich mich aufs Spielen, und …“

„Das ist eine super Lösung", unterbricht sie mich. Ich atme langsam und erleichtert aus. „Oder ist das zu schräg?"

„Absolut nicht schräg", versichere ich ihr mit einer abwinkenden Handbewegung, aber das ist das Verrückteste, was mir je passiert ist. Mir ist völlig klar, wie behämmert das ist. Zwar würde ich es nie zugeben, aber wir hätten schon die Wahrheit sagen sollen, als er uns im Büro erwischt hat, oder eine Million Mal danach.

Wir sollten einfach verdammt noch mal *jetzt* die Wahrheit sagen.

Doch stattdessen bin ich dabei, eine gefälschte Verlobung zu planen, denn ich will nicht, dass es jetzt schon endet. Andererseits weiß ich aber auch nicht, wo es letztendlich hinführen soll. Ich weiß nur, dass die Woche mit Brooke unglaublich schön war und sie die einzige Frau ist, bei der ich mich darauf freue, was wohl der nächste Tag bringen wird.

Deshalb also … ja, es wird eine gefälschte Verlobung stattfinden.

„Und wie soll das ablaufen?"

Brooke klingt ein bisschen zu nüchtern und professionell, als ob es sich um einen geschäftlichen Deal handeln würde. Ich streichele ihre Wange und gleite über ihr Ohr an ihren Hinterkopf, wo ich sie festhalte. Ich beuge mich zu ihr und grinse teuflisch. „Das ist meine Aufgabe. Ich kümmere mich um die Details."

„Aber du darfst mir keinen Ring kaufen", sagt sie

entsetzt.

„Hör auf, dir darüber Sorgen zu machen, Brooke." Ich küsse sie.

Sie lehnt sich leicht zurück. „Aber …"

„Sei still, Brooke, oder ich werde deinen Mund mit etwas beschäftigen, sodass du nicht mehr reden kannst."

Sie lacht heiser und knabbert an meiner Unterlippe.

Das führt zum nächsten Kuss, inniger diesmal, und schnell haben wir alle Fake-Verlobungen, ihren Dad, Nanette und alles andere auf der Welt vergessen.

KAPITEL 18

Brooke

Das Haus ist still, als ich reingehe, meine Ohren lauschen empfangsbereit. „Nanette?"

Keine Antwort.

Ich stelle meine Einkaufstaschen auf die Küchenablage und gehe ins Wohnzimmer. „Nanette? Bist du da?"

„Im Badezimmer!"

Mein Bungalow im mediterranen Stil, mit drei Schlafzimmern und zwei Bädern, roten Dachschindeln und Stuckverzierungen an den Wänden, ist eins der Dinge, die mir am besten an meinem Umzug von New York gefallen. Er hat nur um die hundertfünfzig Quadratmeter, was mir riesig vorkommt, nachdem ich jahrelang mit halb so viel Platz gelebt habe.

Trotzdem ist er nicht groß genug, um Abstand von Nanette zu haben. Sie ist jetzt seit drei Tagen da, und ich kann kaum den Sonntag abwarten, an dem sie wieder nach New York fliegt. Gleichzeitig habe ich deswegen ein schlechtes Gewissen, doch diese drei Tage haben mir gezeigt, warum wir nie beste Freundinnen waren.

Rückblickend stelle ich fest, dass ich sie damals bei der Arbeit auch nur in kleiner Dosierung ertragen konnte. Man begegnete sich ein paarmal am Tag kurz. Nanette assistierte bei Fotoshootings, und an manchen Tagen sah ich sie gar nicht, weil sie außer Haus bei einem Shooting war. Die Gelegenheiten, bei denen wir zusammen etwas essen oder trinken gingen, waren auch eher selten, und meistens waren andere Kollegen dabei. Dann schien es so, als ob sie ihr Reservoir mit gutem Benehmen gefüllt hätte und diesen Behälter in der kurzen Zeit, in der ich sie sah, nicht aufbrauchte. Doch diesmal war der Tank nach zwei Tagen leer und die wahre Nanette kam zum Vorschein. Ein fauler, schmarotzender Gast, der meine Geduld strapaziert.

In der Mittagspause hat Bishop mich im Stadion besucht und ich habe ihn praktisch die ganze Zeit vollgeheult. Und es machte ihm Spaß, mich damit aufzuziehen.

„Sie scheint aber doch ganz nett zu sein", sagte er lächelnd.

„Obwohl sie nirgends hinmuss, steht sie lange vor mir auf und verbraucht das ganze heiße Wasser in der Dusche", knurrte ich. „Das macht sie bestimmt mit Absicht."

„Ach, komm schon, Brooke, wirklich?", neckte er mich.

„Sie hat einen Aufstand gemacht, weil ich nur zweiprozentige Milch habe statt fettfreie."

Bishop lachte in sich hinein, nahm meine Hand und streichelte sie tröstend mit dem Daumen, während seine Augen amüsiert funkelten.

„Sie redet ohne Pausen nur über sich selbst", beschwerte ich mich. „Jetzt weiß ich viel zu viel über ihre Haut, Haare, Magenprobleme, ihren alkoholkranken Vater, ihre supererfolgreiche Schwester, mit der sie sich nicht messen kann, ihren letzten Ex, den sie in den sozialen Medien mit Trollkommentaren zuballert, eine Affäre mit einem der Redakteure des Magazins und ihr Sexleben." Ich schüttelte mich angewidert. „Ich weiß nicht, ob ich Dax je wieder in die Augen sehen kann, denn sie war viel zu detailliert über das, was die beiden miteinander gemacht haben."

Bishop hatte zumindest den Anstand, mich mitfühlend anzusehen. „Nun ja, der Käse ist gegessen. Dax will nichts mehr mit ihr zu tun haben."

„Weil sie leicht bekloppt ist, oder?" Ich fühlte mich bestätigt.

„Eigentlich hat er gesagt, dass sie nicht gut im Bett ist", antwortete er offen und ehrlich. „Aber ja, außerdem hat sie sich nach den paar Tagen zu sehr an ihn geklammert."

Bishop erzählte mir, dass Dax ihr an meiner Haustür freundlich gesagt hatte, dass er keine Zeit mehr für sie hätte, bevor sie wieder nach New York fliegt. Das wusste ich nicht, weil Bishop und ich schliefen, als sie nach Hause kam, und heute Früh war sie in ihrem Zimmer, nachdem sie beim Duschen das heiße Wasser verbraucht hatte.

Und jetzt ist sie in meinem Schlafzimmer.

Ich wappne mich innerlich, versuche, nicht die Nerven zu verlieren, und gehe hinein. Und finde Nanette in meinem begehbaren Kleiderschrank.

Mein Blick schweift durch das Zimmer. Auf meinem Bett liegen einige Outfits und auf dem Boden davor stehen passende Schuhe, als ob sie eine Modenschau zusammenstellen würde. Meinen Schmuck hat sie aus der Kommode genommen und obendrauf ausgebreitet.

„Was …“, sage ich und will „zum Teufel“ hinzufügen, reiße mich jedoch zusammen. Sie ist schließlich mein Gast, und noch wichtiger, sie kennt Bishops und mein Geheimnis. Ich muss vorsichtig vorgehen. Also hüstele ich und sage in lediglich neugierigem Ton: „Was machst du da?“

Sie sieht mich scharf an und dann wieder das Kleid, das sie hochhält und bewundert. Dann hält sie es sich an und betrachtet sich in dem hohen Spiegel an meiner Tür.

Ohne mich anzusehen, sagt sie: „Ich probiere nur ein paar deiner Sachen an. Ich weiß, dass du mir gern etwas leihst.“

Ich balle die Hände zu Fäusten. Immer noch lächele ich freundlich. „Ach ja?“

Sie nickt. „Ich habe nächste Woche ein Vorstellungsgespräch.“

„Was?“ Schockiert bleibt mir der Mund offen stehen.

Im Spiegel sieht sie mich an. „Ja. Gestern Abend war ich mit den Jungs aus …“

„Den Jungs?“ Ich habe keinen Schimmer, was sie meint, denn ich dachte, dass sie bei Dax war.

„Erik, Legend und Dax“, sagt sie und zuckt mit den Schultern. „Und es waren noch ein paar andere von der Organisation dabei. Ich erinnere mich nicht mehr an die ganzen Namen, aber ich habe Sebastian Parr kennengelernt. Er ist der Chef der Merchandising-Abteilung und, nun ja, er hat mir von einer offenen Stelle in seiner Abteilung erzählt."

Was in Gottes Namen …?

Es gibt dort keine offene Stelle. Sebastian hat mich als Praktikantin genommen, bis er weiß, ob ich ins Budget der Abteilung passe.

Doch dann wird es mir klar. Ich verenge die Augen, während sie das Kleid in den Schrank zurückhängt und ein anderes herausnimmt. „Hat Sebastian vielleicht mit dir geflirtet?"

Nanette sieht mich nicht an, aber sie nickt und lacht auf ihre schnurrende Art. „Und wie. Und ich habe zurückgeflirtet. So habe ich den Vorstellungstermin bekommen."

Darauf würde ich wetten. Sebastian flirtet immer, aber es kam mir harmlos vor und ich habe mich nicht darauf eingelassen. Aber wenn Nanette mitgemacht hat, dann kann ich mir gut vorstellen, dass sie ihn damit zu einem Bewerbungsgespräch überreden konnte.

Ich bohre noch etwas weiter. „Aber ich dachte, dass du mit Dax zusammen warst."

„War ich auch", sagt sie gelassen und dreht sich zu mir um. „Ich kann dir sagen, er fährt voll auf mich ab. Aber ich will mich nicht festlegen lassen, also habe ich gestern so was wie Schluss gemacht. Aber ich denke darüber nach, Erik anzurufen. Er könnte eine nette Abwechslung sein."

Oh nein, das ist … widerlich. Ich bin ganz dafür, dass Frauen sexuell dieselben Freiheiten haben sollten wie Männer, aber innerhalb von ein paar Minuten drei Männer ausnutzen zu wollen, ist schamlos. Ich bin froh, dass Dax sich von ihr gelöst hat, und habe das drängende Gefühl, Erik vorwarnen zu müssen.

„Was hältst du von dem hier?"

Sie dreht sich mir zu und hält ironischerweise ein seidenes A-Linie-Kleid von Nanette Lepore mit einem asymmetrischen Saum hoch. Es ist keins meiner Lieblingskleider, also zucke ich mit den Schultern.

„Aber warum gehst du hier zu einem Bewerbungsgespräch?", will ich wissen.

„Also … ich bin nicht wirklich auf Urlaub hier, um dich zu besuchen", gibt sie mit einem durchtriebenen Lächeln zu. „Ich habe meinen Job gekündigt und dachte mir, was soll's, wenn Brooke eine neue Karriere anfängt, kann ich das auch."

Mein Mund steht offen, und mir fällt echt nichts ein, was ich dazu sagen soll. Gern würde ich etwas sagen wie: „Du hättest mir einfach die Wahrheit sagen können." Aber das klingt irgendwie scheinheilig, nachdem ich sie, als sie hier ankam, sofort in meine eigene Lügengeschichte reingezogen habe.

„Und wir beide könnten uns das Haus teilen", sagt sie, ohne mit der Wimper zu zucken. „Natürlich kann ich erst Miete zahlen, wenn ich einen Job habe, aber ich kann dir beim Saubermachen und so helfen."

Ja, schon klar. Seit sie hier ist, hat sie noch nicht einen Finger krumm gemacht.

„Nanette", beginne ich und hoffe, sie wenigstens dazu zu bringen, die Sache langsamer anzugehen und zu durchdenken, aber da klingelt es an der Haustür.

Bishop.

Ich habe ihn für heute Abend zum Essen eingeladen. Ich wollte Fajitas und Margaritas machen, aber jetzt denke ich nur noch an die Margaritas. Mehr will ich momentan nicht.

Ich schaue auf die Unordnung und dann zu Nanette. „Hör zu … das ist Bishop und ich muss mit dem Kochen anfangen. Es gibt Fajitas, falls du mitessen möchtest."

„Klingt wunderbar", sagt sie strahlend, lässt das Kleid fallen und nimmt ein anderes aus dem Schrank.

Ich knirsche mit den Zähnen und gehe aus dem Schlafzimmer.

„Ich bringe sie um", zische ich Bishop so leise zu, dass es nicht bis ins Schlafzimmer dringt, wo Nanette immer noch in meinem Schrank wühlt.

Bishop ist klug genug, nicht zu lachen, und füllt mein Margarita-Glas auf. Innerhalb von zwei Minuten habe ich ihm schon vor der Tür erzählt, was passiert ist. Er hat mich in die Küche geführt, mich auf einen Stuhl platziert und eine Karaffe Margaritas gemacht. Er schenkte mir eine ein und begann, das Essen zu kochen, während ich trank.

Und trank.

Ich bin jetzt beim zweiten Glas, das er auffüllt. Nun ja, beim zweieinhalbten.

„Sie kann nicht hierbleiben", sagt Bishop leise. Am liebsten hätte ich ihn dafür geküsst. „Am Ende bringst du sie wirklich um und ich will dich nicht im Knast besuchen müssen."

Ich schnaube und trinke noch einen Schluck. Ich stelle das Glas ab und beuge mich über den Tresen, damit ich noch leiser sprechen kann. „Ich muss vorsichtig mit ihr sein. Man kann nie wissen, was sie mit unserem Geheimnis macht, wenn sie sauer wird."

„Himmel", murmelt er und schneidet eine Paprikaschote klein. „In welche Schwierigkeiten dich das Ganze bringt."

Da stimme ich ihm zu, indem ich einen großen Schluck Margarita trinke.

Er sieht mich grinsend an und schneidet dann weiter. „Wirst du kinky, wenn du betrunken bist?"

Überrascht blinzele ich, betrachte den Drink und dann Bishop. „Äh ... keine Ahnung."

Er nickt zu meinem Glas und grinst verschlagen. „Trink weiter, dann finden wir es heute heraus."

Ich kann das Kichern nicht aufhalten, das aus mir hervorsprudelt. Mit dem Finger fahre ich über den Rand des Glases und nehme das Salz auf. Ich lecke es mir vom Finger. „Ernsthaft jetzt, was soll ich denn tun? Und was ist mit dem Vorstellungsgespräch mit Sebastian? Entweder hat er sich das ausgedacht, um sie ins Bett zu kriegen, oder er denkt wirklich drüber nach, sie einzustellen."

Bishop legt das Messer zur Seite. Er stützt sich mit beiden Händen auf dem Tresen ab und beugt sich nah zu meinem Gesicht herüber. „Hör zu, Brooke. Ich weiß nicht, was für ein Spiel sie und Sebastian spielen. Mich interessiert nur, dass niemand auf dir herumtrampelt. Soll ich mit ihm reden?"

Das Entsetzen in meinem Gesicht beantwortet Bishop seine Frage. Aber es hält ihn nicht ab. „Es ist nicht schlimm, wenn jemand seinen Einfluss benutzt, um etwas von der Organisation zu bekommen. Promis und Sportler machen das andauernd."

Ich schüttele den Kopf und lehne das Angebot ab. „Das ist süß von dir, aber nein. Ich kümmere mich selbst um meine beruflichen Angelegenheiten, aber ich freue mich über jeden Rat, was Nanette betrifft. Ich will nicht, dass sie bei mir wohnt, egal für wie lange. Wie sage ich ihr das am besten?"

Er sieht mich sanft an, was mir zeigt, dass er wirklich mitfühlt und meine Zwangslage versteht. Auch sehe ich eine wütende Flamme in seinem Blick. Das ist sein Beschützerinstinkt. Er hebt eine Hand und schiebt mir eine Strähne hinters Ohr. Eine vertrauliche, süße Geste, und mein Bauch fühlt sich an, als würden Champagnerbläschen darin blubbern.

„Lass uns nicht in Panik geraten. Es könnte reine Angeberei sein, und wie du schon gesagt hast, gibt es wahrscheinlich gar keine offene Stelle. Sie könnte immer noch am Wochenende wie geplant wieder nach New York fliegen. Lass uns abwarten.“

Ich atme tief durch und stelle fest, dass er mich tatsächlich beruhigt hat. Ich spüre keine Angst mehr, die mir den Brustraum verengt, aber vielleicht liegt das auch am Alkohol. Egal, ich lächele ihn dennoch dankbar an. „Danke, Bishop.“

„Jederzeit, Baby“, antwortet er mit einem Zwinkern. Dann deutet er auf die Margarita. „Aber schön weitertrinken, ja? Ich will wirklich wissen, wie hemmungslos du wirst, wenn du betrunken bist.“

„Ich werde mich nicht betrinken“, behaupte ich. „Ich muss morgen arbeiten.“ Er wirkt enttäuscht. „Aber ich bin trotzdem bereit, heute Abend kinky Dinge mit dir zu tun.“

Sein Ausdruck ändert sich und er lächelt breit. „Darauf freue ich mich schon.“

KAPITEL 19

Bishop

„Alles okay oder habe ich dich umgebracht?", frage ich Brooke, als ich aus dem Bad gehe und das Licht hinter mir ausschalte. Sie hat ihre Position inzwischen noch nicht geändert, liegt auf dem Bauch, die Arme von sich gestreckt, den Kopf zur Seite, sodass ihre Wange auf einem Kissen liegt. Ihre Beine sind leicht gespreizt und völlig entspannt.

„Du hast mich umgebracht", murmelt sie, doch ihre Lippen bewegen sich, also kann das nicht stimmen.

Grinsend steige ich aufs Bett und krieche über ihren erschöpften Körper. Ich lasse mich auf ihr nieder und stütze mein Gewicht auf die Arme auf der Matratze ab. Mit den Lippen streiche ich über ihre Wange. „Du hast wunderbar ausgesehen, Brooke, so komplett gefesselt. Mit dem Plug in deinem Hintern und meinem Schwanz in deiner Pussy."

Sie stöhnt und bewegt sich, hebt den Kopf, um mich anzusehen. Ich mache es ihr leichter, indem ich mich neben sie lege und sie ansehe. Ich schmiege einen Arm um ihre Taille und ziehe sie an mich. Sie fühlt sich schwerer an als sonst, was bedeutet, dass sie mehr als entspannt ist.

Ich danke den drei Margaritas, die sie abenteuerlich genug gemacht haben, dass ich sie fesseln und mit ihrem Hintern spielen durfte. Ich hatte in meiner Tasche Wechselkleidung sowie ein paar Sexutensilien, die ich heute gekauft habe. Neben dem Plug hatte ich einen Knebel dabei, den ich Brooke anlegen wollte, damit Nanette uns nicht hört. Aber glücklicherweise war sie kurz nach dem Essen weggegangen. Sie hat sich von einem Uber abholen lassen und verschwand Gott weiß wohin.

Ohne Nanette im Haus war ich mehr als glücklich, Brookes Schreie zu hören. Ich genoss jeden einzelnen und versuchte, noch mehr aus ihr herauszuholen.

Brooke erzittert in meinen Armen.

„Ist dir kalt?"

Sie schüttelt den Kopf und kuschelt sich enger an mich. „Ich habe nur an deine unanständigen Worte denken müssen. Das macht etwas mit mir."

Ich lache leise und streichele ihren unteren Rücken. Sie war heute verdammt perfekt. Ängstlich, aber vertrauensvoll. Unschuldig, aber draufgängerisch.

Ich hatte den besten Orgasmus, an den ich mich erinnern kann, und in einem Moment der Klarheit, als ich kam, wusste ich, dass diese Frau die richtige ist. Dass ich aufhören sollte, mich dahinter zu verstecken, dass das alles nur eine Farce ist, denn es ist verflucht echt.

Doch als ich wieder auf dem Boden war, beschloss ich, letztlich der Mann zu sein, der nicht weiß, was er verfickt noch mal will. Und bis ich das herausgefunden habe, bin ich damit zufrieden, die Sache sich entwickeln zu lassen, ohne dass ich vielleicht zu weit gehen kann.

„Wird mir morgen der Hintern wehtun?", fragt Brooke. Ihre Worte sind leicht gedämpft, weil sie das Gesicht an meinen Hals schmiegt.

Sie kann mein Lächeln nicht sehen, aber bestimmt hören. „Nein, Baby. Ich habe einen sehr kleinen Plug benutzt. Es wird alles okay sein."

Sie zögert kurz und gibt dann zu: „Das hat mir wirklich gefallen. Besonders, als du mich zusätzlich noch gefickt hast."

„Mir auch", sage ich leise. Ich streichele großflächig ihren Rücken. Ich weiß nicht, ob sie je meinen Schwanz dort hinein lässt, aber es ist auch egal. Sie hat mir so oder so schon genug gegeben.

„Danke", murmelt sie.

„Wofür?" Langsam werden meine Augenlider schwer.

„Dass du so ein guter Freund bist."

Sofort reiße ich die Augen auf und zucke zusammen. „Dass ich ein Freund bin?"

„Ja", sagt sie leise. „Beim Mittagessen und beim Dinner hast du mir zugehört, wie ich mich über Nanette aufgeregt habe. Ich will eigentlich nicht so sein, aber danke, dass du mir die Möglichkeit gegeben hast, mich auszujammern. Ich brauchte das echt."

Verfickt noch mal.

Habe ich das wirklich getan?

Anscheinend habe ich ihr etwas Immaterielles und dennoch sehr Wichtiges gegeben, und sie bedankt sich dafür auf liebe Weise. Dabei war mir das gar nicht bewusst, weil es mir kein bisschen schwergefallen ist. Was mich angeht, könnte ich Brooke den ganzen Tag zuhören. Sie könnte mir ein Wörterbuch vorlesen und ich würde ihr lauschen.

Und das ist genau das, was mich gerade aus der Bahn wirft. Es gibt nicht viele Menschen, bei denen es mir genauso geht. Die mir so wichtig sind und die ich so respektiere, dass ich ihnen ernsthaft und hingebungsvoll meine Aufmerksamkeit schenke.

Ich schaffe es, mich zu entspannen, und lege den Kopf auf das Kissen zurück. „Gern geschehen. Du kannst mir immer alles erzählen, okay?"

„Okay." Ihr Blick ist liebevoll und sie lächelt sanft.

Wir sehen einander eine Weile an und dann streichelt sie meine Stirn an der Haarlinie. Sie fährt über die Narbe, die sich rechts auf meiner Stirn befindet und in den Haaren verschwindet. Man sieht sie kaum aus der Distanz, nur wenn man nah herangeht. Es ist eine von vielen Narben, die man als Eishockeyspieler so hat.

„Wie bist du zu der Narbe gekommen?"

Nicht zum ersten Mal beantworte ich diese Frage. Sie streichelte mich bereits überall und jede einzelne Narbe, wobei sie immer wieder dieselbe Frage stellte.

Rechtes Knie: Meniskusoperation. Da war ich beim Spiel auf einem See dumm gefallen.

Rechter Oberschenkel: ein Schnitt vom Springen über einen Zaun. Ich rannte durch das falsche

Nachbargrundstück, um rechtzeitig nach Hause zu kommen, und musste einem Rottweiler entkommen.

Oberlippe: Ein Puck hat mich erwischt, weil ich mich nicht schnell genug geduckt habe.

Linke Fingerknöchel: Das war ein echt guter Kampf. Der andere Typ sah schlimmer aus.

Unterseite des Kinns: Ich wurde von einem echt brutalen Kinnhaken getroffen. Diesmal sah ich schlimmer aus als der andere Typ.

Doch zum ersten Mal fragt sie mich nach dieser Narbe. Es ist die am besten sichtbare, außer der am Kinn, da ich meine Haare aus dem Gesicht trage. „Mit acht bin ich den Granger Hill mit dem Schlitten runtergebrettert. Ich war nicht gut im Steuern und hatte einen Zusammenstoß mit einem Baum.“

Brooke verzieht das Gesicht und streichelt die Narbe mit dem Daumen. „Das hätte dich umbringen können.“

„Das hat meine Mom auch gesagt, als ich genäht wurde.“ Brooke sieht mich ernst an. Genau wie meine Mom immer. Apropos Mom. „Meine Mutter kommt uns nächste Woche besuchen.“

Brooke lächelt und schiebt die Hände unter ihr Kinn. „Oh, schön. Wie lange bleibt sie?“

„Sie kommt am Mittwoch zum Heimspiel und bleibt bis zum nächsten am Samstag. Sonntag Früh fliegt sie wieder nach Hause.“

„Und was erzählen wir ihr?“

Sie weiß, dass ich Mom bisher noch nichts von ihr erzählt habe, weil es nicht nötig war. Das bedeutet aber nicht, dass ich es ihr nicht sagen wollte. Das würde ich furchtbar gern, aber dafür müsste ich ihr erst von der Lüge erzählen. „Ich muss ihr die Wahrheit sagen."

„Natürlich. Ich will auch nicht, dass du sie belügst."

Ich studiere Brookes Gesicht und sehe ihren offenen Ausdruck, ein bisschen Sorge um mich und etwas restliche Schuld, mich in diese Lage gebracht zu haben. Ich drehe mich weiter um und komme ihrem Gesicht noch näher. „Ich freue mich, dass du meine Mom kennenlernen wirst. Du wirst sie wirklich mögen."

Brooke weitet die Augen, als sie die Tragweite dieses Moments begreift. Es ist das erste Mal, dass wir sozusagen zugeben, dass das zwischen uns eigentlich gar nicht gelogen ist.

„Ich kann es auch kaum erwarten, sie kennenzulernen", murmelt sie. „Es ist schön, dass es nicht unter vorgegebenen Bedingungen stattfindet."

„Meine Mom wird in einem Hotel übernachten. Das macht sie immer, denn dann hat sie einen ruhigen Ort zum Arbeiten. Sie hört nie wirklich damit auf. Aber ich dachte mir, wir können mit ihr etwas unternehmen. Zum Beispiel den Botanischen Garten besuchen. Bist du dabei?"

„Natürlich", sagt sie spontan, rudert aber sofort etwas zurück. „Wenn ich von der Arbeit freinehmen kann. Samstag geht ja nicht, weil da dein Spiel ist."

Ich nicke und hasse es, nicht frei über Brooke verfügen zu können, wenn ich es möchte. Die Tage zwischen den Spielen sind mir heilig. Da finden nur leichtes Training und mein Work-out statt, und danach habe ich Freizeit, und ich liebe die Flexibilität dieses Lebensstils. Es ist echt Mist, dass ich diese Woche gern mit Brooke und Mom etwas unternehmen will, Brooke aber an einen Ganztagsjob gebunden ist.

„Und dann ist da noch Nanette“, sagt Brooke verdrossen. „Falls ich freibekomme, sollten wir sie vielleicht dazu einladen?“

Das will ich nicht, aber wahrscheinlich sollten wir es tun. Es ist eine Frage der Höflichkeit.

Bevor ich das sagen kann, klingelt Brookes Handy. Sie verzieht das Gesicht. „Wenn man vom Teufel spricht“, murmelt sie und sieht mich fast hilflos an.

Das hätte sie mir nicht erst sagen müssen. Ihr Klingelton ist *Smack My Bitch Up* von Prodigy, sodass ich auch so weiß, wer der Anrufer ist. „Geh nicht ran“, rate ich ihr.

„Muss ich aber“, sagt sie frustriert und wendet sich dem Handy zu, um es zu nehmen. „Falls es dringend ist oder irgendwas passiert ist.“

Gutes Argument. Trotzdem würde ich an ihrer Stelle nicht rangehen.

Brooke dreht sich mit dem Handy zu mir um, legt es zwischen uns und schaltet den Lautsprecher an. „Hallo.“

„Brooooke!“, kreischt Nanette ins Handy.

„Hi … was ist los?“

Gut, dass Nanette betrunken ist, sonst würde sie Brookes genervten Tonfall bemerken.

„Hallo ... bist du da? Kannst du mich hören?", brüllt Nanette in dem Versuch, sich selbst zu hören bei dem Lärm in der Bar oder wo auch immer sie ist.

Brooke ist gezwungen, ebenfalls laut zu sprechen. „Ja! Was willst du denn?"

„Komm her und feier Party mit mir! Es macht so viel Spaß!"

„Nein", sagt Brooke knapp und versucht nicht mal, ihre Verdrießlichkeit zu verbergen. „Es ist schon spät und ich muss morgen arbeiten."

„Ach, komm schon", antwortet sie, ohne zu merken, dass sie Brooke sauer macht. „Wie in alten Zeiten."

Brooke sieht mich an und ihr Blick sagt: *Alte Zeiten, von wegen.* „Ich werde nicht kommen, Nanette. Ich liege im Bett und will schlafen."

Schweigen am anderen Ende. Man hört nur noch den Partylärm und die Musik. Dann seufzt Nanette und antwortet in unfreundlicherem Ton: „Na gut. Aber du musst mich abholen. Ich habe kein Geld, um nach Hause zu kommen."

„Was?" Brooke sieht genauso verblüfft aus, wie ich mich fühle. „Was ist mit deiner Kreditkarte? Damit hast du doch heute Abend das Uber bezahlt."

„Da war nicht viel drauf", sagt sie säuerlich. „Und ich dachte, die Jungs wären heute Abend hier. Das hatten sie gesagt, aber keiner ist aufgetauch. Ich dachte, sie spendieren mir Drinks und fahren mich später nach Hause."

Die Jungs?, forme ich lautlos mit dem Mund.

Brooke zuckt leicht mit einer Schulter und formt mit den Lippen: *Erik und Legend*. Noch ein Schulterzucken sagt mir, dass sie es aber nicht genau weiß.

„Hol mich einfach nur ab", verlangt Nanette ungeduldig. „Ich bin im Sneaky Saguaro." Dann legt sie auf.

Brooke starrt mich mit großen, ungläubigen Augen an. „Ich kann nicht fassen, dass sie das eben wirklich getan hat."

„Was für eine Bitch", sage ich mitfühlend.

Brooke stöhnt und rollt sich von mir weg. Schnell greife ich nach ihr und drücke sie auf die Matratze. „Ich werde sie holen. Zieh du dein Nachtshirt an und geh schlafen."

Ich sehe ihr an, dass sie für mein Angebot dankbar ist, aber sie schüttelt trotzdem den Kopf. „Sie ist mein Problem, Bishop."

„Da du meine Freundin und baldige Fake-Verlobte bist, ist sie auch mein Problem." Ich grinse und gebe ihr einen festen Kuss. „Geh schlafen!"

„Aber …"

„Kein Aber." Ich küsse sie noch einmal und gleite aus dem Bett, hebe meine Klamotten Stück für Stück vom Boden auf und ziehe mich an. Die waren mir heute Abend irgendwie superschnell abhandengekommen. „Ich werde ihr eine Standpauke verpassen, denn als dein Freund kann ich das machen, ohne dass du es ausbaden musst, und du bekommst endlich etwas Frieden.“

Plötzlich überwältigt und erschöpft lässt Brooke den Kopf aufs Kissen sinken. Mir ist klar, dass es an unserem Fick liegt und auch ein bisschen am Alkohol, doch Nanette ist ebenfalls für Brookes Gesichtsausdruck verantwortlich.

Und dafür werde ich der Frau auf jeden Fall die Leviten lesen.

KAPITEL 20

Bishop

So habe ich mir meinen Freitagabend nicht vorgestellt, verdammt. Momentan stehe ich nicht auf Partys mit Freunden. Ich stehe darauf, mit meiner Freundin allein zu sein.

Ja, meiner Freundin. Genau das ist Brooke, und es ist etwas Echtes zwischen uns. Zumindest von meiner Seite aus.

Bei all dem Auf-rohen-Eiern-Gehen bei dem Thema, was uns verbindet, und der Vorgabe von *einfach nur zusammen Spaß haben* und *wir spielen die Scharade noch eine Weile, zum Wohle aller Beteiligten,* ist mir diese verblüffende Tatsache heute Abend bewusst geworden.

Allein der Umstand, dass ich mehr als wütend auf Nanette bin und mich jetzt um sie kümmere, damit Brooke es nicht tun muss und stattdessen ihren Schlaf bekommt, zeigt zweifellos, dass sie meine Freundin ist, und zwar so echt, wie es nur sein könnte.

Bisher hatte ich mit Nanette nur oberflächlich zu tun, habe sie meistens nur beobachtet, denn Brooke hat recht, dass sie sich am liebsten selbst reden hört. Meine Beobachtungen sind von dem ersten Abend, als wir ausgegangen waren, und vom nächsten Abend, als wir nur Brooke, ich, Dax und Nanette waren. Wir waren essen und etwas trinken, und ja, Nanette hat sich die ganze Zeit in den Mittelpunkt gestellt. Es hatte mich nicht überrascht, dass Dax sie mit nach Hause genommen hat, aber ich wusste gleich, dass er sie wieder loswerden wollte. Er ist nicht auf der Suche nach etwas Dauerhaftem, aber er ist monogam. Und ich weiß, dass er gern mit einer Frau zusammen ist, die zumindest eine angenehme Gesellschaft darstellt, wenn er sie nicht gerade fickt.

Im Auto rufe ich sofort Erik an. Es ist fast ein Uhr, aber ich weiß, dass ich ihn nicht wecken werde. Nicht an einem Freitagabend.

Er geht ran und sagt: „Was geht ab, Dude?"

Im Hintergrund ist es überraschend still, sodass meine Frage beantwortet ist, bevor ich sie stellen kann. „Eigentlich habe ich gehofft, dass du mit Nanette im Sneaky Saguaro bist", sage ich frustriert.

„Ähm, na ja … nein! Die Tussi ist bekloppt! Ohne Brooke beleidigen zu wollen, du weißt schon."

„Schon gut. Wo bist du?"

„Bei einer Frau, die ich heute kennengelernt habe", murmelt er und ich höre ein Lächeln heraus. „Sie zieht sich gerade etwas Bequemeres an, und wir wissen beide, was das bedeutet."

Ich lache kurz. „Klar, das weiß ich, Bro. Viel Spaß."

„Habe ich", sagt er kurz vor dem Auflegen, fragt aber dann: „Warum suchst du nach Nanette?"

„Weil sie gerade Brooke angerufen hat. Sie hat kein Geld mehr und will vom Sneaky Saguaro abgeholt werden. Sie hat gesagt, dass du nicht da bist, aber ich wollte checken, ob sie gelogen hat. Irgendwas stimmt mit der Frau nicht und ich kann den Finger nicht drauflegen.“

„Gestern hat sie mich angerufen und wollte sich mit mir verabreden.“ Er klingt leicht angewidert. „Direkt, nachdem Dax sie hat abblitzen lassen. Aber sorry, ich nehme nichts Abgelegtes. Sie wollte allerdings mein Nein nicht akzeptieren. Hat behauptet, das sei okay, aber sie will trotzdem noch mit unserer Gruppe herumhängen. Wollte Legends Kontaktdaten haben, aber ich habe ihn ihr nicht ausgeliefert. Die Frau ist mir ein wenig zu sehr auf der Stalker-Seite.“

„Das kann man wohl sagen“, antworte ich verstehend. „Dann geh jetzt lieber wieder zu deiner Eroberung in den bequemen Klamotten.“

Erik lacht sich schlapp und wir beenden das Gespräch.

Mist. Ich habe gehofft, dass er da wäre und mir den Gefallen tun würde, sie nach Hause zu bringen. Das war zwar weit hergeholt, aber ich traue Nanette kein bisschen und es war den Versuch wert.

Als ich auf den Parkplatz vom Sneaky Saguaro fahre, bin ich sauer, weil Nanette nicht schon draußen steht. Unter viel Fluchen und Knurren parke ich und gehe hinein, um sie zu suchen.

Die Bar ist voll, alle stehen herum, und mir ist klar, dass es schwer wird, sie zu finden. Ich arbeite mich zu den Sitzgelegenheiten in der unteren Etage vor, bevor ich nach oben gehe. Ich suche fast

den ganzen Bereich ab und dann sehe ich sie endlich.

Sie tanzt auf einem Tisch und ist von Männern
umgeben.

Es sind sogar ein paar der Vengeance-Rookies
dabei. Ich sehe Vance Gather, Derek Kemper und
Guy Demere. Keiner der drei ist über einund-
zwanzig, was in diesem Staat die Volljährigkeit
bedeutet, doch das hält sie nicht vom Saufen ab.
Entweder besitzen sie gefälschte Ausweise oder
das Management bedient sie trotzdem, weil es gut
fürs Geschäft ist, Profi-Eishockeyspieler als Gäste
zu haben.

Als ich an den Tisch komme, begrüßt mich Derek
mit einem Faustgruß, doch bevor ich mit den
Jungs reden kann, entdeckt mich Nanette. Sie trägt
ein kirschrotes enges Kleid, das nichts der Fantasie
überlässt. Ihr Blick ist alkoholverschleiert, und sie
strahlt, als sie mich sieht, und streckt die Arme
nach mir aus.

„Yay! Bishop ist da! Komm hoch und tanz mit
mir!"

Ich achte nicht darauf und wende mich Vance zu,
der mich entsetzt ansieht, weil ich die Frau auf
dem Tisch kenne. „Wie lange macht sie das
schon?"

„Wir sind eben erst gekommen", sagt er und
blickt zwischen Nanette und mir hin und her. „Du
kennst die?"

Sein Ton ist irgendwie verurteilend, was mich
amüsiert und mir gleichzeitig Respekt abverlangt.

Er weiß, dass ich mit Brooke zusammen bin, der Tochter des Coaches, und er hat den Verdacht, dass ich fremdgehe.

Nanette tanzt weiter und ignoriert uns alle. Sie hat ein Bier in der einen Hand und mit der anderen greift sie sich in die Haare und schwingt anzüglich die Hüften.

„Sie ist Brookes Freundin und zu Besuch hier. Sie hat angerufen, dass wir sie abholen sollen."

Vance nickt verstehend. „Wie gesagt, ich bin gerade erst gekommen. Sie hat gesagt, sie tanzt für uns auf dem Tisch, wenn wir ihr ein Bier ausgeben. Und na ja, dazu sage ich nicht Nein." Ich weiß nicht, was er in meinem Gesicht liest, doch ist wohl erkennbar, dass ich nicht begeistert bin. „Aber sie scheint echt cool zu sein, Mann."

Das sagt er nur, weil er die Beziehung zwischen Nanette und Brooke nicht kennt. Also kläre ich ihn auf. „Ja, aber das ist sie nicht. Du wirst mir noch dankbar sein, dass ich sie dir vom Hals gehalten habe." Ich drehe mich zu Nanette um und brülle über die laute Musik und den Barlärm hinweg: „Nanette … wir gehen!"

Entweder hört sie mich nicht, oder sie ist zu besoffen, um es zu kapieren, oder sie ignoriert mich. Sie tanzt weiter und schaut sich um, ob ihr auch zugesehen wird.

„Fuck", murmele ich, greife hoch, nehme ihr das Bier ab und reiche es an Vance weiter.

Das bemerkt sie und sieht mich wütend an. „Hey! Was soll das, Bishop?"

„Runter mit dir, und dann gehen wir." Ich reiche ihr meine Hand, damit sie vom Tisch steigen kann.

Sie starrt mich kurz grimmig an und nimmt die Faust aus ihren Haaren. Dann schätzt sie die Lage ab, was mir sagt, dass sie nicht so betrunken ist, wie ich dachte. In ihren Augen ist etwas wie Berechnung zu sehen, und dann wirft sie sich in meine Arme. Lässt sich praktisch einfach vom Tisch fallen und geht davon aus, dass ich sie fangen werde, was ich auch tue. Doch sie ist nur ein paar Sekunden in meinen Armen, bevor ich sie auf den Boden stelle.

Sie schwankt und schlingt die Arme um meinen Hals. „Ach, komm schon, Bishop, lass uns tanzen. Warum musst du dich immer so wehren?"

Ich greife um sie herum und pflücke ihre Arme von mir ab. Ich halte sie vor ihr fest und sie grinst. „Ich bin nicht hier, um mit dir zu tanzen, zu trinken oder auch nur mit dir zu reden", sage ich. „Ich hole dich nur für Brooke ab, die du unverschämterweise angerufen hast, um es von ihr zu verlangen. Und jetzt such deine Handtasche und wir gehen."

Ihr Ausdruck wird wütend und sie presst die Lippen zu einer dünnen Linie zusammen. Unschön. Sie entreißt mir ihre Handgelenke und winkt Vance, Derek und Guy, die die ganze Sache mit großen Augen beobachten.

„Ich habe neue Freunde und bleibe noch eine Weile." Sie präsentiert den Jungs einen sexy Schmollmund.

Vance tritt sofort ein Stück zurück und hält die Hände vor sich. „Sorry, aber wir sind noch woanders verabredet und müssen jetzt gehen."

Vance sieht mich kurz an, wie um sich zu versichern, das Richtige zu tun. Ich nicke kurz, denn ich will nicht, dass noch mehr von den Vengeance-Jungs etwas mit dieser Frau zu tun bekommen.

Sie wollen gerade gehen, da rufe ich ihnen hinterher: „Hey!"

Drei Köpfe drehen sich zu mir um.

„Mir egal, ob ihr minderjährig trinkt. Aber seid vernünftig und passt auf, okay?"

„Alles klar, Bishop", sagt Guy, auch im Namen der anderen, die brav nicken.

„Viel Spaß", sage ich und sehe Nanette an. Sie hat die Arme verschränkt, ein Bein weiter vorn und die Hüfte leicht in Schrägstellung und funkelt mich an.

„Gehen wir", sage ich und deute mit einer Handbewegung Richtung Ausgang.

„Okay", sagt sie kurz angebunden, schnappt sich ihre Tasche von einem Stuhl, stampft vor mir her und schiebt sich grob durch die Menge.

Ich seufze und folge ihr.

Auf dem Heimweg gönnt sie mir fünf Minuten himmlische Stille, bevor sie anfängt zu plappern. Durch den Gurt behindert, dreht sie sich mir, so weit es geht, zu.

„Warum bist du heute so ein Spielverderber?"

Sie klingt weinerlich. Ich knirsche mit den Zähnen. „Bin kein Spielverderber“, sage ich gelassen und blicke weiter nach vorn auf die Straße. „Nur müde und sauer, weil ich dich abholen muss.“

Sie antwortet nicht sofort, und ich vermute, dass sie wieder berechnende Gedanken hat. Dann spüre ich ihre Fingerspitzen auf meiner Schulter, und ihre Hand gleitet in meinen Nacken.

Heiser schnurrt sie: „Ich könnte dir heute Nacht zeigen, wie man sich amüsiert, Bishop.“

Mit einer Hand am Steuer schiebe ich ihre Hand zurück auf ihre Seite des Wagens. Sanft, aber bestimmt. Meine Stimme überbringt ihr die wahre Botschaft. „Fass mich nie wieder an, Nanette. Ich will das nicht und werde es auch nie erwidern.“

„Na gut“, knurrt sie, sinkt in den Sitz und kreuzt wieder die Arme vor der Brust.

Ich habe keine Ahnung mehr, ob sie betrunken ist oder nicht, aber sie lallt nicht beim Sprechen wie auf dem Weg aus der Bar. Aber wenn sie schon mal gezwungenermaßen meine Zuhörerin ist, bohre ich gleich ein bisschen tiefer. „Ich habe gehört, dass du nächste Woche ein Bewerbungsgespräch bei der Vengeance-Organisation hast.“

„Yup.“

Ich werfe ihr einen kurzen Blick zu und sie studiert ihre Fingernägel der einen Hand.

„Was soll das? Warum suchst du einen Job in Phoenix?“

Sie zuckt mit den Schultern. „Warum nicht? Hier scheint es schön zu sein und Brooke hat ein gutes

Leben hier, also warum kann ich das nicht auch?"

„Was hat Brooke damit zu tun?"

„Hör zu", sagt sie und wendet sich mir zu. Ich schaue sie kurz an, damit sie weiß, dass ich zuhöre, und schaue wieder auf die Straße. „Ich bin gerade an einem guten Punkt in meinem Leben, um eine andere Karriere anzustreben. Ich bin hier, um mir die Gegend anzusehen. Dann hat mir Sebastian von der offenen Stelle erzählt, und ich dachte, warum eigentlich nicht?"

„Da spricht nichts dagegen", sage ich neutral. Ich werde nicht erwähnen, dass Brooke diese Stelle haben will. Sie hat es Nanette nicht erzählt, also werde ich es auch nicht tun. „Aber darf ich dir einen Rat geben?"

Sie seufzt. „Klar. Nur los."

„Sei ein angenehmerer Gast bei Brooke", sage ich rundheraus und sehe sie kurz streng an.

„Wie meinst du das?"

Man muss ihr lassen, dass sie aufrichtig entgeistert klingt. Mir ist klar, dass ich ihre Persönlichkeit nicht ändern kann. Jemand, der so arrogant ist, wird nicht wie durch ein Wunder plötzlich demütig. Aber ich kann zumindest eine Saat einpflanzen. „Versuch einfach … aufmerksamer sein. Hilf ihr mehr im Haus. Zeig ihr deine Dankbarkeit. Und ruf sie nicht mitten in der Nacht an, weil du einen Fahrer brauchst und pleite bist."

Ich mache mich auf Wut gefasst. Doch sie reagiert neugierig.

„Was kümmert es dich? Ihr zwei lebt doch nur

eine Lüge. Es ist nichts Echtes."

Ich lache und sehe sie kurz an. „Und da irrst du dich gewaltig."

„Wirklich?", fragt sie skeptisch.

„Wirklich."

KAPITEL 21

Brooke

Ich nehme den restlichen Bacon aus der Grillpfanne und lege ihn auf einem Küchenpapier auf einen Teller. Ich habe eine ganze Packung gebraten, weil ich nicht weiß, wie viel Bishop an einem Spieltag isst, und ich wollte nicht zu wenig machen. Mit den Eiern fange ich erst an, wenn er aufgestanden ist, was bald sein wird. Er hat den Wecker auf acht Uhr gestellt, weil er um zehn ein Morgentraining auf dem Eis hat. Danach kann er sich ausruhen, bevor am Abend das Spiel beginnt.

Als ich das Knacken des Holzbodens höre, drehe ich mich um und bin bereit, ihn anzulächeln. Doch es ist Nanette, die durch das Wohnzimmer in die Küche kommt. Sie hat eine Hand am Kopf, und ich nehme an, dass sie einen Kater pflegt. Sie trägt einen Bademantel, und ich bin froh, dass es einer dieser übergroßen flauschigen ist, der sie vom Hals bis zu den Zehen bedeckt.

„Hi", sagt sie heiser, als sie die Küche betritt.

„Hi", sage ich vorsichtig. „Magst du einen Kaffee?"

„Kann ich mir selbst holen", sagt sie mit einem matten Lächeln, geht um die Kücheninsel herum und zur Kaffeemaschine.

Ich stecke Brot in den Toaster. „Willst du mitfrühstücken? Der Bacon ist fertig und ich kann dir ein paar Eier machen."

„Nein danke", sagt sie. Bei ihrer Freundlichkeit sehe ich sie erstaunt an. Sie lehnt an der Arbeitsplatte und nippt an ihrem Kaffee. Dann lässt sie die Tasse leicht sinken. „Meinem Magen geht es nicht so gut", gibt sie zu. „Ich hatte gestern viel zu viel Alkohol."

„Das tut mir leid. Möchtest du Ginger-Ale oder so etwas?"

Sie schüttelt den Kopf. „Nein, geht schon. Aber ich kann dir beim Frühstückmachen helfen, wenn du willst."

„Ist schon fast fertig." Ich lächele sie an und wende mich dem Toaster zu.

„Ich helfe dir nachher beim Wegräumen."

Gut, dass ich ihr nicht zugewandt bin, sonst würde sie mir den Schock über dieses Angebot ansehen. Anscheinend hat Bishops Standpauke etwas bei ihr bewirkt.

Ich war wach, als sie nach Hause kamen. Ich blieb im Schlafzimmer, als die Haustür aufging. Ohne ein Gespräch hörte ich die beiden zu den Schlafzimmern gehen. Bishop öffnete die Tür und schloss sie wieder, wirkte bestürzt, als er sah, dass ich wach und die Nachttischlampe an war.

„Du solltest doch schlafen", schimpfte er, zog sich bis auf die Unterhose aus und schlüpfte neben mich ins Bett.

Dann erzählte er mir, wie alles mit Nanette gelaufen war, inklusive ihres Versuches, ihn anzumachen. Außerdem hat er ihr gesagt, sie solle sich als Gast anständiger benehmen, woran sie sich offensichtlich erinnert hat.

„Hey, Brooke?", sagt sie leise, um meine Aufmerksamkeit zu erlangen. Ich sehe sie an und ihre Augenbrauen sind fragend hochgezogen. Kurz blickt sie zur Seite und sammelt anscheinend ihren Mut zusammen, und dann sieht sie mich wieder an und sprudelt drauflos. „Das mit gestern tut mir echt leid. Dass ich dich angerufen habe. Ich war nicht mittellos. Ich wollte nur, dass du kommst und dich mit mir amüsierst. Ich war einsam und hätte nie damit gerechnet, dass Bishop auftauchen würde. Und es tut mir wirklich leid, dass ich eine Bitch war und ein schlechter Hausgast. Ich war schon immer schlampig, aber das ist dein Haus, das ich nicht respektvoll behandelt habe, und du warst immer nur nett zu mir. Also … bitte verzeih mir, dass ich so eine blöde Ziege war. Es tut mir wirklich furchtbar leid."

Glücklicherweise sieht Nanette nicht mein erstauntes Gesicht, weil Bishop in die Küche kommt und ihre Aufmerksamkeit ablenkt. Mich lenkt er auch ab, denn er sieht so direkt aus dem Bett kommend unglaublich gut aus. Er trägt Work-out-Shorts, ein Vengeance-T-Shirt und Laufschuhe. Seine Beine sind muskulös, gebräunt und verdammt sexy. Er hat eine Baseballkappe falsch herum auf, doch den Farben nach zu urteilen, hat diese mit Sicherheit vorn das Vengeance-Logo drauf.

Bishop lächelt Nanette kurz an und kommt zu mir. Er stellt sich hinter mich, schlingt die Arme um meine Taille und zieht mich an sich. Er küsst mich auf den Hals.

„Guten Morgen, Sexy“, sagt er auf sinnliche Weise.

Nanette wendet sich höflich ab. Ob das ehrlich gemeint ist? Schließlich hat sie gestern ganz direkt meinen Freund angebaggert. Das hätte sie auf den Alkohol schieben können, aber mir fällt auf, dass sie sich in ihrer ausgedehnten Entschuldigung nicht dafür entschuldigt hat.

„Möchtest du frühstücken?“, frage ich Bishop und fühle mich leicht benommen von seiner Begrüßung. Es ist ewig her, dass mich jemand so liebevoll umarmt hat. Aus keinem anderen Grund, als mir auf so eine süße Art Guten Morgen zu sagen. Eine echt quälende Sehnsucht breitet sich in meiner Brust aus. Nicht, dass ich das regelmäßig haben könnte, sondern dass Bishop es ernst meint.

In all meinen vorstellbaren Szenarien, wie diese für meinen Vater gefakte Beziehung ablaufen könnte, habe ich nie auch nur in Betracht gezogen, dass ich mich in Bishop verlieben könnte. Ich habe mir einen One-Night-Stand gesucht und gedacht, dass ich momentan nur Zeit hätte, mich auf meinen neuen Job zu konzentrieren und auf meinen Vater zu achten, dass er sich in seinen neuen Job einlebt. Man sagt, dass einen Liebe und Romantik dann treffen, wenn man sie am wenigsten erwartet. Aber es traf mich mit der Macht eines Hurrikans, denn ich schwöre bei Gott, dass ich eigentlich nichts dergleichen mit Bishop vorhatte.

„Ich habe Zeit für einen kleinen Happen“, sagt er,

als der Toaster den Toast auswirft. „Was soll ich dir helfen?"

„Nimm dir einfach nur Kaffee", instruiere ich ihn und entziehe mich seinen Armen. Ich beginne, die Toastscheiben zu buttern und auf einen Teller zu stapeln. „Es dauert nur einen Moment, dir ein paar Eier zu braten."

„Klingt gut." Bishop geht um Nanette herum, die uns schweigend zusieht. Bishop sagt nichts zu ihr und holt sich einen Kaffee von der Maschine.

„Nanette, willst du wirklich kein Ei?"

Sie schüttelt den Kopf und verzieht das Gesicht, als hätte das Schmerzen verursacht. Sie presst ihre Finger an ihre Schläfen. „Sind wir beide uns wieder gut? Worüber wir eben gesprochen haben?"

Nun ja, ich habe nicht wirklich gesprochen. Sie sprach, ich habe zugehört. Aber das muss man ihr zugutehalten. Sie hat sich für ein paar Sachen entschuldigt, was ihr schwergefallen sein muss. Also lächele ich sie aufrichtig an. „Ja, sind wir."

„Oh, Gott sei Dank", sagt sie erleichtert. Sie kommt zu mir und umarmt mich. „Ich hatte schon Angst, dass du mich heute rausschmeißt. Ich will dir echt nicht auf die Nerven gehen, aber wäre es möglich, dass ich noch eine Woche bleiben kann? Ich habe das Bewerbungsgespräch mit Sebastian, und falls das nichts wird, würde ich mich gern noch woanders bewerben und schauen, was es so gibt. Ich werde auch gern Miete bezahlen."

„Wie kannst du Miete bezahlen, wenn du dir nicht mal ein Taxi leisten kannst?", wirft Bishop ein.

Er lehnt an der Arbeitsplatte, hat einen Arm vor dem Bauch und hält mit der anderen Hand seinen Kaffee, den er jetzt anhebt, um zu trinken.

Okay … also das hat er ihr direkt an den Kopf geknallt. Schnell mische ich mich ein. „Sie hat Geld. Sie hat gesagt, das war nur eine Ausrede, damit ich komme und mit ihr Party mache. Wir haben vorhin darüber gesprochen und sie hat sich aufrichtig für ihr Benehmen entschuldigt."

Bishop hebt eine Braue und sieht mich derartig skeptisch an, dass mein Gesicht vor Fremdscham für Nanette brennt, die seine volle Ablehnung zu spüren bekommt.

Ich wende mich Nanette zu. „Wir reden später weiter, wenn Bishop auf dem Eis ist, okay?"

Sie lächelt matt und nickt. „Okay. Danke. Inzwischen lege ich mich noch mal hin, falls du nichts dagegen hast. Lass einfach alles in der Küche stehen, ich räume sie später auf."

„Okay", antworte ich und schaue ihr hinterher, als sie sich zurückzieht. Ich höre ihre Tür zugehen und wende mich Bishop zu. Tadelnd sehe ich ihn an. „Du warst ganz schön deutlich", sage ich.

Er schnaubt.

Ich hole die Eier aus dem Kühlschrank und schlage sechs davon auf. Das dürfte Bishop schön satt machen.

„Sie hat sich also entschuldigt, was?" Sein Ton sagt deutlich, dass er ihr kein Wort glaubt.

„Sehr gründlich sogar. Für fast alles, was mich

auf die Palme bringt."

„Was hat sie ausgelassen?"

„Dass sie dich angemacht hat." Ich spüre, dass meine Wangen schon wieder heiß werden, denn eigentlich habe ich kein Recht, deswegen sauer zu sein. Theoretisch habe ich nicht einmal Zeit für Eifersucht.

Die Eier zu verrühren gibt mir Aufschub, noch mehr dazu zu sagen, und ich lege ordentlich viel Kraft hinein. Zumindest so lange, bis Bishop meinen Arm festhält und ich damit aufhöre. Er sieht mich intensiv an.

„Wenn sie es noch einmal versucht, wird es ihr leidtun", sagt er leise und mit dem Versprechen von Strafe. „Und du hast jedes Recht, dich darüber zu ärgern, Brooke. Egal, wie wir an diesen Punkt gekommen sind, im Moment gehöre ich dir, und niemand darf anfassen, was dir gehört."

Das Gefühl, das mich durchfährt, ist unbeschreiblich. Fast Euphorie, doch noch mehr intensive Freude und Staunen, weil diese Worte viel zu schön sind, um wahr zu sein. Dümmlich blinzele ich ihn an.

Sein Ausdruck wird sanft und er grinst. Dann gibt er mir einen Kuss auf den Mund und lässt mich los.

Keine Ahnung, was eben passiert ist, aber ich mixe weiter die Eier, bis sie schaumig sind. Ich hole eine Pfanne aus dem Schrank, schalte die Herdplatte an und hole die Butter aus dem Kühlschrank.

„Erlaubst du ihr, hierzubleiben?" Er setzt sich auf einen Stuhl an die Kücheninsel.

Ich schneide Butter ab und gebe sie in die Pfanne. „Ich glaube schon. Immerhin hat sie sich entschuldigt. Wie kann ich sie da noch bitten, zu gehen?"

„Weil sie es nicht ernst gemeint hat", sagt Bishop. Wow, er kann sie wirklich nicht leiden. „Weil sie dich nur beruhigen wollte, um sicherzustellen, dass sie länger bleiben kann. Das wirst du bestimmt bereuen, Brooke."

„Also soll ich ihr einfach sagen, dass sie packen und gehen soll? Ich glaube nicht, dass ich das kann. Das ist zu … direkt. Hätte sie sich nicht entschuldigt, wäre es etwas anderes, aber ich muss ihr jetzt eine Chance geben und ihr vertrauen, oder?"

„Du bist ein viel netterer Mensch als ich, Brooke. Darin unterscheiden wir uns. Aber wenn dir dein Gefühl sagt, es ist das Richtige, sie hierbleiben zu lassen, dann werde ich hinter dir stehen. Und sollte sie dich verarschen und dich wieder nerven, werde ich der beste Partner der Welt sein und nicht sagen, dass ich es ja gleich gewusst habe."

Ich drehe mich zu ihm um. Er grinst breit und seine grünen Augen funkeln amüsiert.

„Wie süß von dir", sage ich trocken und wende mich wieder der Pfanne zu.

„Im Ernst", fügt er hinzu. „Ich stehe voll hinter dir. Mach, was du für richtig hältst, nur darauf kommt es an."

„Okay." Ich schütte die Eiermasse in die zischende Pfanne. „Lassen wir das Thema jetzt fallen. Du hast heute ein Spiel und musst dich innerlich darauf einstellen. Also kein Gerede mehr über Nanette oder irgendwas anderes, was dich ablenkt.“

„*Du* lenkst mich ab“, sagt Bishop.

Ich wende so schnell den Kopf, dass es in meinen Schläfen pocht.

Er lacht über mein entsetztes Gesicht. „Sorry, Babe, aber es stimmt. Und heute Abend nach dem Spiel will ich meine volle Konzentration wieder auf deinen köstlichen Körper legen.“

Noch mehr Hitze glüht in meinem Gesicht und an anderen Körperstellen. Unfassbar, dass ich versuche, ihn auf das Spiel einzustimmen, und er mich bis ins Innerste erschüttert. Wie kann er nur von einem ernsten Thema und seinem übertriebenen Beschützerinstinkt innerhalb einer Minute zu Sex kommen? Das geht über meinen Verstand. Doch dass er mich so aus der Fassung bringt und ich ständig am Rand einer Klippe balancieren muss, ist ein Grund, warum ich ihn so sehr mag.

Viel zu sehr, glaube ich.

KAPITEL 22

Nachdem ich auf dem Parkplatz für Spieler vor dem Stadion geparkt habe, hole ich das Handy hervor. Meine Mom und ich haben heute Fangen per Telefon gespielt. Es fing damit an, dass ich ihren Anruf verpasst habe, als ich mein Nachmittags-Power-Nap machte. Als ich wach war, rief ich sie sofort zurück, landete aber nur auf ihrer Sprachbox. Sie rief mich vor ein paar Minuten zurück, doch da telefonierte ich gerade unterwegs hierher mit Brooke. Sie berichtete mir, dass sich Nanette komplett anders verhielt, fast schon beflissen. Doch sie hat jetzt auch den Verdacht, dass Nanette es nur tat, damit sie nicht rausgeworfen wird. Da kann ich ihr nur zustimmen.

Jetzt hoffe ich, Mom zu erreichen, bevor ich mich auf das Spiel vorbereiten muss.

Sie antwortet fast sofort.

In den vergangenen Jahren wurde es zu einer Art Tradition, dass wir am Spieltag telefonieren, damit sie mir Glück wünschen kann.

„Bist du im Stadion?", fragt sie.

„Gerade auf den Parkplatz gefahren."

„Wie geht es dir? Hast du dich genug ausgeruht? Das ist ein großes Spiel heute."

Durch und durch eine Eishockey-Mom, und sie kennt unsere Gegner gut. Heute spielen wir gegen die Vancouver Flash, die unglaublich talentiert sind. Letztes Jahr haben sie in einer harten Schlacht um den Cup gegen die Carolina Cold Fury verloren, und das Team ist sehr gut aufgestellt und gesund.

„Mir geht es gut. Ich werde heute wahrscheinlich ein bisschen öfter auf dem Eis sein."

Meine Mutter versteht, was ich meine. Obwohl ich in der First Line spiele, bin ich nicht so lange eingesetzt worden wie normal. Wir sind noch in der Vorsaison und der Coach lässt die Jungs mehr spielen, bei denen er sich noch nicht sicher ist, wie er sie am besten einsetzen kann. Jetzt sind nur noch drei Vorsaisonspiele übrig und die Endauswahl steht bevor.

„Ich freue mich so, dich nächste Woche zu treffen, Honey. Es fühlt sich an wie Jahre her."

„Mehr wie sechs Wochen", necke ich sie. Bevor ich nach Phoenix zog, war ich ein paar Tage zu Hause in London.

„Du wirst eben immer mein Baby bleiben", erwidert sie. „Und hey, ich habe mir deinen Spielplan angesehen. Du hast außer dem Training Donnerstag und Freitag frei, da dachte ich, wir könnten ein bisschen die Gegend unsicher machen und uns Phoenix ansehen. Ich kenne dich, wahrscheinlich hast du bis jetzt höchstens entdeckt, welche die besten Bars sind."

„Das verletzt mich jetzt, Mom", sage ich gespielt beleidigt. Doch dann spreche ich ernster, sodass sie weiß, dass ich jetzt nicht mehr herumalbere. „Aber da ist was, worüber ich mit dir sprechen muss."

„Was auch immer es ist, sicher ist es nicht so wichtig, wie dich auf das Spiel einzustimmen. Das kann bis morgen warten."

„Nein, kann es nicht. Weil ich es im Kopf habe und es mich stört, also muss ich es loswerden. Glaub mir."

„Okay", sagt sie sanft. Ich höre ihr an, dass sie sich Sorgen macht, dass etwas ganz und gar nicht stimmt.

„Es geht um eine Frau", sage ich schnell, um sie zu beruhigen, bis ich die ganze Geschichte erzählt habe.

„Eine Frau?", wiederholt sie, als hätte sie von diesem Konzept noch nie etwas gehört.

Gut, dass sie nicht sehen kann, wie ich die Augen verdrehe. „Ja, eine Frau. Du weißt, dass ich Frauen mag, oder?"

„Aber du hast dich noch nie mit mir über welche unterhalten. Ehrlich gesagt dachte ich, dass du schwul bist und dich outest, wenn du so weit bist."

Das haut mich um. Ich bin kurz sprachlos. „Du machst Witze, oder?"

Sie bricht in Gelächter aus, und ich sehe sie vor mir, wie ihr blonder Pferdeschwanz schwingt, als sie sich vorbeugt und sich den Bauch hält. „Natürlich mache ich Witze."

Wieder verdrehe ich die Augen und sie kann es nicht sehen. „Sehr witzig, Mom. Zum Totlachen."

Ihr Lachen wird zu einem Kichern und sie holt tief Luft. Dann spricht sie ernster. „Aber du hast dich wirklich nie mit mir darüber unterhalten, da wusste ich, dass nichts Ernstes am Laufen war. Ich nehme an, dass ich jetzt nachfragen sollte. Wie heißt sie?"

„Brooke", antworte ich und kann mein Lächeln nicht unterdrücken, als ich ihren Namen ausspreche. „Und jetzt muss ich dir eine echte Hammerstory erzählen."

„Na, dann los", sagt sie.

Also tue ich es. Ich erzähle ihr alles. Auch von dem One-Night-Stand. Ja, ich rede mit meiner Mutter immer offen und halte nichts zurück. Ich erzähle ihr, dass ich sie am nächsten Tag wiedergesehen habe und erstaunt war, sie zu treffen, als wenn es Schicksal gewesen wäre. Und dass ihr Vater uns erwischt hat. Ich schaffe es auch, ihr zu sagen, dass Brooke ihren Vater belogen hat, um mich zu schützen, und dass ich mitgespielt habe. Meine Mutter nennt mich kurz einen Blödmann, findet es aber auch lieb von Brooke, das zu tun, und dass ich mitgemacht habe, um ihr zu helfen. Ich erzähle ihr, dass wir anscheinend jeden täuschen konnten, aber nicht ihren Vater. Und dass wir dachten, ihn mit einem schnellen Ende nicht überzeugen zu können, da wir ja übers Heiraten gesprochen hatten, und uns entschlossen haben, das Ganze noch etwas länger zu spielen. Ich gebe sogar zu, dass wir eine falsche Verlobung feiern werden, um ihren Dad für eine Weile vom Stress zu befreien, da er sich so darauf versteift hat, auch wenn dieser Teil echt schwer ist, weil das Ganze wirklich verrückt ist.

„Ich nehme an, dass du mir als Nächstes erzählst, dass du dich in sie verliebt hast", unterbricht mich Mom und zwingt mich, zum Punkt zu kommen. „Denn ich höre es an deiner Stimme, Bishop, und wenn dem nicht so ist, ist das Ganze absolut dumm."

„Ich mag sie." Mehr bin ich nicht bereit, meiner Mom gegenüber zuzugeben. „Ich wollte dir nur sagen, dass ich dir eine Frau vorstellen will, wenn du herkommst, und dass unsere Geschichte kompliziert ist und Betrug beinhaltet, was du wissen solltest. Und weil ich immer noch eine ziemlich große Lüge lebe."

„Wie ihr euch kennengelernt habt und wann das war, ist eine Lüge. Deine Gefühle sind es nicht", korrigiert sie mich.

„So ungefähr", sage ich vage. Ich kann jetzt am Telefon nicht genauer darauf eingehen, denn ich weiß ja selbst noch nicht, was ich genau fühle; außerdem muss ich mich auf ein Spiel vorbereiten. „Ich muss aufhören, Mom. Wir reden später weiter, okay?"

„Okay, Honey, ich verstehe", sagt sie sanft. „Ich liebe dich. Mach die Gegner heute fertig! Aber über das andere Thema müssen wir noch mehr reden."

„Ich liebe dich auch, und ja, werden wir."

Als ich ins Stadion gehe, denke ich nur an Brooke. Noch zweieinhalb Stunden, bis das Spiel beginnt, und ich habe aufgehört, mich zu wundern oder mir Sorgen zu machen, warum sie meine Gedanken so beschäftigt. Ich war nicht ganz ehrlich zu Brooke, als ich sagte, dass sie mich ablenkt. Viel eher lasse ich mich von ihr so sehr ablenken, dass andere Dinge wohl darunter leiden müssen.

Allerdings glaube ich nicht, dass das meine Fähigkeiten als Weltklasse-Eishockeyspieler beeinträchtigt, und das ist wirklich interessant. Vielmehr motiviert Brooke mich dazu, noch besser zu sein als meine eigenen unglaublich hohen Erwartungen an mich selbst. Und wenn meine Gedanken bei ihr sind und ich noch besser spiele, wenn sie zuschaut, werde ich das jetzt verdammt noch mal ausnutzen.

Der Parkplatz der Spieler ist nur halb voll. Manche kommen früher, manche später. In einer halben Stunde werden allerdings alle hier sein und ihren persönlichen Ritualen vor dem Spiel nachgehen.

Meins ist immer dasselbe. Ich gehe in die Kabine, ziehe den Anzug aus und meine Work-out-Klamotten an. Shorts, T-Shirt und Sneakers. Es besteht der Dresscode, dass die Spieler an Spieltagen Anzüge zu tragen haben. Egal, ob wir den nicht mal eine Stunde anhaben. Wir müssen professionell aussehen, wenn wir in die Arena und wieder hinaus gehen.

Ich werfe einen kurzen Blick auf meine Ausrüstung, die von der Crew aufgearbeitet wurde. Ich überprüfe, dass die Schlittschuhe scharf sind und die Schläger neu getapt. Ich habe gern mindestens drei Ersatzschläger an der Bank, bevor das Spiel beginnt.

Danach nehme ich mir in der Spielerlounge eine Tasse Kaffee und entspanne mich ein paar Minuten, schaue in den Fernseher oder unterhalte mich mit Spielern.

Dann gehe ich in den Trainingsraum, wo man sich um sämtliche Verletzungen kümmert. Das passiert oft. Schmerzende Sehnen und Bänder, Leisten, Hüftbeuger oder alles gleichzeitig. Als Profisportler tut mir eigentlich ständig irgendwas weh. Heute ist es mein unterer Rücken. Einer der Trainer behandelt mich mit einer Art heißem Kissen und Reizstrom.

Dort bin ich etwa eine halbe Stunde, und dann gehe ich in den Work-out-Bereich zum Aufwärmen. Ich bevorzuge die Fahrräder, die entlang der Fensterscheiben aufgereiht sind, durch die man die Skyline von Phoenix bewundern kann. Die Sonne geht in anderthalb Stunden unter und die tief stehende Abendsonne lässt die Berge hinter der Stadt farbenfroh aufglühen.

Nur noch ein anderes Fahrrad ist besetzt. Ich erkenne Tackers mächtige Figur. Er strampelt langsam vor sich hin und schaut aus dem Fenster. Beim Näherkommen sehe ich keine Kopfhörer in seinen Ohren, allerdings habe ich ihn noch nie beim Work-out Musik hören sehen. Irgendwie komisch. Ich kenne keinen Spieler, der keine Lieblingsmusik hat. Die meisten Sportler hören Musik und wir alle trainieren viel. Haben sogar unsere festen musikalischen Rituale.

Ich nehme das Rad neben Tacker, der mich ansieht, als ich in sein Sichtfeld trete.

Ich stelle den Sitz des Rads ein. „Was geht, Mann?"

„Nicht viel", sagt er und richtet leicht den Rücken auf. Er legt die Hände auf die Schenkel und strampelt weiter. „Alles gut bei dir?"

„Mir geht's saugut." Hauptsächlich wegen meiner generellen Ausgelassenheit mit und wegen Brooke. Aber mein Körper ist auch topfit und fühlt sich super an. Das erzähle ich ihm jedoch nicht, denn Tacker ist der Letzte im Team, mit dem ich mein Liebesleben besprechen möchte. Nicht nach dem, was er durchmachen musste.

„Keine Kopfhörer", sage ich.

Tacker sieht mich irritiert an.

Ich deute auf seine Ohren. „Du hörst keine Musik?"

„Nein", sagt er und schüttelt den Kopf. „Damit kann ich nichts anfangen."

Fuck, das macht mich unglaublich traurig. Ich weiß, warum er damit nichts anfangen kann, weil es, glaube ich, nicht mehr viel gibt, was den Mann noch bewegt. Das fiel mir beim Essen mit dem Team auf. Er ist wie ein Roboter, schneidet sein Fleisch, kaut es automatisch, und sein Gesichtsausdruck ändert sich nie, selbst wenn es das Köstlichste auf der Welt wäre. Er schluckt und fängt wieder von vorn an. Ich würde sogar behaupten, wenn Tacker Hall kein Eishockey hätte, wäre er schon nicht mehr unter uns. Ich glaube, das ist das Einzige, was diese Hülle von einem Mann noch am Leben hält.

„Was geht?“

Jemand schlägt mir fest auf den Rücken. Ich schaue nach links und sehe, wie Erik auf ein Rad steigt.

Er sieht an mir vorbei und nickt Tacker zu, der wahrscheinlich dasselbe tut. Dann sieht Erik mich an. „Dude … hast du die Verrückte gestern nach Hause geschafft?“

„Fuck, die ist unmöglich.“ Ich erzähle ihm alles.

„Dachte mir schon, dass sie nichts Gutes bedeutet. Du weißt ja, wie man das manchen Frauen direkt ansieht. Ich bin froh, dass sie am ersten Abend Dax ausgesucht hat statt mich.“

Ich sage ihm nicht, wie viel Glück er hatte, weil Dax gesagt hat, dass sie furchtbar im Bett ist. Dax würde das niemandem sonst erzählen, denn so ist er nicht, und es ist nicht an mir, es herumzuerzählen.

„Aber Bishop, Mann … ich muss dir unbedingt von der Frau erzählen, mit der ich gestern zusammen war“, sagt Erik und geht zum nächsten Thema über.

Er beginnt, zu plappern, und ich höre zu und trete in die Pedale.

Nach ungefähr fünfzehn Minuten gehe ich mit Erik und Tacker in die Kabine. Unser Kraft- und Konditionstrainer macht Dehnübungen mit uns, und dann spielen wir zehn Minuten Two-Touch-

Ball, um das Kabinenaufwärmprogramm abzuschließen. Mag ein bisschen komisch klingen, im Flur vor einem Eishockeyspiel Fußball zu spielen, aber das ist unser Ding und es funktioniert gut. Es heizt unseren Beinen ein und macht die Lungen frei. Außerdem macht es unsere Torwarte warm, denn unsere Schüsse sind nicht so hart oder schnell wie ein Puck.

Jetzt wird es ernst. Wir ziehen uns um und überprüfen die Ausrüstung noch einmal. In ein paar Minuten gehen wir aufs Eis und drehen unsere Runden. Ich werde mich zusammenreißen und nicht nach Brooke Ausschau halten.

Als wir wieder vom Eis kommen, nehmen die Spieler die obere Ausrüstung ab, um sich abzukühlen. Üblicherweise trinke ich noch eine Tasse Kaffee und esse einen Proteinriegel. Zehn Minuten vor dem Spielstart kommt Coach Perron rein und redet mit uns über die Strategie.

Wir machen einen letzten Ausrüstungs-Check.

Ich tape einen Schläger, um mich zu beschäftigen.

Wir ziehen die volle Ausrüstung an und gehen durch den Tunnel, der aufs Eis führt. An diesem Punkt ist die Energie am intensivsten und wir sind alle voll auf das Spiel konzentriert. Dafür lebe ich.

Aber als ich das Eis betrete, geht mein Blick trotzdem zuerst dorthin, wo Brooke sitzt.

KAPITEL 23

Brooke

Die Klappe an meinem Briefkasten vor meiner Einfahrt klemmt schon wieder. Ich zerre daran, und das ganze Ding fällt ab. Kurz starre ich es mürrisch an und nehme dann mit einem Seufzen die Post heraus.

Klassischer Montag.

Ich gehe wieder zum Auto, werfe die Briefkastenklappe auf den Boden der Beifahrerseite und nehme die große Pizza vom Sitz. Die habe ich mir auf dem Heimweg nach einem anstrengenden Arbeitstag mitgenommen, damit ich mir kein Abendessen zu kochen brauche.

Oh Montag. Einst liebte ich dich.

In New York war der Anfang der Woche etwas, worauf ich mich freuen konnte. Denn ich liebte meinen Job und die dadurch stets vorhandene Motivation. Das war der Vorteil einer tollen Chefin und Mentorin. Selbst nach einem Zehnstundentag kam ich voller Energie nach Hause.

Und hier? Montage sind irgendwie öde. Die Kollegen sind nett, aber die Arbeit ist nicht fordernd. Diese Position in der Team-Services-Abteilung ist einfach keine Zwei-Personen-Stelle. Ich mache die ganze Grundarbeit und der Boss bekommt das Lob, was okay ist, aber es ist eben nicht schwer, Hotels zu reservieren, Reisen zu planen und das Catering zu bestellen. Ich glaube, in der Merchandising-Abteilung wäre es viel interessanter, aber ich weiß nicht einmal, ob es dort überhaupt eine freie Stelle gibt. Sebastian könnte mir auch nur schmeicheln wollen. Heute hat er das Bewerbungsgespräch mit Nanette gehabt, und ich habe noch nichts gehört, weder von ihr noch von ihm. Sebastian hat mir heute auch keine Arbeit gegeben, was ungewöhnlich ist.

Mit der Handtasche in der Armbeuge balanciere ich die große Pizza und stoße die Autotür mit der Hüfte zu. In zwanzig Minuten fängt das Spiel an, und ich wäre gern im Pyjama mit einem Stück Pizza auf dem Schoß, bevor der erste Puck das Eis berührt.

Heute Früh ist Bishop mit dem Team nach Houston zu einem Auswärtsspiel geflogen. Aus mehreren Gründen bin ich nicht mitgereist. Hauptsächlich, weil es ein Kurztrip ist. Morgens hin, abends zurück. Das Catering konnte ich telefonisch erledigen. Außerdem wollte ich heute im Büro sein, falls es wirklich eine offene Stelle in der Merchandising-Abteilung gibt, egal ob sie Nanette oder mir angeboten werden wird. Und weil ich immer noch einen Hausgast habe.

Ich öffne die Haustür, ohne die Pizza fallen zu lassen, und lasse den Blick schweifen, um Nanette zu suchen. Sie sitzt auf der Couch und deutet mit der Fernbedienung auf den Fernseher. Kurz sieht sie mich über die Schulter hinweg an.

„Mach schon, das Spiel fängt gleich an.“

Anscheinend gibt es so was wie einen Waffenstillstand zwischen meinem Hausgast und mir. Sie hat Wort gehalten und war die letzten drei Tage übermäßig liebenswürdig. Dadurch hatte ich ein schönes, stressfreies Wochenende. Am Samstag war ich zu Hause und machte die Wäsche und allgemein Ordnung. Nanette half mir dabei und wir haben sogar ein paar lockere Gespräche geführt. Sie war mit beim Spiel an dem Abend und gar nicht sauer, dass ich bei Bishop übernachtete. Wir haben ihr angeboten, sie irgendwo abzusetzen, aber sie wollte einfach nur den Abend in meinem Haus bleiben. Ich fand es cool, dass sie nicht das Bedürfnis hatte, auszugehen, aber Bishop kaufte ihr das nicht ab. Er nannte es „die Ruhe vor dem Sturm".

Gestern war ich den ganzen Tag mit Bishop zusammen und es war wunderbar. Vormittags waren wir im Papago-Park Wandern und nachmittags bei ihm zu Hause, was ein paar Orgasmen beinhaltete. Am Abend führte er mich in ein abgelegenes peruanisches Restaurant aus, über das er nur Gutes gehört hatte. Kulinarisch gesehen sind wir beide abenteuerbereit. Wir aßen Ceviche, Anticuchos, was Rinderherz-Kebabs sind, und salzige Kochbananen. Wir waren zwei Stunden dort, und ich wusste nicht, wo die Zeit geblieben ist.

Gestern hat er dann bei mir übernachtet. Wir sahen etwas fern auf der Couch und ich schlief gesättigt mit dem Kopf auf seinem Schoß ein. Wie ich ins Bett kam, weiß ich nicht mehr, aber heute Früh küsste er mich wach und machte sich dann auf den

Weg zum Flugzeug nach Houston.

Ich blieb noch im Bett, starrte an die Decke und dachte über die vergangenen Tage nach. Wir sind in eine Beziehung gerutscht. In eine echte. Wir haben kein einziges Mal über Lügen gesprochen, vorgetäuschte Verlobungen oder wie wir meinen Vater noch besser reinlegen könnten. Sondern wir sprachen von uns, hielten Händchen und gingen essen. Wir sahen fern, und er trug mich ins Bett, als ich eingeschlafen war.

Er hat mich nicht geweckt, um Sex zu haben. Was ich mit einem Lächeln begrüßt hätte. Aber er tat es nicht. Was die Beziehung noch realer macht, denn das bedeutet, dass er nicht nur deswegen bei mir übernachtet hat.

Im Wohnzimmer lege ich die Pizza auf den Couchtisch. Dann gehe ich in den Flur zum Schlafzimmer und rufe Nanette zu: „Ich ziehe meinen Pyjama an. Nimm doch schon mal Teller raus.“

„Alles klar“, antwortet sie.

Ich brauche nur Minuten, um das Kleid abzustreifen und Schlafshorts und Top anzuziehen. Da ich immerzu kalte Füße habe, ziehe ich flauschige Socken über. Schnell wasche ich mein Gesicht, creme es ein, und dann bin ich bereit für Pizza und Eishockey.

Als ich im Wohnzimmer ankomme, hat Nanette Teller, Servietten und zwei kleine Wasserflaschen hingestellt. Sie hat ihr erstes Stück Pizza schon halb gegessen.

„Die ist echt gut“, sagt sie mit vollem Mund. Sie

nickt zum Tisch, wo zehn Dollar liegen. „Meine Beteiligung."

„Danke", sage ich und bin wieder einmal Bishop dankbar, dass er mit Nanette über ihre Manieren gesprochen hat.

Ich lege ein großes Stück Salamipizza auf meinen Teller und setze mich ans andere Ende der Couch. Die Pizza sieht angemessen fettig aus, und ich hoffe, dass sie fast so gut ist wie die in New York, aber ich weiß, dass sie diesen Standard nicht erreichen kann.

Schweigend sehen wir uns das Vorprogramm an. Ich muss sagen, sich das Ganze im Fernsehen zu betrachten, anstatt dort zu sein, ist furchtbar und geht gar nicht. Ich bin darauf angewiesen, dass sie mir zeigen, was ich sehen will, und das ist Bishop.

Bei den Spielen, bei denen ich ihn gesehen habe, ist mir nie bewusst gewesen, dass ich ihn wie eine Stalkerin verfolge. Beim Aufwärmen beobachtete ich ihn und versuchte, zu erkennen, wie seine Beinarbeit war und ob er innerlich auch beim Spiel ist. Im Fernsehen kann man das nicht, denn die Sportreporter reden viel zu gern und sehen am liebsten sich selbst auf dem Bildschirm. Wenn das Spiel anfängt, werde ich noch frustrierter sein, weil sie Bishop nicht auf der Bank zeigen. Nicht, dass ich die ganze Zeit nur ihn anstarre; ich verfolge natürlich auch das Spiel, so wie es ein guter Vengeance-Fan tun sollte. Aber die Möglichkeit zu haben, ab und zu nach ihm zu sehen und wie es ihm geht, wenn er nicht auf dem Eis ist, werde ich nie mehr für selbstverständlich halten. Ab sofort werde ich kein Auswärtsspiel von ihm mehr auslassen.

Im Fernsehen wird Werbung eingeblendet, als ich gerade mein erstes Stück Pizza gegessen habe. Ich wische mir mit der Serviette den Mund ab und nehme mir noch ein Stück. Nanette tut dasselbe und wir lehnen uns zurück. Ich nutze die Spielpause und spreche Nanette auf das Bewerbungsgespräch an.

Sie ist erstaunlich schweigsam, was das angeht. Wahrscheinlich, weil sie sich für ihr Benehmen gegenüber den Mitgliedern des Vengeance-Teams und des Personals schämt. Außerdem habe ich ihr ja nichts davon erzählt, dass ich bereits in der Merchandising-Abteilung aktiv bin. Dass ich für Sebastian arbeite, in der Hoffnung, er gibt mir eine feste Anstellung. Und ich habe ihr nicht von meinen Zweifeln erzählt, dass es diese Stelle überhaupt gibt, und dachte mir, dass sie einfach durch den Prozess durchgehen muss und wir die Würfel fallen lassen müssen, wie sie eben fallen.

Doch meine Neugier siegt. „Wie lief das Bewerbungsgespräch heute?"

Nanette grinst mich triumphierend an. „Alles in trockenen Tüchern."

„Was?" Mein Magen zieht sich zusammen und dann breitet sich Enttäuschung in mir aus.

Sie sieht mich seitlich an und ihr Grinsen wird breiter. „Sagen wir mal so, ich habe das beste Bewerbungsgespräch meines Lebens geliefert, und als ich rausging, war Sebastian ein zufriedener Mann.“

Ich glaube, zu wissen, was das bedeutet, und mein Magen schmerzt. Aber ich muss sichergehen. Ich hebe die Stimme und sage verschwörerisch: „Ohhh, du musst mir mehr erzählen!“

Mehr braucht es nicht, damit Nanette losplappert und erklärt, warum sie so triumphiert. Sie stellt den Teller auf den Tisch, wendet sich mir zu und setzt sich in den Schneidersitz. Leicht vorgelehnt fängt sie an zu schwärmen. „Ich dachte mir, dass es mit Sebastian kein gewöhnliches Gespräch werden wird. Dafür hat er an dem Abend zu viele sexuelle Anspielungen gemacht. Er ist echt heiß und ich würde gern für so jemanden arbeiten. Als ich das Büro verlassen habe, war er praktisch sprachlos. Ich erwarte jetzt täglich irgendwann eine positive Antwort von ihm.“

Es zeugt von meiner Willenskraft, dass mir nicht der Mund offen stehen bleibt und ich einen amüsierten Gesichtsausdruck hinbekomme. „Du bist so eine Böse.“

„Du hast ja keine Ahnung“, sagt sie lachend. „Aber so geht das. Als Frau muss man das ganze Waffenarsenal einsetzen, um zu bekommen, was man will. Und wenn das bedeutet, Sebastian ein bisschen extra zu verwöhnen, dann soll es eben so sein.“

Ich habe so viele Fragen. Zum Beispiel, wie sie nur glauben kann, dass das ein professionelles Verhalten wäre. Fühlt sie sich nicht würdelos? Und wie kann man nur jemandem einen blasen, den man nicht mal kennt? Das ist absolut ekelhaft.

Ich räuspere mich und zwinge meine Stimme, fröhlich zu klingen. „Na dann, viel Glück.“

Mehr kann ich einfach nicht dazu sagen. Auf keinen Fall kann ich rechtfertigen, was sie getan hat.

Ihr scheint ihr Verhalten egal zu sein. Sie grinst mich an. „Danke.“

KAPITEL 24

Bishop

Brooke war nicht in ihrem Büro, also gehe ich an den Empfang des Managements.

Die Frau hinter dem Schreibtisch sieht mich mit einem freundlichen Lächeln an. „Was kann ich für Sie tun, Mr. Scott?"

Ich bin beeindruckt. Diese Frau habe ich noch nie gesehen, doch sie weiß, wer ich bin. Das bedeutet, dass sie entweder ein großer Fan der Vengeance ist oder die Spieler gründlich studiert hat.

Ich erwidere ihr Lächeln. „Hi. Ich suche Brooke Perron. Sie ist nicht in ihrem Büro. Ich wollte sie in der Mittagspause überraschen. Wissen Sie vielleicht, wo sie ist?"

Sie dreht sich zu ihrem Bildschirm um, tippt etwas auf der Tastatur ein und dreht sich wieder zu mir. „Sie ist im Konferenzraum mit Mr. Parr. Sie arbeiten an einem Merchandising-Angebot und brauchen Platz, um sich auszubreiten."

Ich klopfe kurz auf den Schreibtisch und grinse. „Vielen Dank."

„Jederzeit gern", sagt sie und deutet auf eine Tür. „Den Flur entlang bis zum Ende und dann nach links. Dort sind die Konferenzräume."

Ich folge ihren Angaben auf der Suche nach meinem Mädchen.

Gestern Nacht sind wir aus Houston eingeflogen und nach der Landung schrieb ich Brooke eine

Nachricht. Sie antwortete erst heute Morgen, was meine Vermutung bestätigte: Sie hat geschlafen. In ein paar kurzen Nachrichten verabredeten wir uns locker, uns heute nach ihrem Feierabend zu treffen. Natürlich hat sie keine Ahnung, dass ich sie in der Mittagspause überrasche.

Ich gehe an Christian Rutherfords Büro vorbei. Die Tür ist offen und er starrt auf seinen Computer. Er sieht auf, ich winke ihm zu und gehe vorbei, doch er ruft: „Bishop! Hast du mal eine Minute?"

Ich mag Christian. Er ist ein verantwortungsvoller Manager, gibt aber nicht damit an. Außerdem ist er immer offen und mehr wie ein Waffenbruder als unser Boss.

Als ich das Büro betrete, steht er auf. Sein Jackett hängt über seiner Stuhllehne und das Oberhemd hat er bis zu den Ellbogen hochgerollt. Er ist ein ehemaliger Eishockeyspieler, der zum Coach wurde und dann zum Chef. Er weiß fast alles über diesen Sport und die Liga.

Er streckt die Hand aus und ich schüttele sie. „Schön, dich zu sehen", sagt er. „Schweres Spiel gestern."

Ich nicke grüblerisch. In Houston mussten wir unseren ersten Misserfolg einstecken. „Wir hätten einiges anders machen müssen. Jetzt haben wir jede Menge Arbeit vor uns."

Christian lächelt mich an. „Ich habe das größte Vertrauen in dich und das Team."

„Freut mich."

„Ähm, ich wollte dich nur fragen, wie es so mit

dir und Brooke läuft. Das muss ein bisschen heikel sein, weil sie ja die Tochter vom Coach ist."

„Es läuft tatsächlich sehr gut." Es ist erfrischend, dass ich die Wahrheit über unsere Beziehung sagen kann.

„Der Coach hat mir erzählt, dass ihr euch bald verlobt. Das ist aufregend."

Jetzt begeben wir uns auf kniffliges Terrain. Zwar haben Brooke und ich uns geeinigt, die Scharade weiterzuspielen und uns sogar ihrem Vater zuliebe zu verloben, aber es laut auszusprechen verursacht mir ein schlechtes Gewissen. „Ja … bald."

Sehr bald sogar, doch das sage ich Christian nicht. Heute Früh hatte ich ein langes Gespräch darüber mit Mom.

Christian sieht mich einen Moment schweigend an. Dann sagt er: „Nun, das ist schön. Ich wünsche dir alles Gute."

Wir schütteln uns die Hände. „Schön, dich getroffen zu haben, Christian. Danke für die aufbauenden Worte."

„Jederzeit." Er geht wieder hinter seinen Schreibtisch.

Am Ende des Flurs sehe ich links den Konferenzraum. Die Wand ist eine Scheibe, und mein Blick trifft direkt auf Brooke. Ich gehe auf sie zu, ohne woanders hinzuschauen. Ich muss sagen, außer, dass sie zum Umfallen schön ist, wirkt sie auch wie vollkommen in ihrem Element. Sie trägt einen grauen Rock und eine hellblaue Bluse. Die Haare sind modern gedreht zurückgebunden, und ich bin überrascht, sie mit Brille zu sehen. Ich wusste nicht, dass sie eine braucht, aber Mann, sie sieht damit verdammt heiß aus. Wie eine sexy Bibliothekarin.

Sie steht vor einem Board am Ende des langen Tisches, deutet auf eine Grafik und spricht mit Sebastian, der an der Wand lehnt und die Arme vor der Brust verschränkt hat. Die Tür ist zu, sodass ich nichts verstehen kann.

Kurz betrachte ich Sebastian genauer. Ich habe den Mann noch nicht persönlich kennengelernt, weiß aber, dass er es ist, denn als Brooke mir erzählt hat, dass sie gern für ihn arbeiten würde, habe ich seine Kurzbiografie auf der Team-Webseite gelesen. Er trägt einen Anzug, wie das gesamte Management, und scheint tief in Brookes Worten versunken zu sein.

Sie reden abwechselnd miteinander, und Brooke schüttelt den Kopf, bevor sie an den Tisch geht, auf dem viele Papiere verteilt sind. Sie blättert darin herum, bis sie findet, was sie sucht. Sie beugt sich vor, legt eine Hand auf den Tisch und mit der anderen geht sie die Seiten durch. Dann tippt sie mit den Fingern auf ein Blatt. Dabei sieht sie Sebastian seitlich an und sagt etwas zu ihm. Er verlässt die Wand und stellt sich neben sie.

Ich bin fast an der Tür, da beugt er sich vor, um sich das Blatt näher anzusehen, und legt seine Hand an ihren unteren Rücken.

Frech.

Vertraulich.

Es macht mich rasend.

Ich reiße die Tür im selben Moment auf, als Brooke von seiner Berührung zurückzuckt. Die Tür knallt an die Wand. Sebastian springt in die Höhe und starrt mich mit großen Augen an. Ich sehe Brooke nur eine Sekunde an und sie blickt grimmig auf Sebastian.

Dass Brooke sein Verhalten genauso unmöglich findet wie ich, erhöht meine Rage. Ich eile um den Tisch herum, um auf ihn loszugehen.

Am Rande nehme ich wahr, dass Brooke murmelt: „Oh Scheiße.“

Ich denke nicht weiter darüber nach, bin völlig auf Sebastian fokussiert, dem gleich die Augen aus dem Kopf fallen, weil ein wütender Zweimeterspieler auf ihn zustürmt.

Er zieht sich bis an die Wand zurück, und dann presse ich meinen Unterarm an seine Kehle und drücke die andere Hand auf seine Brust, um ihn festzusetzen.

„Bishop“, sagt Brooke streng, „lass ihn los.“

Ich ignoriere sie und belasse den Blick auf Sebastian. „Hat sie dich darum gebeten, sie anzufassen?“

Sebastian schüttelt heftig den Kopf, und Angst steht in seinen Augen.

„Hat sie auf irgendeine Weise angedeutet, dass sie an dir interessiert ist?“

Wieder schüttelt er den Kopf.

„Das ist meine einzige Warnung. Wenn du sie noch mal anfasst, breche ich dir genau den Arm, mit dem du sie begrapscht hast."

„Bishop!", sagt Brooke verzweifelt.

Ich achte immer noch nicht auf sie und bewege mein Gesicht noch näher an Sebastians. „Niemand fasst an, was mir gehört."

Okay, das klang jetzt ein bisschen wie … als ob ich gleich Brooke ans Bein pinkeln werde oder so was.

Ich schüttelte den Kopf und lasse Sebastian abrupt los.

Er nickt heftig. „Kapiert. Es hat nichts bedeutet, ich habe nicht nachgedacht. Es wird nicht noch mal passieren."

Ich sehe Brooke an, die mit überkreuzten Armen grimmig dreinschaut.

„Entschuldige dich", sage ich zu Sebastian.

Ich höre zu, wie er sich lang und breit und zugegebenermaßen aufrichtig bei Brooke entschuldigt. Dann sieht er mich mit hochgezogenen Augenbrauen an, will wissen, ob ich sonst noch etwas von ihm verlange.

Ich bin allerdings fertig. Ich glaube, ich habe meinen Standpunkt klargemacht. „Wenn du nichts dagegen hast, möchte ich meine Frau gern zum Mittagessen ausführen. Braucht ihr noch Zeit, diese Besprechung abzuschließen?"

Sebastian schüttelt erneut heftig den Kopf und wendet sich Brooke zu. „Geh ruhig Mittagessen. Du hast gute Arbeit geleistet mit diesem Angebot. So gut sogar, dass ich nichts daran ändern werde."

Ich sehe Brooke den inneren Konflikt an. Einerseits ist sie sauer auf Sebastian, andererseits auch auf mich, weil ich eine Szene gemacht und ihren eventuell zukünftigen Boss körperlich bedroht habe. Und jetzt hat Sebastian ihr auch noch ein Kompliment für ihre Arbeit gemacht – wem würde das nicht gefallen?

Ich strecke Brooke meine Hand entgegen und sie ergreift sie zögerlich. Wir verlassen den Konferenzraum, gehen aus der Management-Abteilung und direkt zum Aufzug, der uns ins Erdgeschoss bringt. Sowie sich die Tür schließt, umfasse ich ihr Gesicht. Sie wehrt sich nicht, als ich ihr einen Begrüßungskuss gebe, der gleichzeitig voller Verlangen ist. Ich habe sie unterwegs unendlich vermisst. Ich will sie am liebsten immer dabeihaben, aber sollte sie diesen neuen Job bekommen, wäre damit Schluss. Das bringt mich in eine Zwickmühle, denn es wäre zu meinem Vorteil, wenn sie ihn nicht bekommen würde. Aber das ist nicht, was Brooke will, und ich muss sie in ihren Träumen und Ambitionen unterstützen. Das würde jeder vernünftige Freund tun.

Als ich den Kuss unterbreche, ist jegliche Wut aus ihrem Antlitz verschwunden. Mit warmem Blick sieht sie mich an. „Du hast mir gefehlt.“
„Du mir auch.“

Wir gehen aus dem Aufzug und verlassen das Gebäude durch die Angestelltentür, die auf den Hof führt, der von dem Vengeance-Einkaufszentrum umgeben ist. Wir gehen in einen kleinen irischen

Pub, denn Brooke hat Appetit auf Fish and Chips.

Nachdem wir die Bestellung aufgegeben haben, sieht Brooke mich leicht tadelnd an. „Dir ist schon klar, dass du soeben meine Chancen, in diese Abteilung zu kommen, zunichtegemacht hast?"

Ich möchte das nicht gern zugeben, also frage ich: „Gibt es da wirklich eine freie Stelle? Ich meine, hast du dich erkundigt?" Das scheint mir doch die wahre Frage zu sein.

Brooke zieht die Nase kraus. „Keine Ahnung. Aber anscheinend hat Nanette ihm während des Bewerbungsgesprächs einen geblasen, also würde ich sagen, dass sie die besseren Chancen hat, falls es wirklich eine Stelle gibt."

„Was zum Geier …?", platze ich heraus. „Das hat sie wirklich gemacht? Und dir erzählt?"

Brooke presst die Lippen zusammen und nickt. „Das hat sie mir gestern vor dem Spiel nur allzu stolz unter die Nase gerieben."

Da kommt mir ein Gedanke. Ich lehne mich über den Tisch und knurre: „Hat er das je von dir verlangt?"

Brooke lehnt sich entsetzt zurück. „Gott, nein! Aber du bist echt süß, wenn du so wütend bist."

„Und was sollte das, seine Hand auf deinen Rücken zu legen?"

„So etwas hat er bis jetzt noch nie gemacht", sinniert sie. „Vielleicht hat er sich bestärkt gefühlt, nachdem Nanette so zutraulich zu ihm war. Aber nein, mit mir hat er nie etwas anderes gemacht, als ein bisschen zu flirten, wie du eben gesehen hast."

Ich halte drohend einen Finger hoch. „Oh nein, nein, nein. Das war kein Flirten. Das war ein körperlicher Übergriff.“

„Seine Hand auf meinen Rücken zu legen, war kein Übergriff“, widerspricht sie. „Das war nur ungewolltes Berühren.“

„Bei genauerer Betrachtung wirst du feststellen, dass man das einen Übergriff nennt.“

Sie hebt eine Augenbraue. „Ich glaube, der echte Übergriff geschah, als du deinen Arm auf seine Kehle gedrückt und ihm angedroht hast, ihm seine Arme zu brechen. Das hätte dir mächtigen Ärger einbringen können, Bishop.“

Ich grinse sie an. „Hast du gesehen, wie viel Schiss er hatte?“

Brooke schnaubt und schüttelt resigniert den Kopf. „Noch mal … den Job kann ich wohl vergessen. Sebastian wird jetzt auf keinen Fall mehr mit mir arbeiten wollen. Und außerdem kann ich nicht mit einer Assistentin mithalten, die ihm als Teil der Stellenbeschreibung regelmäßig einen bläst.“

Meinetwegen setzt sie ein ziemlich tapferes Gesicht auf. Das berührt mich tief. „Es tut mir leid. Ich weiß, wie gern du in diese Abteilung wechseln würdest.“

Brooke seufzt tief. „In Team-Services bin ich einfach nicht glücklich. Das ist keine Herausforderung für mich.“

„Was wäre denn die Alternative?“ Ich befürchte, die Antwort schon zu kennen.

„Wenn ich nicht ins Merchandising komme, gehe

ich wieder nach New York. Gestern habe ich meiner ehemaligen Chefin gemailt, und sie hat gesagt, dass ich den Job wiederhaben kann, wenn ich will. Sie hat mich bisher nur durch eine Zeitarbeiterin ersetzt.“

Der schwere Stein im Magen und die absolute Enttäuschung, die mich durchflutet, sodass ich kaum noch atmen kann, sagen mir mehr darüber, was ich für Brooke empfinde, als alles andere bisher. Der Gedanke, dass sie wegziehen könnte … Ich will gar nicht daran denken.

„Falls es wirklich eine freie Stelle in der Merchandising-Abteilung gibt“, sage ich vorsichtig, „könntest du denn wirklich mit Sebastian zusammenarbeiten? Du musst zugeben, dass er sich unangemessen verhält und auch kein Problem damit hat, sich von einer Fremden beim Bewerbungsgespräch einen blasen zu lassen. Seien wir ehrlich, der Typ ist ein Arschloch, und ich möchte wissen, ob du wirklich für so einen arbeiten willst.“

Brooke blinzelt kurz. „Sollte er mir eine Stelle anbieten, müssten wir erst ein sehr ernstes Gespräch führen und Grenzen setzen. Aber ich muss sagen, außer dieser Blowjob-Sache, die Nanette schließlich auch erfunden haben könnte, und seinem Flirten hat er sich bei mir nie danebenbenommen. Er ist sehr gut in seinem Job und wir können gut zusammenarbeiten. Also ist die Antwort auf deine Frage wohl Ja. Mit klaren Grenzen könnte ich für ihn arbeiten.“

Ich sehe sie an und wäge meinen Wunsch, sie zu

beschützen, gegen den, sie auf lange Sicht in der Nähe zu haben, ab. „Ich werde mich bei Christian Rutherford erkundigen, ob da wirklich eine Stelle zu besetzen ist. Und wenn ja und du bist dafür geeignet, dann überlasse ich es dir, ob du mit dem Typen arbeiten kannst oder nicht. Ich vertraue deinem Instinkt."

Brooke lächelt matt, und ich weiß, sollte sie den Job angeboten bekommen, wird ihr die Entscheidung sehr schwerfallen.

Ich wechsle lieber das Thema. „Mom landet hier morgen Vormittag ungefähr um elf. Meinst du, du kannst mit uns Mittagessen?"

Brooke lächelt, und ich erkenne echte Freude, meine Mom kennenzulernen. Brooke weiß, dass ich Mom alles erzählt habe und sie unser Doppelspiel kennt. Und ich habe so oft von meiner Mutter gesprochen, dass Brooke aufgeregt ist, die Person kennenzulernen, die sie schon als freundlich, großzügig, humorvoll und lieb beschrieben bekam. Und ich bin genauso aufgeregt darüber, dass Mom Brooke kennenlernen wird.

„Mittagessen kann ich auf jeden Fall einrichten", sagt Brooke, wirkt aber leicht besorgt. „Aber solltest du dich nicht ausruhen und dann auf das Spiel am Abend vorbereiten?"

„Du bist süß, wenn du dir um mich als Spieler Sorgen machst."

„So, wie du süß bist, wenn du meinetwegen Männer bedrohst?"

„Genau." Ich grinse und bewundere diese schönen Augen, die mich hinter der Brille ansehen. Ich mache eine Handbewegung darauf. „Was ist damit? Ich dachte, du trägst Kontaktlinsen.“

„Was? Meine Brille?“ Fast zaghaft berührt sie den Rahmen.

„Ja. Die ist verdammt sexy.“

„Nicht dein Ernst“, sagt sie und lässt die Hand sinken.

„Total ernst. Die kannst du gern mal im Bett für mich tragen.“

Brooke verdreht die Augen. „Ich habe vergessen, meine Kontaktlinsen zu bestellen. In ein paar Tagen sollten sie da sein, also bekommst du die Brille nur noch kurze Zeit zu sehen.“

„Heute Abend, Baby, spielst du die sexy Bibliothekarin und ich den unartigen Eishockeyspieler, der sie über ihren Schreibtisch gebeugt vögelt, okay?“

Brooke wird feuerrot, nickt aber zustimmend.

KAPITEL 25

Bishop

Mom und ich sind etwa zehn Minuten zu früh im Restaurant. Brooke hat darauf bestanden, dass wir uns hier treffen, damit ich nicht noch die fünfundzwanzig Minuten fahren muss, um sie abzuholen. Das gefiel mir nicht unbedingt, aber so ist es wohl besser, denn sich zum ersten Mal in einem Auto zu treffen, ist kein angenehmer Rahmen für eine nette Unterhaltung. Außerdem kann ich mich erst einmal, so gut es geht, entspannen. Sehen wir der Sache ins Auge – das ist ein wichtiges Treffen. Fake oder echt, es ist das erste Mal, dass ich meiner Mom eine Frau vorstelle.

„Du wirkst nervös", sagt Mom.

Ich mache mir nicht die Mühe, sie zu fragen, woran sie das gemerkt hat. Sie ist meine Mutter. Sie weiß es einfach.

Ich zucke mit den Schultern. „Ich habe das noch nie gemacht. Wahrscheinlich ist es die Angst vor dem Unbekannten und all das."

„Falls es hilft, ich bin sicher, dass ich sie mögen werde."

Ich kann Mom nur angrinsen. Schon immer gab sie mir Sicherheit, sogar mitten in einer Situation, in der ich etwas unglaublich Dummes getan habe.

„Ach, ehe ich es vergesse. Ich will dir etwas geben." Sie nimmt ihre Handtasche, holt eine graue

Samtschachtel heraus und reicht sie mir.

Ich öffne sie und blicke auf den Verlobungsring, den mein Vater ihr vor langer Zeit geschenkt hat. Er ist jetzt fast zwei Jahrzehnte tot und der Ring war immer in der Schublade ihres Nachttisches. Vor ein paar Jahren war Mom mit einem anderen Mann zusammen, und da hatte sie natürlich den Ehering abgelegt. Diese Beziehung hielt nicht lange, aber Mom hatte danach nicht mehr das Bedürfnis, ihre Ringe wieder zu tragen. Sie hatte noch mehr Dates, aber es war kein Mann dabei, den sie hätte heiraten wollen. Momentan ist sie wieder mit jemandem zusammen, mit dem sie eine On-off-Beziehung hat. Ein Vermögensberater. Und solange sie glücklich damit ist, bin ich es auch.

Nachdem ich ihr von unserer Fake-Verlobung, um Coach Perron aus dem Genick zu kriegen, erzählt hatte, dachte sie ein paar Tage darüber nach. Gestern Früh rief sie mich an und sagte, dass sie ihren Verlobungsring mitbringen wird, den Brooke zu der Scharade tragen kann.

Ungelogen, das gefiel mir erst gar nicht. Ich sagte ihr, dass ich es für keine gute Idee halte. Sie war anderer Meinung und sagte, dass es nicht nur völlig in Ordnung sei, sondern vielleicht auch wirklich angebracht. Ihre Denkweise ist die, dass der Ring als Symbol ihrer Liebe zu meinem Vater, ihrem Sohn und der Frau, die ihm etwas bedeutet, hilfreich sein kann, und sie ihn deshalb all die Jahre über alle sentimentalen Gründe hinaus gehütet hat. Sie glaubt, dass der Ring eine größere Bedeutung hat: ihrem Sohn aus der Patsche zu helfen.

Es ist ein einfacher Ring, den sich ein frisch ausgelernter Ingenieur leisten konnte. Ein schmaler Goldring mit einem schlichten Diamanten von nicht einmal einem Karat.

Mom greift über den Tisch und deutet auf die Seite des Diamanten. „Da hat er einen kleinen Makel. Wenn man genau hinsieht, kann man ihn entdecken. Dein armer Vater hat sich darüber geärgert. Nur deswegen konnte er sich ihn trotz seines geringen Gehalts leisten. Ich hätte das nie bemerkt, aber dein Vater hatte deswegen so ein schlechtes Gewissen, dass er mich ein paar Tage nach dem Heiratsantrag unbedingt darauf hinweisen musste. Er war so ein sorgfältiger Mann."

Ich lache in mich hinein und halte den Ring hoch, um zu sehen, wovon sie spricht. Schließlich finde ich einen winzigen nebligen Bereich und betrachte ihn einen Moment. Ich finde, er verleiht dem Ring Charakter.

Als ich wieder zu Mom blicke, sagt sie: „Du bist ihm so ähnlich. Nicht nur äußerlich, auch in deiner Persönlichkeit und deinen Charaktereigenschaften."

Ich nicke. Nicht, weil ich das genau weiß. Ich erinnere mich nicht an vieles über meinen Dad, aber weil Mom mir das in all den Jahren so oft gesagt hat, glaube ich es. „Brooke hat Ähnlichkeiten mit dir. Sie ist nicht die Art Frau, die an der Größe eines Diamanten interessiert ist, egal ob er einen Makel hat oder nicht. Ich glaube sogar, ihr wäre egal, ob sie überhaupt einen Diamanten bekommt. Ich glaube, dass der Ring mehr als alles andere eine Art Symbol wäre, von dem sie angezogen werden würde."

Amüsiert hebt Mom einen Mundwinkel.

„Was ist?"

„Ist dir eigentlich klar, wie gut du diese Frau kennen musst, um so eine Beobachtung zu machen?"

Ich zucke mit den Schultern. „Ich könnte mich auch irren."

„Wir werden sehen", sagt sie vage. Sie faltet die Hände und legt sie auf den Tisch. „Außerdem wird es dir eine Menge Geld sparen, diesen Ring zu benutzen. Ich würde es nicht gut finden, in dem Fall Geld für einen Ring auszugeben."

„Mir geht es nicht ums Geld." Ich schließe die Schachtel und stecke sie in meine vordere Jeanstasche. „Die ganze Situation ist völlig im Arsch – entschuldige bitte meine Ausdrucksweise. Dass wir mit dieser Farce überhaupt angefangen haben. Und dass wir immer weitermachen, zeigt schon, was für ein Idiot dein Sohn sein kann. Hätte ich einen Ring kaufen müssen, dann wäre es eben so. Ich könnte ihn ja später wieder zurückgeben."

„Nun, jetzt brauchst du dir darüber keine Gedanken mehr zu machen."

„Ich glaube …" Ich lasse das in der Luft hängen.

„Was?", bohrt sie nach, ermuntert mich, meine Gefühle auszusprechen und nichts vor ihr zu verbergen, denn sie würde mich nie verurteilen, sondern immer nur versuchen, zu helfen.

„Ich habe nur die Befürchtung, den Tag, an dem ich wirklich einer Frau einen Antrag mache, damit irgendwie zu beschmutzen."

Mom tätschelt mitfühlend meine Hand über den Tisch hinweg. „Honey … ja, es war dumm, das zu tun. Aber jetzt ist es zu spät, es zu bedauern. Deine Absichten waren gut. Die von euch beiden. Brooke hat das angefangen, um dich und ihren Vater zu schützen. Und du bleibst weiter dabei, um dasselbe für die beiden zu tun. Ich würde sagen, du sitzt zwischen den Stühlen, weil ihr beide gute Menschen seid. Wenn du das durchstehen musst, um alle vor Verletzungen zu schützen, dann wenigstens erhobenen Hauptes. Dein Herz ist rein, sehr rein, sodass keine Gefahr besteht, dass die Sache je einen ernst gemeinten Antrag in den Schmutz ziehen könnte."

Überrascht blinzele ich. Ich weiß, dass sie mich immer in allem unterstützt. Aber gerade hat sie tatsächlich meine Dummheit so legitimiert, dass ich mir nicht mehr ganz so blöd vorkomme. Sie bezog es auf die Art Menschen, die Brooke und ich sind, und das ist so ungefähr das Netteste, was sie sagen konnte.

„Außerdem", fügt Mom verschmitzt hinzu, „wer weiß? Das könnte eine tolle Geschichte sein, die du eines Tages deinen Kindern erzählen kannst."

Ich zucke regelrecht zusammen und sehe sie erstaunt an. „Wie kommst du denn darauf?"

Wieso impliziert sie, dass Brooke und ich heiraten

und Kinder kriegen könnten?

Sie hebt gelassen die Schultern, und ihre grünen Augen glänzen schelmisch. „Weil ich anscheinend die Einzige bin, die sieht, was hier wirklich vor sich geht."

„Und was geht vor sich?", will ich wissen, als wäre sie über eine Kristallkugel gebeugt und würde mir gleich die Zukunft voraussagen. Doch sie antwortet nicht, sondern wird von etwas abgelenkt. Sie lächelt und ich schaue über meine Schulter. Brooke kommt auf uns zu. Sie sieht aus wie eine Vision, stylish gekleidet und mit dieser Brille, die sie gestern Nacht für mich aufließ, während sich ihre Beine auf meinen Schultern befanden und ich sie fickte.

Brooke schenkt mir ein kleines Lächeln und wendet sich dann an Mom. Wir stehen beide auf und Mom geht um ihren Stuhl herum und breitet ihre Arme aus. Nichts anderes habe ich erwartet.

Brooke umarmt meine Mutter fest und ich sehe Erleichterung in Brookes Augen. Sie ist dankbar, dass meine Mom die Sache so cool aufnimmt. „Hi, Marianne. Ich freue mich sehr, dich kennenzulernen."

Gestern, bevor wir einschliefen, fragte mich Brooke, wie sie meine Mutter anreden soll. Mit dem Vor- oder Nachnamen. Das beschäftigte sie wirklich und ich war ganz gerührt. Ich habe ihr versichert, dass meine Mom das Du bevorzugt.

Als sie einander loslassen, packt Mom Brooke an den Schultern und betrachtet ihr Gesicht genauer.

„Oh Mann, Bishop hat gesagt, dass du hübsch bist, aber ich hatte ja keine Ahnung, dass mein Sohn so eine Schönheit wie dich ergattern könnte."

Das bringt Brooke zum Lachen. Sie winkt das Kompliment ab. „Dein Sohn ist hier der gut Aussehende und du siehst genauso aus wie er."

Das stimmt, und die liebenswerte Brooke meint das auch. Mom glaubt, dass ich wie mein Dad aussehe. Jedenfalls habe ich seine blonden Haare und grünen Augen geerbt. Das sind die sichtbaren Gemeinsamkeiten. Doch alles andere habe ich von meiner Mutter. Die Form meiner Nase, die vollen Lippen und dass sich mein linker Mundwinkel beim Lächeln leicht mehr nach oben schiebt. Die Form unserer Augenbrauen ist die Gleiche, und sie ziehen sich genauso zusammen, wenn wir skeptisch oder überrascht sind. Und die Lache von meiner Mom und von mir klingt völlig gleich.

Dass Brooke mich eben gut aussehend genannt hat, ist ein Sahnehäubchen.

„Okay", sage ich schroff und ziehe Brooke aus den Armen meiner Mutter. „Bekomme ich auch eine Umarmung?"

Kurz sieht Brooke erstaunt aus, doch dann begibt sie sich in meine Umarmung. Sie schlingt die Arme um meinen Hals, ich tauche mein Gesicht kurz in ihre Haare und drücke frech mit einer Hand ihren Hintern. Sie knurrt empört, entwindet sich mir und wird feuerrot. Mom schüttelt nur den Kopf, aber ihr Lächeln zeigt mir, dass ihr gefällt, dass ihr Sohn auch verspielt sein kann.

Wir nehmen Platz und haben Brooke zwischen uns.

„Ich würde dich ja bitten, mir von dir zu erzählen, aber Bishop hat mir schon so viel verraten", sagt Mom.

„Ach, wirklich?", schnurrt Brooke neckend, wirft mir einen Seitenblick zu und sieht dann Mom an. „Was hat er denn alles erzählt?"

Gemütlich lehne ich mich zurück und höre zu. Ich habe meiner Mom tatsächlich viel über Brooke erzählt, und zwar gestern Früh. Sie hat mir Löcher in den Bauch gefragt. Wahrscheinlich war sie einfach total hin und weg, dass ich an einer Frau interessiert bin und Gefühle für sie habe.

„Mal sehen", sagt Mom lächelnd. „Er hat gesagt, du bist intelligent und hast einen trockenen Humor, was er an dir bewundert."

„So habe ich das aber nicht gesagt", unterbreche ich, weil ich mich an dem Gespräch beteiligen und verhindern will, dass Mom von der Bahn abkommt. „Ich glaube, ich habe gesagt, dass du intelligent und geistreich bist und manchmal ein Schlaumeier."

Brooke verdreht die Augen und sieht Mom an. „Ich fürchte, dass Bishop manchmal den Schlaumeier in mir herausbringt."

„Das verstehe ich vollkommen", sagt Mom, lehnt sich konspirativ Brooke zu und spricht leiser. „Einmal, da …"

Und das war's dann. Ich bin raus aus dem Gespräch.

Mom ergeht sich in einer Geschichte über mich, die leicht peinlich ist, aber Brooke lacht, also ist es okay. Die beiden reden zwei Stunden lang, während ich ausgiebig zu Mittag esse.

Zwei verdammte Stunden werde ich praktisch völlig ignoriert.

Und ich liebe es.

KAPITEL 26

Bishop

„Das reicht, Brooke", knurre ich, hebe den Kopf vom Kissen und strenge die Nackenmuskeln an.

„Ach, wirklich?", schnurrt sie und schenkt mir ein gemeines Killerlächeln, bei dem mir die Eier schmerzen.

Sie gibt mir den besten Handjob meines Lebens, der eventuell sogar ihre Blowjobs übertrifft. Ihre Hand, die sich nicht ganz um meinen Schwanz schließen kann, hält mich fest im Griff und pumpt mich schnell und hart. Genau wie ich es liebe, wenn ich es mir selbst mache.

Ich stemme die Fersen auf ihre Matratze, hebe die Hüften an, will kommen und doch auch wieder nicht. Sie hockt neben mir, nackt und ganz auf ihr Tun konzentriert. Als sie sagte, dass sie Lust hat, ein bisschen zu spielen, sagte ich nicht Nein. Doch ihr Spiel nahm eine ernste Wende, als sie grober ranging, und wenn sie so weitermacht, werde ich nicht mehr lange durchhalten. Auf und ab pumpt sie mich und versucht, mir so viel Lust wie möglich zu verschaffen.

Ich nehme ihre Hand von mir. „Genug!", belle ich.

Sie grinst und legt einen Finger auf ihre Lippen. „Psst … du weckst Nanette."

„Scheiß auf Nanette", fauche ich, packe Brooke an

der Taille und werfe sie dorthin, wo ich gerade gelegen habe. Ich drücke ihre Beine auseinander und führe einen Finger in sie ein. „Mhm, schön nass, Baby. Macht es dich an, es mir zu besorgen?"

Sie stöhnt und nickt, und ihr Blick wird glasig, während ich sie mit dem Finger bearbeite.

Momente später kreist sie mit den Hüften. Noch etwas später und sie bäumt sich auf, sucht die süße Erlösung. Ich ziehe meine Hand fort und Brooke stößt einen enttäuschten Laut aus. Ich beuge mich zum Nachttisch, in dem ich eine Million Kondome verstaut habe. Mein Schwanz ist hart wie Granit und steht wie eine Eins, sodass das Kondom leicht überzuziehen ist. Es gibt kein Halten mehr. Brooke ist nass, also dringe ich in sie. Verdammt, nichts sollte sich so gut anfühlen. Es sollte unmoralisch und verboten sein.

Ich senke mich über sie und sie schlingt die Beine um mich. Mit den Lippen reize ich ihre, öffne sie und schmecke Brooke. Himmlisch.

Langsam bewege ich die Hüften, denn ich möchte dies in die Länge ziehen, will nicht, dass es so schnell endet. Ich ficke sie und küsse sie dabei. Küssen und ficken, ficken und küssen … Brooke, die all meine Sinne vereinnahmt.

Sie gleitet mit den Fingern durch meine Haare, was mir ein Kribbeln über die Wirbelsäule verursacht. Ich nehme die Lippen von ihr und presse meinen Kopf in ihre Hände. Sie versteht den Hinweis, greift fester in meine Haare und zerrt daran.

„Genau so", lobe ich sie und sehe sie sinnlich an.

„Sag mir, was du willst."

„Dich", sagt sie. „Alles von dir. Jederzeit."

„Das hast du schon." Sofort frage ich mich, ob das wohl *für immer* bedeutet. Haben wir beide das alles auf Dauer?

Ich will nicht über Was-wäre-wenn nachdenken oder ob das möglich wäre. Nicht, während ich tief im Süßesten versunken bin, das ich je hatte.

Ich nehme Brookes Hände von mir, verschränke meine Finger mit ihren und halte ihre Hände rechts und links von ihrem Kopf fest. Ich rutsche weiter nach oben, verbessere den Winkel und ramme härter in sie. Konzentriere mich ganz auf das Gefühl, was für den Moment alle Zweifel verdrängt.

„Härter, Bishop", drängt Brooke, und ich liebe es, wie sie meinen Namen über die Zunge rollen lässt. Mit einem Kuss versuche ich, ihn zu schmecken, und ficke sie, wie gewünscht, härter.

„Ich bin gleich so weit", wispert sie.

Ich auch.

So verdammt nah dran, und als Brooke die Augen zukneift und stöhnt, dass sie kommt, lasse ich mich fallen und komme mit ihr.

Mein Knurren ist genauso erleichternd wie der Orgasmus, der mich durchzuckt. Mit dem Gesicht an Brookes Hals lasse ich mich völlig gehen und ergebe mich der Lust.

Heute haben wir gegen mein ehemaliges Team gespielt, die New York Vipers. Es war eine harte Schlacht. Am Ende siegten wir über das Team, das mich weggeschickt hat, aber das war nicht mal das Beste am heutigen Abend. Es kommt nicht an das heran, was ich jetzt fühle.

„Wow", sagt Brooke und streichelt meinen Rücken.

Ihre Beine sind immer noch um mich geschlungen, und so könnte ich ewig liegen bleiben.

„Es wird immer besser, nicht wahr?", frage ich.

„Ja, so ist es."

Ihre Worte sind sanft und geben mir das Gefühl der Sicherheit über das, was zwischen uns geschieht.

Ich hebe den Kopf und sehe Brooke an. Mir fällt auf, dass ihre Wangen noch gerötet sind und ihr Blick leicht glasig ist. Ich habe das mit ihr gemacht, und das ist definitiv schöner als der Sieg heute. Diese Erkenntnis erschüttert mich, denn noch nie war mir etwas wichtiger als der Sieg in einem Spiel.

Vielleicht werde ich reifer.

Entwickle mich weiter.

Oder es ist nur wegen Brooke.

Ich küsse ihre Nasenspitze. „Ich stehe auf und mache mich frisch."

„Okay", murmelt sie.

Ich stütze mich mit einer Hand auf und ziehe meinen befriedigten und glücklichen Schwanz aus Brooke, während ich mit der anderen Hand das Kondom festhalte.

Ich blinzele bei dem Anblick.

Mein Sperma ist überall und in der Spitze des

Kondoms ist ein erbsengroßes Loch.

„Was ist?" Brooke setzt sich auf. Dann blickt sie auf das, was ich ebenfalls betrachte. „Scheiße."

Ich sehe sie abrupt an. „Ich bin noch nicht bereit für ein Kind", poltere ich los.

Und weil Brooke ist, wie sie ist, grinst sie mich an, was mich sofort wieder beruhigt.

„Du bist ja süß. Der große, böse Eishockeyspieler hat Angst vor einem winzigen Baby. Keine Sorge, ich nehme die Pille. Ich bin auch noch nicht bereit für ein Kind."

„Wirklich?", frage ich überrumpelt. Und dann begreife ich, was das bedeutet. „Oh, Fuck sei Dank." Ich werfe mich auf den Rücken und seufze erleichtert. Brooke lacht mich aus. Ich wende ihr den Kopf zu. „Wenn du die Pille nimmst, warum ärgern wir uns dann mit Kondomen herum?"

Sie zuckt lässig mit den Schultern. „Wegen Krankheiten und Pestilenz?"

„Ich habe nichts davon", informiere ich sie.

„Ich auch nicht."

„Tschüss, Kondome!", singe ich praktisch, mit einer Fröhlichkeit, die ich vor einer Minute noch nicht gespürt habe.

Brooke lacht.

Sie ohne Kondom zu vögeln, wird absolut megagut sein, und das werde ich ausprobieren, sobald ich Energie nachgeladen habe. Nach dem Eishockeyspiel heute bin ich ziemlich müde.

Nachdem ich mich frisch gemacht habe, finde ich Brooke unter der Decke. Sie trägt ein Tanktop, und ich weiß, dass sie ein Höschen anhat. Ich schlüpfe unter die Decke, lege mich auf die Seite und sehe ihr Gesicht an. Sie erwidert meinen Blick, eine Hand unterm Kinn, und es fühlt sich kein bisschen unangenehm an.

„Ich mag deine Mom wirklich", sagt Brooke dann.

Automatisch lächele ich. „Sie ist super, oder?"

„Halte sie in Ehren", antwortet sie, und damit meint sie, keine Minute mit Mom für selbstverständlich zu nehmen, denn sie könnte plötzlich nicht mehr da sein.

Brooke spricht oft von ihrer Mutter. Ihre Erinnerungen an sie sind noch sehr frisch, denn sie ist erst seit weniger als einem Jahr tot.

„Immer", verspreche ich und gebe ihr einen Kuss. Ich drehe mich zum Nachttisch um. „Ich habe etwas für dich. Genauer gesagt, zwei Sachen."

„Oh, ja?", fragt sie neugierig.

Ich öffne die Schublade. Neben den Kondomen, die ich jetzt Dax spenden kann oder so etwas, liegen zwei Schmuckschachteln. Die graue von Mom mit dem Verlobungsring, und eine viereckige, flache mit etwas, das ich heute für Brooke gekauft habe. Mom und ich sind nach dem Essen kurz shoppen gegangen, und sie hat mir geholfen, etwas auszusuchen.

„Komm her", sage ich und lehne mich mit den beiden Schachteln ans Kopfteil. Brooke kuschelt sich an mich und betrachtet die Schachteln.

Ich lege die schwarze auf meinen Schoß und öffne die graue. „Das ist von meiner Mom."

„Oh, der ist aber schön", sagt sie leise und nimmt den Ring heraus.

„Mom hat ihn für dich mitgebracht, damit du deinem Dad zeigen kannst, dass wir verlobt sind, und er aufhören kann, sich Sorgen zu machen. Und sag jetzt bitte nicht Nein, weil er meiner Mom gehört. Sie möchte wirklich, dass du ihn benutzt."

Brooke schüttelt den Kopf und sieht mich an. „Ich sage nicht Nein. Ich finde es unglaublich süß und bedeutungsvoll, dass deine Mom das tut. Ich weiß, dass sie uns beide für Idioten hält, dass wir da reingeraten sind, aber ich glaube, es amüsiert sie auch. Sie wird uns, so gut sie kann, da durchhelfen, und das ist ihr Beitrag dazu."

„Genau." Ich nehme ihr den Ring ab, halte ihre rechte Hand hoch und schiebe ihn ihr auf den Finger.

Allerdings bin ich nicht auf die Welle der Emotionen gefasst, die dieser Anblick in meiner Brust auslöst. Unter normalen Umständen bedeutet der Ring, dass Brooke für den Rest unseres Lebens die Meine wäre, und das ist überhaupt kein angsteinflößendes Gefühl. Sondern es fühlt sich eher ein bisschen zu richtig an, was mich total ausflippen ließe, sollte ich weiter darüber nachdenken.

Ich hüstele, lasse ihre Hand los und nehme das schwarze Kästchen auf. Ich reiche es ihr. „Das hier ist für dich."

„Warum?" Sie nimmt die Schachtel.

Ich sehe in ihren Augen, dass sie aufrichtig erstaunt ist, dass ich ihr etwas schenke, und das gefällt mir gar nicht. Empfindet sie denn nicht dasselbe wie ich? Oder versteht sie nicht, was ich fühle?

Was wiederum verständlich wäre, denn ich verstehe es ja selbst nicht.

Ich nicke zur Schachtel und will, dass sie sie öffnet. „Weil ich dich wunderbar finde und keinen anderen Grund brauche."

Brooke sieht mich weiter an. Sie macht keine Anstalten, die Schachtel zu öffnen, und so langsam denke ich, dass das keine gute Idee war.

Doch dann gibt sie mir einen Kuss auf die Wange. „Ich finde dich auch wunderbar. Und vielen Dank für das Geschenk."

Erleichterung durchströmt mich und ich lache nervös. „Gern geschehen, aber du weißt ja noch gar nicht, was es ist."

„Das ist egal", sagt sie lächelnd. „Ich werde es lieben."

Fuck … wieder dieses Gefühl in der Brust.

Endlich konzentriert sich Brooke auf die Schachtel und hebt den Deckel ab. Darin befindet sich ein Armreif aus Platin mit dem Wort *Furios* in Schreibschrift eingearbeitet und von kleinen Diamanten umrahmt. Es war nicht billig, doch das wird Brooke wissen, weil sie sich mit Mode und Schmuck auskennt.

Sie schnappt nach Luft. „Oh Bishop … das ist viel

zu viel für …“

„Tja“, sage ich trocken und lege einen Finger auf ihren Mund, um sie zum Schweigen zu bringen. „Das ist nicht das, was du jetzt sagen sollst.“ Sie hebt die Brauen und blickt zwischen dem Schmuck und mir hin und her. „Du sollst sagen: ‚Bishop, ich liebe es und es macht mich auch an und ich würde jetzt gern unanständige Dinge mit dir tun‘.“ Ich zwinkere und nehme den Finger von ihren Lippen.

Sie verdreht nicht die Augen, sondern betrachtet den Armreif genauer, nimmt ihn aus der Schachtel und zieht ihn über das linke Handgelenk. Er passt genau. Sie streckt den Arm aus, bewundert den Reif, dreht die Hand in verschiedene Winkel, und die Diamanten funkeln.

Sie sieht mich wieder an. „Er ist so schön. Und, Baby, jetzt will ich wirklich unanständige Sachen mit dir machen.“

Grinsend ziehe ich sie auf mich, und sie hört nicht auf, mich zu küssen. Und macht unanständige Sachen mit mir.

KAPITEL 27

Brooke

Zweimal klopfe ich an Dads Bürotür und warte nur eine Sekunde, bevor ich sie öffne. Er ist über ein Tablet gebeugt und sieht sich ein Spiel an. Wahrscheinlich ein Video des nächsten Gegners. Am späten Nachmittag fliegt das Team für einen Vier-Spiele-Trip gen Osten. Mein Koffer ist gepackt und im Auto und ich freue mich total auf die Reise. Es hat sich herausgestellt, dass ich Bishop viel zu sehr vermisse, wenn er ohne mich reist, was echt schrecklich ist.

„Hi, Kleines", sagt er und sieht mich an, dann wieder aufs Tablet. Er pausiert das Video. „Was gibt's?"

Ich schließe die Tür. Heute bin ich extra früher ins Büro gekommen, in dem Wissen, dass Dad schon da sein wird und tut, was großartige Coaches so tun, um ihre Teams großartig zu machen.

„Nun ja, ich will dir etwas zeigen", sage ich zögerlich und mein Herz schlägt wie ein Drummer auf Drogen.

„Was denn?" Sofort klingt er skeptisch und seine Kieferpartie spannt sich an.

Ich lächele. „Nichts Schlimmes, versprochen." Ich trete bis vor seinen Schreibtisch und strecke die linke Hand aus, damit er den Verlobungsring an meinem Finger sehen kann. „Gestern Abend haben Bishop und ich Nägel mit Köpfen gemacht, und du musst dir jetzt keine Sorgen mehr machen und kannst sicher sein, dass dein kleines Mädchen auf dem richtigen Weg ist."

Dad runzelt die Augenbrauen und starrt den Ring eine Weile an, bevor sein Blick wieder auf mich fällt. Er wirkt aus der Fassung gebracht, vielleicht ein bisschen verwirrt, stolpert über seine eigenen Worte. „Nun … das ist … ähm, gut. Ich meine … schön. Es ist nur ein wenig … schockierend."

„Schockierend?", frage ich lachend und lasse die Hand sinken. „Du hast Bishop sozusagen damit im Genick gesessen. Ich dachte, es würde dich freuen."

Dad schüttelt den Kopf, knipst ein Lächeln an und rudert zurück. „Natürlich freue ich mich. Das heißt, wenn du auch glücklich bist."

„Bin ich", versichere ich ihm, und das ist die Wahrheit. Meine Beziehung mit Bishop ist verrückt, abgefahren und steht auf wackeligen Beinen, aber momentan bin ich total glücklich.

„Nur darauf kommt es an", sagt er und erhebt sich. Er geht um den Schreibtisch herum und umarmt mich. „Ich will nur dein Bestes, Honey."

„Danke, Dad. Das will ich für dich auch." Als wir uns voneinander lösen, lege ich eine Hand auf seine Brust. „Wie geht es dir, Dad? Ich meine … wirklich. Du arbeitest so viel, dass ich dich kaum sehe, aber …"

„Brooke", unterbricht er mich sanft. „Es geht mir gut. Ich meine, wirklich gut. Dieser Job und von

New York wegzugehen, war genau das, was ich gebraucht habe. Das wusste ich vorher nur noch nicht."

Mir ist, als ob mir wie aus einem Ballon die Luft entweicht, so groß ist meine Erleichterung. „Ich freue mich sehr, das zu hören."

„Ich fühle mich aber ein bisschen schuldig", gibt er zu und geht zu seinem Stuhl zurück.

Dass er den Schreibtisch zwischen uns haben will, ist wahrscheinlich ein Zeichen seiner momentanen Verletzlichkeit.

„Das solltest du aber nicht."

„Ich habe das Gefühl, deine Mutter zurückzulassen."

„Das ist aber nicht so. Sie ist in deinem Herzen. Für immer."

Er nickt zwar, scheint aber unsicher zu sein, ob er das als Wahrheit akzeptieren kann. Doch er hat gesagt, dass er hier glücklich ist, und das ist die Hauptsache. Er muss immer noch mit seiner Trauer fertig werden, aber zumindest hat er jetzt etwas, was er gern tut, und das wird ihm helfen, es erträglicher zu machen.

Als ich in den administrativen Bereich der Büros komme, bin ich immer noch ungefähr fünf Minuten zu früh dran, also hole ich mir schnell einen Becher Kaffee und eine Zimtschnecke aus dem Automaten im Pausenraum. Morgens habe ich nie Appetit, bin aber am Verhungern, wenn ich im Büro ankomme. Immer schwöre ich mir, etwas Gesundes mitzubringen, aber verdammt, die

Zimtschnecken sind so gut, und da ich regelmäßig Fitnesstraining betreibe, kann ich mir die Kalorien erlauben.

In meinem Büro starte ich den Computer, wickele die Zimtschnecke aus und werfe die Folie in den Papierkorb. Ich lecke mir den Zuckerguss von den Fingern, was sinnlos ist, denn als ich die Zimtschnecke nehme, versaue ich mich mit der klebrigen Masse erneut. Gerade als ich den Mund so weit wie möglich öffne, um abzubeißen, klopft es an meiner Tür und sie wird geöffnet.

Sebastian steht da.

Ich schließe schnell den Mund, lege die Schnecke auf eine Serviette und wische mir mit einer zweiten die Finger ab. Zwar bekomme ich das weiße Zeug ab, doch sie bleiben klebrig.

Scheiße.

„Hast du eine Minute Zeit?", fragt er freundlich.

„Klar." Ich sehe mich auf dem Schreibtisch um, auf der Suche nach etwas, was mir aus der misslichen Lage helfen könnte.

Sebastian setzt sich auf meinen einzigen Besucherstuhl in der Ecke. Die Tür lässt er weit offen, und ich nehme an, dass es Absicht ist. Anscheinend hat er Bishop sehr ernst genommen.

Ich erspähe eine halb volle Wasserflasche hinter meinem Bildschirm und nehme sie. „Es tut mir leid", erkläre ich, während ich mir über dem Plastikpapierkorb etwas Wasser über die Finger gieße. „Du hast mich überrascht, als ich gerade die Zimtschnecke essen wollte."

„Kein Problem", sagt er und schlägt die Beine übereinander.

Heute trägt er einen gut geschneiderten blauen Anzug, ein weißes Hemd und eine gelbe Krawatte. Sein Modegeschmack ist einwandfrei, aber er hat in dem Berufsfeld auch Erfahrung, ebenso wie im Merchandising.

Als ich meine Finger sauber und abgetrocknet habe, wende ich mich ihm zu. „Also, was gibt's?"

„Ich würde dir gern eine Vollzeitstelle in der Merchandising-Abteilung anbieten", sagt er rundheraus. Vor lauter Schock kann ich nur blinzeln. „Ich würde dich gern im Produktionsbereich einsetzen, was Reisen beinhaltet. Deine Vorgesetzte ist Charity Priest. Der Job wird etwas besser bezahlt und die Aufstiegsmöglichkeiten innerhalb der Organisation sind viel größer als in Team-Services."

Ich kann ihn nur anstarren.

Blinzeln.

Den Vorgang wiederholen.

Sebastian fummelt an seiner Krawatte herum und lacht nervös. „Hast du mich verstanden, Brooke?"

Ich schüttele heftig den Kopf, um die Verblüffung loszuwerden, weil ich verdammt sicher war, dass er Nanette einstellen wird. Denn mit Blowjobs kann ich nicht konkurrieren und außerdem spricht der Zwischenfall mit meinem Freund gegen mich.

„Ähm … Sebastian …" Ich erhebe mich, gehe an die Tür und schließe sie. „Erst müssen wir über etwas reden."

Sebastian springt vom Stuhl und sieht irritiert zur Tür. „Muss das unbedingt bei geschlossener Tür sein?"

„Ja", versichere ich ihm, denn ich will nicht, dass es jemand hört. „Aber ich fasse mich kurz."

Er entspannt sich nicht und sitzt stocksteif auf dem Stuhl, während ich hinter meinem Schreibtisch Platz nehme. „Ich bin sehr an der Stelle interessiert, aber ich muss wissen, ob zwischen uns beiden alles okay ist. Ich habe verstanden, dass mein direkter Vorgesetzter jemand anderes ist, aber trotzdem bist du noch der Oberboss."

„Hör zu, Brooke", sagt er und zerrt an seinem Krawattenknoten. „Das im Konferenzraum tut mir wirklich leid. Ich will ganz ehrlich sein. Ich habe mit dir geflirtet und wollte dein Interesse wecken. Ich bin das völlig falsch angegangen und hatte keine Ahnung, dass du mit jemandem zusammen bist, schon gar nicht mit Bishop Scott. Es war falsch von mir und hat dich in Verlegenheit gebracht, und dafür gibt es keine Entschuldigung. Also, ja, deine Vorgesetzte ist Charity, nicht ich. Ich kann dir versichern, dass du von mir nur ehrlichen Respekt und Professionalität zu erwarten hast. Außerdem habe ich lieber ungebrochene Arme."

Das bringt mich zum Grinsen und ich kann in seiner Stimme keine Täuschung erkennen. Er hat mir die ganze Zeit in die Augen gesehen, und es sagt auch etwas über seine Ernsthaftigkeit aus, dass er einer Frau eine Stelle anbietet, der er sich unprofessionell genähert hat. Er glaubt anscheinend wirklich, dass ich für die Organisation von Wert sein kann.

„Ab wann wäre die Stelle frei?", frage ich und versuche, meine Freude in den Griff zu bekommen. Ich muss unbedingt Bishop anrufen und es ihm erzählen. Und dann zu Dad ins Büro gehen. Er wird sich unglaublich freuen.

„Sofort", sagt er und steht auf. „Wir ziehen dein Büro heute noch um. Ich habe bereits mit Bill gesprochen, der an deiner Stelle mit nach New York fliegt, falls du Ja sagst."

Bill Roland ist der Direktor der Abteilung Team-Services, und wenn ich gehe, ist er der einzig übrige Angestellte in der Abteilung. Den Job kann er leicht ohne mich erledigen, aber ich bin traurig, dass ich nicht mit Bishop nach New York kann. Das ist das einzig Blöde an dem Deal.

Aber ich muss es tun. Wenn ich in Phoenix zu Hause sein und einen Beruf haben will, den ich lieben kann, muss ich die Stelle annehmen. Ich stehe auf und reiche Sebastian die Hand. „Ich akzeptiere das Angebot."

Sebastian lächelt mich freundlich an und schüttelt sehr kurz meine Hand. „Exzellent. Ich lasse den Vertrag fertig machen. Charity will sicher mit dir reden, aber ich kann mir vorstellen, dass du gern erst ein paar Leuten davon erzählen möchtest."

„Du hast meine Gedanken gelesen." Grinsend nehme ich mein Handy vom Schreibtisch. Ich werde zuerst Bishop anrufen und dann zu Dad gehen.

Sebastian geht an die Tür, und als sie offen ist,

dreht er sich noch einmal zu mir um. „Sind wir wieder gut, Brooke?“

„Ja“, sage ich ernstgemeint. „Fangen wir neu an.“

„Okay“, stimmt er zu, und dann ist er fort.

Ich blicke auf das Handy und rufe Bishop an.

Er antwortet sofort nach dem ersten Klingeln. „Hi, Baby, hast du meine Nachricht gelesen?“, will er wissen.

„Ähm … nein.“

„Ich habe dir vor ein paar Minuten geschrieben.“ Ich höre, dass er im Auto ist und über Lautsprecher telefoniert. „Nanette hat mich angerufen. Der Wasserregler im Gästebad ist abgefallen und jetzt läuft das Wasser volle Kanne. Ich bin auf dem Weg dorthin, um es zu reparieren.“

Schon am ersten Tag hat mir Nanette von dem lockeren Regler erzählt, und ich hatte immer vor, ihn reparieren zu lassen. Aber da er bisher gehalten hat, stand das nicht weit oben auf meiner Prioritätenliste. Bin ich überrascht, dass sie Bishop angerufen hat? Vielleicht ein bisschen. Warum hat sie nicht mich zuerst angerufen?

„Warte mal kurz.“ Ich sehe im Handy nach. Sieh einer an. Sie hat versucht, mich zu erreichen, während meines Gesprächs mit Sebastian. Im Büro schalte ich immer mein privates Handy stumm. Ich prüfe die Textnachrichten. Sie hat mir außerdem geschrieben, dass das Ding abgebrochen ist und dass sie versuchen wird, Bishop zu erreichen, und wenn das nicht klappt, einen Klempner.

Vielleicht verwandelt sich Nanette ja noch in eine

gute Mitbewohnerin. Ich überlege, ob ich ihr das Zimmer vielleicht zur Miete anbieten soll, falls sie hierbleiben will. Immerhin bekommt sie meinen Traumjob ja nicht. Ich frage mich, wann Sebastian ihr das mitteilen wird. Oder ob überhaupt.

Ich hätte ihn fragen können, aber dabei wäre ich mir komisch vorgekommen. Ein Teil von mir will immer noch nicht glauben, was zwischen ihm und ihr gelaufen ist.

„Babe", ruft Bishop ins Telefon, sodass ich zusammenzucke.

„Oh Mist … entschuldige, ich war geistig woanders."

„Wenn du meine Nachricht nicht gelesen hast, aus welchem Grund rufst du dann an?"

„Ich habe den Merchandising-Job bekommen!" Ich kann meine Aufregung kaum verbergen, versuche aber, mich am Riemen zu reißen, denn ich weiß nicht, wie er darauf reagieren wird.

„Das ist großartig!", ruft er, und ich stelle mir vor, wie er seine Faust in die Luft streckt. „Hast du mit Sebastian gesprochen?"

„Ja. Und alles ist gut, das glaube ich wirklich. Außerdem arbeite ich unter Charity Priest in der Produktion. Mehr Geld, bessere Aufstiegschancen."

„Dann ist es ja gar keine Frage", sagt er. „Wann fängst du an?"

„Das habe ich schon", sage ich fast entschuldigend.

Er seufzt, als ob er sterben müsste. „Also kommst

du nicht mit uns in den Osten?"

„Sorry", sage ich, diesmal wirklich entschuldigend.

„Fuck", sagt er, als wäre ihm gerade etwas eingefallen.

„Was ist?"

„Dann muss ich herausfinden, wie man ein richtiges Gespräch mit Tacker führen kann."

Ich lache und täusche Mitgefühl vor. „Armer Kerl. Ich bin sicher, dass du das hinkriegst."

„Können wir wenigstens zusammen mittagessen? Ich möchte dich noch mal sehen, bevor wir abreisen."

„Ich dachte, du willst heute Dax helfen, ein neues Auto zu kaufen."

„Also wenn ich mich entscheiden muss zwischen Dax und dir …", sagt er in abwägendem Ton, „bist du mir lieber."

„Dann kannst du mich auch haben", sage ich sanft.

Oh Mann, und wie er mich haben kann.

KAPITEL 28

Bishop

Das Haus ist still, als ich es betrete. Letzte Woche hat mir Brooke einen Schlüssel gegeben. An dem Tag, als wir beschlossen haben, die Scharade noch weiterzuspielen. Sie tat es vorsichtig, ich glaube, aus Angst, ich könnte es zu übereilt und zu viel des Guten finden. Fand ich aber nicht und gab ihr gern auch einen Schlüssel zu meinem Haus, obwohl wir uns da selten aufhalten.

Küche und Esszimmer sind dunkel. Es kommt nur Licht durch die Fenster herein, was ausreicht, denn das Haus ist hell durch den offenen Schnitt.

„Nanette?" Ich schließe die Tür hinter mir.

„Im Gästebad!"

Ohne zu antworten, gehe ich in die Küche und hole eine Werkzeugtasche aus dem Schrank. Einmal habe ich sie gefragt, warum sie die nicht in der Garage aufbewahrt, und ihre Antwort war, dass es dort nichts zu reparieren gäbe.

Gutes Argument.

Mit dem Werkzeug in der Hand gehe ich durch das Wohnzimmer und den Flur Richtung Bad. Jetzt höre ich schon das fließende Wasser rauschen.

Zuerst werfe ich einen Blick auf die Wanne. Und tatsächlich läuft das Wasser aus dem Hahn und der Reglergriff ist nicht da.

Nanette steht daneben und hält mir den abgebrochenen Griff hin. Mit der anderen Hand hält sie ein Handtuch fest, das sie um sich gewickelt hat.

Ein winziges Handtuch.

Ich schüttele den Kopf, nehme ihr den Griff ab und gehe im größtmöglichen Bogen um sie herum, um an das Ventil zu kommen, mit dem ich das Wasser abstellen kann. „Du solltest dich anziehen."

„Ich will duschen, sobald du das repariert hast." Dann wird ihre Stimme neckend. „Außerdem … sind meine besten Stellen bedeckt."

Ich presse die Zähne zusammen und gehe nicht auf die Provokation ein. Nachdem ich das Wasser abgestellt habe, betrachte ich mir den Schaden am Hahn genauer. Sofort sehe ich, dass eine Schraube abgebrochen ist, die den Hebel gehalten hatte. Eine leichte Reparatur. Wenn ich eine lange Schraube hätte.

„Du wirst Brookes Badezimmer benutzen müssen …" Ich sehe sie an und mir bleiben die Worte im Hals stecken.

Das Handtuch liegt vor ihren Füßen und Nanette steht splitternackt vor mir.

„Bishop", schnurrt sie heiser und fährt sich mit der Fingerspitze vom Hals bis zwischen ihre Brüste. „Lass uns ein bisschen Spaß haben."

Mein Blick verharrt auf ihrem Gesicht, dennoch sehe ich in meinem Blickfeld, dass sie eine gute Figur hat. Doch ihr Ausdruck interessiert mich mehr, und der sagt mir alles, was ich wissen muss.

Er ist berechnend. Durchtrieben. Heimtückisch. Sie tut das nur, um Brooke wehzutun, aus keinem anderen Grund.

„Was zur Hölle ist dein Problem?" Ich bücke mich und hebe das Handtuch auf, werfe es ihr zu. Es landet in ihrem Gesicht und auf der Brust. Kurz sieht sie erstaunt aus und reißt die Augen auf, als sie das Handtuch wegnimmt.

So schnell ich kann, mache ich auf dem Absatz kehrt und sehe zu, dass ich hier rauskomme.

Ich schaffe es gerade mal halb durch den Flur, da eilt Nanette an mir vorbei und baut sich vor mir auf. Immer noch nackt. Sie versucht, sich auf mich zu stürzen, aber ich packe sie an den Schultern und halte sie auf Armeslänge vor mir fest. Sie macht ein verführerisches Gesicht und zieht einen Schmollmund.

„Komm schon, Bishop. Welcher Mann schlägt so ein Angebot aus? Du darfst mit mir machen, was du willst. Mich benutzen, wie du willst."

„Himmel Herrgott noch mal, du bist ja total durchgeknallt, Bitch", knurre ich. Ich lasse sie los und eile Richtung Haustür.

Als ich halb durch das Wohnzimmer bin, trifft mich etwas im Rücken und fällt dumpf auf den Boden. Mein Schulterblatt schmerzt.

„Verdammt noch mal!" Ich wirbele zu Nanette herum und sehe eine Kupfervase auf dem Boden liegen, die auf Brookes Fernsehmöbel gestanden hat. Ich sehe Nanette an. Sie holt aus, um eine Buchstütze zu werfen, die weit schwerer aussieht als eine Kupfervase.

Ich wappne mich innerlich und beobachte sie. Das Ding fliegt und Nanette ist recht zielsicher. Es steuert direkt auf meinen Kopf zu, aber ich weiche aus und es knallt an die Wand und hinterlässt ein Loch im Gipskarton.

Nanette sieht sich nach einem weiteren Gegenstand zum Werfen um.

„Hast du noch alle Tassen im Schrank?", brülle ich. Jetzt reicht es mir. Mit zwei langen Schritten bin ich bei ihr, und noch bevor sie sich einen Keramikfisch greifen kann, packe ich sie am Handgelenk. Ich drehe ihren Arm auf den Rücken, achte nicht auf ihr überrraschtes Japsen und presse sie mit dem Gesicht voraus an die Wand, bis sie sich nicht mehr bewegen kann. Mit einer Hand um ihr Handgelenk und der anderen in ihrem Genick halte ich sie in Schach. Sie beginnt, Flüche auszustoßen. Langsam bekomme ich den Eindruck, dass sie tatsächlich geistesgestört sein könnte.

„Was ist dein Problem?", wiederhole ich.

„Deine blöde Bitch von Freundin ist mein Problem", stößt sie hervor und versucht, sich mir zu entwinden.

Ich hebe ihren verdrehten Arm höher, und sie hält inne, um sich nicht selbst Schmerzen zu verursachen.

„Was zum Geier hat Brooke dir getan?" Ich bin verwirrt. Ich dachte, sie verstehen sich jetzt besser, und obwohl ich skeptisch war, was Nanettes wundersame Veränderung anging, hatte ich doch diese

Hoffnung. Aber anscheinend ist in diesem Fall meine Einschätzung der Lage besser gewesen als Brookes.

„Sie nimmt sich immer das, was ich haben will. Sie bekam die Stelle in New York, die ich haben wollte, genau wie jetzt auch wieder hier. Und dem Wichser Sebastian wird es noch leidtun. Sie hat den heißen Eishockeystar und ein tolles Haus, und ich will verdammt noch mal haben, was mir zusteht. Ich will auch was von dem Kuchen abhaben."

„Du bist total verrückt", murmele ich, zerre sie von der Wand fort und führe sie in Brookes Gästezimmer, in dem sie gerade wohnt. Mit einem kleinen Schubsen lasse ich sie frei, und sie versucht, ins Gleichgewicht zu kommen, und sieht mich an. Sie hebt das Kinn und streckt die Brust vor, stur und diesmal kein bisschen sexuell gemeint.

„Fickt euch, Bishop, du und deine heilige Freundin."

Ich mache mir nicht die Mühe, mich mit ihr zu streiten, sondern deute einfach nur auf ihren Koffer auf dem Boden. „Zieh dich an und pack deine Sachen. Du ziehst sofort aus."

„Oder was?", faucht sie.

Ich nehme mein Handy aus der Hosentasche. „In fünf Minuten rufe ich die Polizei an. Die haben bestimmt kein Problem damit, dich wegen Körperverletzung und Zerstörung von Eigentum festzunehmen. An deiner Stelle würde ich mich also beeilen."

Sie knurrt tief in der Kehle und zieht ein bitteres, hasserfülltes Gesicht. Kurz bin ich echt besorgt, was sie wohl als Nächstes anstellen wird. Glücklicherweise wendet sie sich von mir ab, murmelt Flüche vor sich hin, zieht sich an und wirft ihre Sachen in den Koffer. Das dauert sieben Minuten, aber ich will mal nicht so sein, denn immerhin gehorcht sie.

Als sie fertig ist, wartet bereits ein Uber auf sie. Ich trage sogar galant ihren Koffer und lege ihn ins Auto. Ohne ein Wort setzt sie sich auf den Rücksitz und wirft die Tür zu. Ich gehe zur Fahrerseite und die Augen des Fahrers weiten sich. Er öffnet die Scheibe.

„Kennst du mich?"

Er nickt.

Ich hole einen Fünfziger aus meiner Geldbörse und reiche ihn ihm. „Fahr sie zum Flughafen, und nur dorthin, egal was sie sagt. Verstanden?"

„Ja, Mr. Scott." Er nimmt das Geld.

„Wie heißt du?"

„Devin", sagt er. „Devin Carruthers."

„Ich lasse vier Tickets für das nächste Heimspiel am siebten für dich zurücklegen. Viel Spaß."

„Geil, Mann", sagt er mit einem breiten Grinsen.

Ich warte, bis der Wagen außer Sichtweite ist, und rufe dann zögerlich Brooke an. Sie geht nicht ran, aber eine Sprachnachricht ist nicht das Richtige. Ich rufe sie noch mal an und hoffe, dass sie es sieht und erkennt, dass es wichtig sein muss, wenn ich zweimal anrufe.

Sie geht immer noch nicht ran.

Ich gehe ins Haus und rufe den Empfang des Büros an. Eine Frau nimmt ab. Ich nehme an, es ist dieselbe, die ich kennengelernt habe, als ich Brooke zum Mittagessen abholen wollte und fast ihren Boss verdroschen hätte. Ich bitte sie um zwei Gefallen: die Tickets für Devin Carruthers zurückzulegen und Brooke zu sagen, dass sie mich zurückrufen soll. Ich sage dazu, dass es dringend ist.

Als ich die Kupfervase und die Buchstütze wieder an ihre Plätze gestellt habe, sehe ich Brookes Nummer auf dem brummenden Handy.

„Hi, Baby", sage ich mit schwerer Stimme.

„Was ist los? Bist du okay?"

„Ja, alles gut", versichere ich ihr schnell. „Aber … ähm, ich hatte ein kleines Problem hier, und ich möchte, dass du nach Hause kommst."

„Was für ein Problem?"

Ich erzähle ihr alles. Jedes widerliche Wort, das Nanette gesagt hat. Nicht, um Brooke wehzutun, sondern damit sie die Tragweite der Situation versteht. Dass diese Bitch eine Irre ist.

„Wir müssen das Schloss an deiner Haustür heute noch austauschen lassen. Das kann nicht warten. Ich rufe einen Schlüsseldienst an und bleibe hier, bis du kommst, aber du musst leider gleich herkommen. Schade, aber wir können heute nicht zusammen mittagessen."

Brooke reagiert, wie ich es erwartet habe. Nüchtern und effizient, ohne erst einmal eine Million Fragen zu stellen.

„Okay, Babe. Ich werde Charity sagen, dass ein Notfall eingetreten ist, und in zwanzig Minuten da sein."

Das ist gut. Ich bin froh, dass sie die Sache ernst nimmt, denn Nanette hat einen Hausschlüssel. Ich hätte sie danach fragen sollen, aber das bringt auch nichts. Eine Irre wie sie hätte sich leicht eine Kopie anfertigen lassen können. Es ist sicherer, das Schloss austauschen zu lassen, und wenn der Schlüsseldienst schon mal da ist, werde ich ihn noch ein paar zusätzliche Sicherheitsmaßnahmen einbauen lassen. Auch werde ich eine Firma anrufen und schauen, ob sie schnell eine Alarmanlage einbauen können. Ich zahle auch das Doppelte, wenn es sein muss.

Wenn das nicht klappt, lasse ich Brooke bei mir wohnen, bis ich wieder da bin.

KAPITEL 29

Bishop

Tacker wirkt überrascht, als ich mich ausziehe, um mich zu entspannen, nachdem ich Sport-Shorts und ein T-Shirt aus dem Koffer genommen habe.

„Wir gehen nicht mehr weg?", fragt er und greift nach seinem Rasierzeug in seiner Reisetasche.

Ich schüttele den Kopf. „Nein. Keine Lust."

Er stimmt mit einem Grunzlaut zu, zumindest interpretiere ich es so, geht ins Bad und schließt die Tür.

Ich nehme mein Handy und werfe mich aufs Bett, um Brooke anzurufen. In Phoenix ist es jetzt halb neun abends.

„Hi", sagt sie und klingt außer Atem.

„Was machst du gerade?" Ich lehne mich ans Kopfteil des Bettes und stemme die Füße auf die Matratze.

„Ich habe schon wieder den Alarm ausgelöst", sagt sie frustriert. „Ich vergesse den ständig. Eben habe ich die seitliche Tür aufgemacht, um den Müll rauszubringen, und da hat das Ding mich wieder angeschrien. Die Sicherheitsfirma rief an, und ich sagte, dass es falscher Alarm war, und ich musste denen ein Passwort sagen. Ich habe die Papiere nicht gefunden und konnte mich nicht an das Passwort erinnern. Es ist einfach … frustrierend."

Die letzten Worte klingen knapp, und ich weiß, dass sie meine Maßnahmen übertrieben findet, aber ich kann es nicht ändern. Nanette ist eine Psychopathin. Nur ungern bin ich für fast eine ganze Woche an die Ostküste geflogen und habe Brooke allein gelassen, sich gegen Nanette zu wehren, falls diese nicht nach New York geflogen ist, wie ich hoffe. Wie sie ausgetickt ist und gewalttätig wurde, war schon schlimm genug, aber sie hat meine Verführung auch kaltschnäuzig berechnet, sodass sie auch in der Lage wäre, Brooke etwas anzutun. Das Ganze ist verflucht gruselig.

„Du wirst dich daran gewöhnen", versichere ich ihr. „In ein paar Tagen wirst du wie ein Profi damit umgehen."

„Wahrscheinlich", sagt sie mürrisch, aber dann ist es, als hätte sie einen Schalter umgelegt. „Hey, du hast heute so gut gespielt! Zwei Tore und eins vorbereitet. Du bist voll in Fahrt."

Leise lachend klopfe ich mit dem Daumen auf mein Knie. „Nun ja, also … ich war heute echt gut drauf. Manchmal ist man einfach an der richtigen Position, so wie heute."

„Ich bin so stolz auf dich."

Mir wird ganz warm von dem Lob. Es bedeutet mir wirklich etwas.

„Was hast du an? Eventuell zufällig etwas Erotisches?"

„Ich könnte lügen und sagen, dass ich einen roten Spitzenbody, Netzstrümpfe und Stilettos trage.

Würde dir das gefallen?"

„Natürlich", knurre ich ins Telefon. „Aber ernsthaft … was machst du gerade?"

„Ich arbeite."

Ich höre einen Enthusiasmus in ihrer Stimme, den ich so noch nie gehört habe. Voller Tatendrang. „Erzähl mir davon", sage ich, weil ich wissen will, was mein Mädchen macht, dass sie sich so gut dabei fühlt.

Ich höre ihr zu, wie sie über eine neue Kollektion an Sportbekleidung spricht, die im Winter rauskommen soll, und dass sie mitverantwortlich ist für die Stoffe und die Produktionstermine. All diese Dinge, über die ich nie nachgedacht habe, wenn ich ein Vengeance-T-Shirt oder eine Baseballkappe trage. Wie der ganze Kram überhaupt gemacht wird. Ich finde es tatsächlich ziemlich cool.

Schließlich kommt sie zum Ende und entschuldigt sich. „Oh Mann, es tut mir leid, dich damit vollgequatscht zu haben."

„Muss dir nicht leidtun. Ich finde es interessant, das alles zu wissen. Und ich finde *dich* interessant, Brooke, also besteht kein Grund für Entschuldigungen. Erzähl ruhig weiter."

Sie wird sehr still, und ich frage mich, ob ich etwas Falsches gesagt habe.

Bevor ich nachfragen kann, sagt sie: „Ich glaube nicht, dass das hier noch eine Fake-Beziehung ist, oder?"

„Kein bisschen", stimme ich zu. Ein zufriedenes

Lächeln, das sie nicht sehen, aber wahrscheinlich in meiner Stimme hören kann, erobert mein Gesicht. „Ist das okay für dich, Baby?"

„Weißt du … ich glaub schon."

Tacker kam aus dem Bad kurz nach dem Gespräch mit Brooke. Er hat ähnlich wie ich lockere Shorts und ein T-Shirt an. Ich habe das Gespräch beendet, weil sie wirklich arbeiten muss, und ich bin erschöpft. Und Tacker sicherlich auch. Er spielte auch an seinem oberen Limit, und das nimmt einen körperlich mit, besonders kurz nach einem Spiel.

Doch er tut dies und das, sortiert Sachen in seiner Reisetasche und schreibt irgendwem hier und da Nachrichten. Ich denke mir, wenn er noch nicht schlafen will, dann kann ich auch die Gelegenheit nutzen, ihn näher kennenzulernen.

„Und wo hast du nun eine Wohnung gefunden?", frage ich, um etwas Persönliches zu sagen, was nichts mit Eishockey zu tun hat, aber dennoch nicht zu neugierig wirkt.

„Über dem Hügel. Ein Apartment", murmelt er und scrollt mit dem Daumen durch sein Handy. „Ungefähr fünf Minuten Fahrt zum Stadion."

„Cool." Ich warte, ob er sich zu mehr hinreißen lässt.

Nein.

„Hast du schon die Gegend erkundet? Brooke und ich waren Wandern im Papago-Park, das war echt großartig."

„Nee." Er sieht mich kurz an, dann steckt er das Ladekabel des Handys neben seinem Bett ein.

„Ich habe gehört, bei dir in der Nähe gibt es ein paar gute Restaurants."

„Ich gehe nicht oft essen."

Tacker schlägt seine Bettdecke zurück, setzt sich auf die Bettkante und nimmt das Smartphone wieder in die Hand. Sein Daumen wischt ein paarmal von rechts nach links. Er sagt nichts mehr und am liebsten hätte ich mit der Stirn an die Wand geschlagen.

Soeben hat er sich bei mir offiziell als persönliche Herausforderung beworben.

„Magst du mal mit mir Wandern gehen?"

„Steh ich nicht so drauf."

„Irgendwelche Hobbys?"

„Fitnesstraining."

Ich warte auf mehr. Aber da kommt nichts.

Ich nutze meine gesamte Hirnkapazität, um etwas zu finden, was ihn auf mich eingehen lässt. Oder er mich wenigstens so ansieht und so tut, als ob er sich mit einem seiner Teamkameraden befreunden möchte. Wie soll er wissen, wie das ist, wenn er es nicht einmal versucht?

Dann beschließe ich, etwas direkter zu werden.

Gewagter.

Und ausgesprochen dämlich.

„Brooke und ich hatten erst eine gefakte Beziehung, damit mich ihr Vater nicht umbringt, weil ich einen One-Night-Stand mit seiner Tochter hatte", stoße ich hervor und betrachte Tacker genau.

Er hebt den Kopf und starrt mich mit geweiteten Augen an. „Sag das noch mal."

Ich nicke. „Ich habe sie an dem Abend, bevor das Trainingslager anfing, in einer Bar aufgerissen. Wir hatten einen One-Night-Stand, und am nächsten Morgen fand ich es bescheuert, gegangen zu sein, ohne ihren vollen Namen und ihre Nummer zu kennen. Dann habe ich sie im Stadion getroffen und dachte so: ‚Heilige Scheiße! Pass auf, Bishop, solche Zufälle passieren immer aus einem Grund.‘ Aber dann hat uns ihr Dad erwischt, als wir in ihrem Büro rumgemacht haben, und ist ausgerastet."

Ich mache eine effektvolle Pause und Tacker hört mir immer noch interessiert und intensiv zu.

Ich plappere weiter. „Und dann hat Brooke schnell behauptet, dass wir uns schon seit ein paar Monaten heimlich treffen und dass wir verlobt sind."

„Warum hat sie das gemacht?"

Seine Nachfrage gibt mir Hoffnung.

„Sie hatte Angst, dass er es beim Training an mir auslassen würde, oder dass es sogar meiner Position im Team schaden könnte." Dass ihre Sorge auf dem kürzlichen Verlust ihrer Mutter begründet war, lasse ich aus, denn das würde ihn nur an seinen eigenen Verlust erinnern.

Tacker nickt verstehend, aber meine Story scheint doch nicht interessant genug zu sein, denn er betrachtet wieder sein Handy.

„Und als wir öfter zusammen waren und die Lüge aufrechterhalten haben, stellten wir fest, dass wir uns wirklich mögen."

Fuck, das klingt total lahm. Wie etwas, das ich in der Grundschule zu meinen geekigen Loser-Freunden sagen würde. Tacker wirft mir einen Blick zu, lächelt halb und betrachtet wieder sein Handy.

Ich seufze und gebe mich innerlich fast geschlagen, da sieht er mich wieder an. „Warte mal kurz ... die Verlobung ist also nur gespielt? Ich habe gehört, dass du Brooke einen Ring geschenkt hast."

Jawoll! Wir führen ein Gespräch. Es ist, wie eine zarte Flamme zu füttern, mit einem Stöckchen nach dem anderen. Ich biete ihm Informationsfetzen und hoffe, sein Interesse zu wecken, sodass er darauf eingeht. „Der Ring gehört meiner Mutter. Es war ihre Idee."

„Ich bin verwirrt. Seid ihr zwei jetzt echt zusammen oder nicht?"

„Oh ja, total echt", sage ich überzeugt.

„Und jetzt bleibt ihr einfach verlobt?" Er runzelt die Stirn.

„Das glaube ich nicht." Ich fahre mir mit den Fingern durch die Haare. „Der Plan war, das mit der Verlobung zu machen, damit ich den Coach aus dem Nacken kriege. Er hat mir befohlen, endlich Nägel mit Köpfen zu machen oder mich zu verziehen. Also dachte ich mir, wir feiern eine gefälschte Verlobung, lassen Gras über die Sache wachsen, und irgendwann werden wir uns so trennen, dass es keiner der beiden Seiten schadet."

Tacker sieht mich leicht finster an. „Das ist die blödeste Idee, die ich je gehört habe."

„Ohne Scheiß. Das hat meine Mom auch gesagt."

Und das bewirkt endlich etwas. Seine Mundwinkel heben sich. Wahrscheinlich sehe ich ihn jetzt zum ersten Mal lächeln – außer wenn die Vengeance ein Tor machen, und selbst dann wirkt es immer gezwungen.

Tacker schüttelt den Kopf, und ich wage, zu behaupten, auf amüsierte Weise. „Wenn das rauskommt, bist du so was von im Arsch."

„Du wirst es aber niemandem verraten, oder?"

„Nein", sagt er mitfühlend.

Das überrascht mich nicht. Ich weiß, dass Tacker nicht der Typ ist, Geheimnisse auszuplaudern und sich in Tratsch zu ergehen. Schließlich spricht er sowieso mit keinem, also ist klar, dass meine Geschichte bei ihm sicher aufgehoben ist.

Er legt sein Handy auf den Nachttisch und steht auf. „Ich gehe pennen. Bin total fertig."

„Okay", stimme ich zu, und während er zur Tür geht und das Bitte-nicht-stören-Schild raushängt, blicke ich zu seinem Handy. Das Display zeigt ein Foto von ihm mit einer schönen, blonden Frau; Wange an Wange strahlen sie in die Kamera.

Seine verstorbene Verlobte.

Er hat wohl durch Fotos von ihr gescrollt.

Tacker geht an seine Reisetasche und nimmt ein T-Shirt heraus. Auf dem Rücken hat er eine lange Narbe, die diagonal vom Schulterblatt bis zur Hüfte verläuft. Ich sehe sie nicht zum ersten Mal, weil er in der Spielerkabine oft oben ohne herumläuft.

Ich nehme an, dass sie von dem Flugzeugabsturz stammt, aber ich werde ihn auf keinen Fall mehr direkt auf etwas Persönliches ansprechen. Unsere Freundschaft steht noch auf wackeligen Beinen, ist noch so neu, dass ich nicht einmal weiß, ob es überhaupt eine ist.

Gern würde ich ihm sagen, wie leid mir sein Verlust tut, doch diese Worte kommen mir viel zu banal vor. Ich bin ziemlich überzeugt, wenn ich seine verstorbene Freundin oder den Unfall erwähne, wird es die Möglichkeit einer Freundschaft zwischen uns schlagartig zerstören. Tacker muss selbst entscheiden, wann er darüber reden will. Und ich schätze, das wird irgendwann um den Zeitpunkt *nie* sein.

KAPITEL 30

Brooke

Ich überlege kurz, während ich Charity eine E-Mail schreibe, hänge an einer Formulierung fest, als ich von einem Klopfen an der Tür erschreckt werde. Ich sehe auf, und da steht Hannah, die Empfangssekretärin. Wir haben uns schon ein paarmal im Pausenraum unterhalten und sie ist echt lieb.

„Hi, Brooke", sagt sie mit leicht bebender Stimme und händeringend.

„Was gibt's?", frage ich locker, aber ein eisiges Gefühl macht sich in mir breit.

„Ähm … Mr. Carlson ist da und sitzt in Mr. Rutherfords Büro. Er hat nach dir gefragt und hat einen Anwalt dabei."

Kurz wird mir schwindelig. Der Boss, Christian Rutherford, ist mit dem Team in Pittsburgh. Heute Abend um sieben, was zu unserer Zeit vier Uhr nachmittags ist, spielen sie gegen die Titans. Ich habe vor, es mir beim Arbeiten auf dem Computer anzusehen.

Zumindest ist das mein Plan. Ich weiß nicht, was hier vor sich geht, aber wegen Hannahs Ausstrahlung fühle ich mich nicht wohl. Die Tatsache, dass der Besitzer der Vengeance, der in Los Angeles lebt, hier mit einem Anwalt auftaucht, ist doch etwas beunruhigend.

„Weißt du, warum er mich sprechen will?", frage

ich zögerlich. Eigentlich will ich es wissen, aber auch wieder nicht.

Sie schüttelt den Kopf, beugt sich weiter in mein Büro hinein und senkt die Stimme. „Ich habe gehört, dass sie über eine Klage geredet haben, aber nicht, worum es geht."

Eine Klage? Was zum Geier …?

Ich stehe auf, und es stört mich, dass meine Beine zittrig sind. Während ich Hannah in den Bereich des Managements folge, wische ich mir die verschwitzten Handflächen an meinem Rock ab. Ich nehme an, dass es sich gehört, dem Besitzer die Hand zu geben, anstatt seinen Ring zu küssen, und da möchte ich keine ekligen Hände haben.

Hannah bleibt an ihrem Empfangstisch stehen und lächelt mich aufmunternd an. „Viel Glück."

Ich zerbreche mir das Gehirn, um zu ergründen, worum es gehen könnte, während ich auf Christians Büro zugehe. Mein einziges Vergehen ist, den Leuten in dieser Organisation eine Beziehung mit Bishop vorgemacht zu haben, und das ist nichts Kriminelles und schon gar keine Klage wert. Am meisten belogen haben wir meinen Vater, und der würde mir nichts dergleichen antun.

Ich wünschte, ich könnte in einem der leeren Büroräume verschwinden und schnell Bishop anrufen. Er würde mich beruhigen. Würde mir sagen, dass ich erhobenen Hauptes da reingehen soll. Aber ich kann ihn damit nicht belästigen. Nicht, wenn er sich voll auf ein Spiel konzentrieren muss, anstatt sich um mich zu sorgen. Er fehlt mir so sehr, und es sagt echt viel aus, dass ich mich an ihn wenden will, wenn ich mich unsicher fühle.

Stattdessen setze ich einen Fuß vor den anderen und gehe wie auf rohen Eiern zum Büro des Managers.

Durch die Scheibe sehe ich, wie Mr. Carlson mit dem Handy am Ohr hinter dem Schreibtisch auf und ab läuft. Er ist einer dieser Menschen, die mit den Händen reden, sodass seine freie Hand wild gestikuliert.

Er ist ein wahnsinnig gut aussehender Mann. Seltsam, dass mir das überhaupt auffällt. Ich habe bisher nur Fotos von ihm gesehen, die ihm allerdings nicht gerecht werden. Er sieht aus wie das Klischee eines tollen Mannes. Groß, dunkel, ebenmäßige Züge, rabenschwarzes Haar und noch dunklere Augen. Er wirkt mysteriös und gefährlich, und ich glaube, mir wird gleich übel.

Ein anderer Mann sitzt an einem runden Tisch nahe dem Fenster. Er beugt sich über Papiere. Er ist klein, gedrungen, kahlköpfig und hat die runden Augen eines Haifischs. Er hebt den Kopf, als hätte er mich kommen gespürt, und winkt Mr. Carlson, um dessen Aufmerksamkeit zu erlangen. Durch die offene Tür deutet er auf mich. Mr. Carlsons Lippen werden zu einer dünnen Linie, als er mich sieht.

Als ich vor dem Büro ankomme, bin ich ziemlich sicher, einen Infarkt zu erleiden, weil mein Herz so rast. Ich wische mir noch einmal die Hände am Rock ab und trete ein.

Mr. Carlson legt das Handy auf den Tisch, sein finsterer Ausdruck verschwindet und er sieht mich mit einem strahlenden Lächeln an. „Miss Perron", sagt er, geht um den Tisch herum und streckt mir seine Hand entgegen. Scheiße, ich hoffe, meine Hände sind trocken genug. „Ich freue mich, dass Sie so schnell kommen konnten."

Ich spüre meine klammen Hände im Gegensatz zu seinen warmen und trockenen. Er geht nicht auf meinen Schweiß ein, lässt meine Hand los und zieht an dem runden Tisch einen Stuhl für mich hervor.

Dankbar setze ich mich, bevor ich fallen kann, weil meine Knie nachgeben.

Als Mr. Carlson mir gegenüber sitzt, kann ich mich nicht zurückhalten. „Bin ich in Schwierigkeiten?"

Überrascht blinzelt er und sein Blick wird mitfühlend. „Nein, keineswegs, aber es gibt etwas Beunruhigendes, über das wir mit Ihnen sprechen müssen. Und ich heiße Dominik. Nicht Mr. Carlson."

Auf keinen Fall kann ich ihn so nennen, also vermeide ich die Anrede. „Wie kann ich Ihnen helfen?" Ich bin von mir selbst beeindruckt, dass meine Stimme so fest ist, nachdem ich jetzt weiß, dass ich nicht in Schwierigkeiten bin.

Dominik – in meinen Gedanken kann ich ihn wohl so nennen – nickt dem Mann zu, der anscheinend der Anwalt ist. Seine Augen haben definitiv etwas Hai-Artiges.

„Das ist Fred Gruber. Er ist der lokale Anwalt der

Organisation."

„Hallo", sage ich höflich.

Mr. Gruber nickt mir zu und sein intensiver Blick ärgert mich so langsam.

„Brooke", sagt Dominik, damit ich ihn wieder ansehe. Das tue ich. „Wir haben heute eine Klage von Nanette Pearson erhalten."

„Wie bitte?" Ich schnappe nach Luft.

„Ich habe gehört, dass sie eine Freundin von Ihnen aus New York ist und bei Ihnen zu Besuch war, korrekt?"

Ich nicke dümmlich, unfähig, Worte zu formen.

„Sie hat die Organisation wegen sexueller Belästigung verklagt", sagt Mr. Gruber und hält eins der Schriftstücke hoch, die vor ihm liegen. „Sie beschuldigt Sebastian Parr, Dax Monahan und Erik Dahlbeck."

„Was?" Wieder schnappe ich nach Luft und klinge diesmal leicht hysterisch. „Ich verstehe das nicht."

„Wir auch nicht", sagt Mr. Gruber knapp. „Deshalb möchten wir wissen, was Sie darüber wissen. Da Sie sozusagen dazwischen stehen, dachten wir, es ist weniger stressig für Sie, wenn wir uns erst einmal informell mit Ihnen unterhalten, bevor Sie eine gerichtliche Vorladung bekommen."

„Fred", rügt Dominik den Anwalt mit warnender Stimme.

Wahrscheinlich, weil er so aggressiv vorgeht. Verstehe. Die beiden spielen guter Bulle, böser Bulle mit mir.

„Brooke, wir müssen wirklich alle Fakten kennen, um unsere Spieler und Mitarbeiter vor dieser Klage zu bewahren", sagt Dominik freundlich.

Ich nicke, verstehe langsam, aber werde gleichzeitig innerlich wie betäubt. Von den Haarwurzeln bis zu den Zehen.

„Mr. Carlson", sage ich trotz der trockenen Kehle.

„Dominik", korrigiert er.

Ich schlucke schwer und nicke, versuche, meine Stimmbänder zu ölen. „Dominik … natürlich werde ich helfen, wo ich nur kann …"

„Das ist noch nicht alles", unterbricht Fred, und ich sehe ihm an, dass er es kaum abwarten kann, mir das Nächste ins Gesicht zu schleudern. „Miss Pearson hat die Story an die Presse gegeben. Und sie behauptet, dass Ihre Beziehung zu Bishop Scott eine Lüge ist und dass Sie heimlich eine Affäre mit Sebastian Parr haben, was auch der Grund dafür ist, dass Sie diese Stelle bekommen haben."

Der Raum beginnt, sich zu drehen, ich kann kaum noch Dominiks Stimme hören, der alarmiert meinen Namen ruft. Ich schlage mit der Hand auf den Tisch, um den Schwindel zu stoppen, was überraschenderweise funktioniert. Ich sehe Dominik an und sage heiser: „Das ist nicht wahr. Dass ich eine Affäre mit Sebastian habe."

„Ich glaube Ihnen", sagt er sofort. „Und zwar … Sebastian hat Christian Rutherford berichtet, dass er letzte Woche ein Bewerbungsgespräch mit Miss Pearson hatte. Danach ist er sofort zu Christian gegangen und war entsetzt, dass sich Miss Pearson ihm sexuell genähert hat. Er wollte das sofort offiziell melden."

„Und glauben Sie ihm?", frage ich, auch wenn es frech sein mag. Ich muss wissen, wie Dominik zu der Sache steht, denn seine Meinung spielt die größte Rolle.

„Christian hat ihm komplett geglaubt", sagt Dominik neutral. „Und ich muss Christian vertrauen. Warum? Zweifeln Sie daran?"

„Nein. Nanette hat mir nach dem Bewerbungsgespräch erzählt, dass sie mit ihm aus freien Stücken … ähm … Oralsex hatte, weil er es wollte. Mich hat etwas daran gestört. Ich weiß nicht genau, ich war nicht sicher, ob sie die Wahrheit sagt, es erschien mir einfach zu weit hergeholt. Verstehen Sie?"

„Wir glauben, dass Miss Pearson lediglich schnelles Geld machen will", sagt Fred Gruber gereizt. „Ich glaube, dass sie ihre schmutzige Wäsche wäscht, um sich selbst interessanter zu machen und die Aufmerksamkeit auf sich zu ziehen. Um uns sozusagen von innen heraus zu schaden."

Ich sehe Dominik an. „Mr. Carlson …"

„Dominik."

„Dominik", sage ich genervt. „Ich schwöre Ihnen, dass ich keine Affäre oder ähnliche Beziehung mit Sebastian habe. Und ja, meine Beziehung mit Bishop begann aus persönlichen Gründen nicht auf die übliche Weise, und das geht absolut niemanden etwas an, aber jetzt ist sie echt."

„Das geht mich wirklich nichts an", sagt er gelassen und lächelt mich versichernd an. „Aber wir müssen das Thema der Presse gegenüber behandeln. Dabei ist die Wahrheit immer der beste Weg. Sie können genau dieses Statement abgeben, ohne weitere Erklärungen. Das Thema wird schnell vom Tisch sein und eher früher als später zu den Nachrichten von gestern gehören.“

Ich nicke und mir ist übel. Dad wird erfahren, dass ich ihn angelogen habe, und egal wie gut meine Absichten waren, es wird ihn tief verletzen. Das hier wird Marianne beschämen, die so nett zu Bishop und mir ist und uns nur helfen will. Es wird eine Schande über die Organisation bringen, die ihren Erfolg als Team überschatten wird.

Und das alles nur meinetwegen.

„Das ist alles meine Schuld“, sage ich leise und drehe Mariannes Ring an meinem Finger.

„Nein, ist es nicht“, sagt Dominik.

„Doch.“ Ich sehe zu ihm hoch. „Das wäre alles nicht passiert, wenn ich meinem Vater von Anfang an die Wahrheit gesagt hätte.“

Dominik schüttelt den Kopf. „Das hätte nichts an Nanettes Verhalten geändert …“

„Doch.“ Ich beuge mich vor. „Ich habe Nanette mit ins Spiel gebracht, als sie mich besuchen kam, denn sie wusste, dass ich Bishop nicht schon so lange kenne, wie wir behauptet haben. Und damit hatte sie Macht über mich. Deshalb habe ich sie so lange bei mir wohnen lassen und gab ihr noch die Möglichkeit, Leute aus der Organisation kennenzulernen, sodass sie ihre Intrige überhaupt erst spinnen konnte. Das geht alles auf mein Konto, von daher reiche ich hiermit meine Kündigung ein."

„Dafür bin ich nicht zuständig ...", beginnt Dominik.

„Sie sind der Besitzer", werfe ich ein und bin jetzt nicht mehr von ihm eingeschüchtert. Wovor soll ich mich jetzt noch fürchten? Es ist sowieso alles aus. „Niemand ist qualifizierter, meine Kündigung entgegenzunehmen."

„Brooke", sagt er scharf, sodass ich doch leicht zurückzucke. Er klingt kommandierend, leicht überheblich und ein bisschen bedrohlich. „Sie haben nichts falsch gemacht und das Ganze nicht verursacht. Auf keinen Fall akzeptiere ich Ihre Kündigung. Ich bitte Sie, darüber nachzudenken. Nehmen Sie sich ein paar Tage frei, wenn nötig, aber überdenken Sie erst alles. Das ist keine Bitte, sondern eine Order."

Es ergibt keinen Sinn, sich mit ihm zu streiten. Er will mich überreden, aber er kann mich nicht an der Kündigung hindern. Doch das lasse ich für den Moment ruhen. Stattdessen lächele ich ihn gelassen an und überrasche mich selbst mit meiner inneren Ruhe. „Sie haben gesagt, dass Sie mir Fragen stellen wollen, weil sie wissen wollen, was ich weiß. Können wir das jetzt bitte hinter uns bringen? Und wenn es okay ist, würde ich mir tatsächlich eine Weile freinehmen und über alles nachdenken."

Dominik wirkt nicht überzeugt, sondern eher besorgt. Doch er nickt. „Natürlich … bringen wir es hinter uns. Ich weiß, dass dies ein Schock für Sie sein muss, und sicher wollen Sie von hier verschwinden.“

In den nächsten zwei Stunden beantworte ich sämtliche Fragen von Mr. Gruber. Dominik fragt mich nichts, aber immer, wenn ich es wage, ihn anzusehen, lächelt er mich aufmunternd an. Was Milliardäre angeht, ist er ziemlich cool.

Als Fred endlich keine Frage mehr einfällt, stelle ich selbst eine. „Und was machen Sie jetzt? Werden Sie Nanette Geld bezahlen? Ihr geben, was sie verlangt?“

Dominik zuckt mit den Schultern. „Manchmal ist das die effizienteste Methode. Es beendet die Sache schnell.“

„Aber sie lügt“, ereifere ich mich. „Sie hat sich selbst an Dax und Erik rangeschmissen. Die beiden haben nichts Falsches getan, und das mit Sebastian ist auch erfunden. Dafür dürfen Sie sie nicht bezahlen.“

„Das ist nicht Ihr Problem“, sagt Fred abweisend und sammelt seine Papiere ein. Er eilt zur Tür und dreht sich noch einmal um. „Hinterlassen Sie uns Ihre aktuellen Kontaktdaten. Sie sind eine wichtige Zeugin, Miss Perron.“

„Natürlich“, sage ich völlig kraftlos.

„Alles in Ordnung?“, fragt mich Dominik.

Ich nicke und erhebe mich vom Stuhl. Mein Rücken schmerzt. Mein Kopf schmerzt. Mein verdammtes Herz schmerzt.

„Morgen komme ich nicht ins Büro“, sage ich ohne Umschweife. „Ich würde mir gern ein paar Tage Urlaub nehmen. Wahrscheinlich werde ich Freunde in New York besuchen.“

„Meinen Sie, dass Sie wieder zurückkommen werden?“, fragt er ebenso direkt.

Ich antworte nicht, drehe Mariannes Ring an meinem Finger und ziehe ihn aus. Ich reiche ihn Dominik, der ihn ohne zu zögern entgegennimmt. „Würden Sie bitte darauf aufpassen und dafür sorgen, dass Bishop ihn bekommt? Der Ring gehört seiner Mutter.“

Dominiks Lächeln wirkt traurig. Als ob er den Tod von etwas Schönem miterlebt. „Natürlich.“

„Vielen Dank.“ Ich gehe aus der Tür.

KAPITEL 31

Es ist still im Flugzeug. Die meisten der Jungs nutzen den Fünfstundenflug von DC nach Phoenix, um in den luxuriösen Liegesitzen zu schlafen. Bestimmt schlafe ich auch gleich ein, denn es ist fast Mitternacht und ich bin mehr als erschöpft, doch momentan bin ich beim dritten Bourbon, denn ich kann mein Hirn nicht abschalten.

„Möchtest du etwas essen?", fragt Blue neben mir im Gang.

Ich blicke vom Fenster an Erik vorbei, der neben mir sitzt, und zu der heißen Stewardess. Wir haben schon lange vereinbart, uns beim Vornamen zu nennen.

„Nein danke." Ich trinke mein Glas aus. Die Eiswürfel klimpern, als ich es ihr reiche. Vorsichtig beugt sie sich über Erik und nimmt es mir ab. „Aber noch so einen, bitte."

„Natürlich", sagt sie und will gehen.

Erik ruft ihr hinterher: „Aber ich hätte gern etwas zu essen."

Sie ignoriert ihn und verschwindet in der Bordküche.

„Gib's auf", rate ich ihm. Als wir uns auf diese Vier-Spiele-Reise begaben, hat Erik den Fehler gemacht, Blue eine ‚Nacht voller wilder Leidenschaft' anzubieten oder etwas ähnlich Blödes. Es war hirnlos und Blue hatte nur mit den Augen gerollt. Und dann hat sich Erik gründlich verschätzt, obwohl er natürlich nur Spaß machen wollte; doch Blue war nicht amüsiert, als er sagte: „Komm schon, Blue, du siehst aus wie ein Party Girl. Geh mit mir Party feiern, wenn wir in New York gelandet sind."

Anscheinend mag Blue es nicht, ein Party Girl genannt zu werden. Denn sie beugte sich zu ihm und zischte laut genug, dass Erik, Legend, Dax und ich es hören konnten: „Wage es nicht, mich noch mal so zu nennen."

Der arme Kerl war überrumpelt, versuchte aber, sein Gesicht zu wahren. „Das ist also ein Nein?", fragte er.

Blues Kampfgeist war allerdings bereits erschöpft. Sie richtete sich lediglich auf und sah herablassend auf hin hinunter. „Da müsstest du schon ungefähr zwanzig Jahre reifer werden, bevor ich das in Erwägung ziehen würde, du Kleinkind."

Dax und ich begannen leise zu lachen, aber Legend sprach es aus: „Oh Junge, du hast grade den Arsch versohlt bekommen."

Seitdem hat Blue Erik stur ignoriert und ihn auch nicht bedient. Also kommt jetzt eine andere zu ihm und fragt: „Blue hat gesagt, du möchtest etwas essen?"

„Nein." Er winkt ab. „Habe es mir anders überlegt."

Die Stewardess grinst nur, denn sie weiß, was zwischen ihm und Blue abgeht. Alle in diesem Flieger wissen es.

Völlig unbeeindruckt dreht Erik den Kopf und sieht mich an. „Alles klar, Dude? Ich weiß, dass die sprichwörtliche Kacke sprichwörtlich am Dampfen ist, aber das wird alles bald vergessen sein."

„Ja, ich weiß", murmele ich.

Dennoch genügt diese Erkenntnis nicht, dass mein Unwohlsein im Magen und das Gewicht auf meiner Brust vergehen. Heute Morgen bekam ich Besuch von Christian Rutherford in meinem Hotelzimmer. Er bat mich raus auf den Flur, und dann hat er mich buchstäblich umgehauen.

Anscheinend sind die Dinge in der Organisation gestern aufgeflogen. Sie wurde von Nanette angezeigt wegen sexueller Belästigung, was vor allem Dax, Erik und Sebastian betrifft. Und Nanette hat der Presse verraten, dass Brooke und ich keine echte Beziehung haben. Christian sagte, dass es zuerst gestern Abend in den Lokalnachrichten war und heute früh auch in den nationalen, und mir wurde übel.

Ehrlich gesagt ist mir das mit der sexuellen Belästigung schnuppe. Es ist erstunken und erlogen und alle wissen es. Christian sagte, dass Dominik Carlson kein bisschen beunruhigt ist, also bin ich es auch nicht.

Aber verdammt, ich mache mir Sorgen um Brooke. Christian sagte, dass Dominik mit ihr gesprochen und ihr versichert hat, dass sich die Sache nicht auf ihren Job auswirken wird.

Aber ich kenne Brooke.

Sie wird es persönlich nehmen. Ich wette sogar,

dass sie die Schuld an dieser Klage auf sich nimmt. Seit Beginn des ganzen Fiaskos hat sie immer Schuldgefühle auf ihren zarten Schultern lasten gehabt. Auch wenn sie aufgehört hat, es mir ständig zu sagen, sah ich es in ihren Augen.

Was mich so unruhig macht und am Schlafen hindert, ist die Tatsache, dass ich noch nicht mit ihr reden konnte. Heute Morgen nach dem Gespräch mit Christian habe ich sie nicht angerufen, weil es da erst vier Uhr morgens bei ihr war. Also schickte ich ihr nur eine Nachricht.

Hi, Baby. Christian hat mir alles erzählt. Ich verspreche dir, dass alles gut werden wird. Ruf mich an, sobald du kannst.

Ich hoffte, dass ihr das genug Vertrauen geben würde, wenn sie aufwacht und ihren Tag beginnt.

Aber sie hat mich nicht angerufen.

Und mir auch keine Nachricht geschickt.

Den ganzen Tag kam kein Ton von ihr. Obwohl ich immer wieder zwischendurch versucht habe, sie anzurufen, und ihr Nachrichten schrieb.

Der Tag war voll mit morgendlichem Training auf dem Eis, Essen mit dem Team, Warmlaufen, Physiotherapie und Meetings für das Spiel am Abend, doch ich war davon ausgegangen, ein paar Minuten Zeit für Brooke zu haben.

Als ich dann in voller Montur für das Spiel war, sah ich mich gezwungen, Coach Perron zur Seite zu nehmen und ihn zu fragen. Er hat den Shitstorm mitbekommen, genau wie das ganze Team, denn Christian hatte beim Morgentraining ein offizielles Statement dazu abgegeben. Bezogen auf Brooke und mich, sagte er lediglich: „Sicher habt ihr alle gelesen, was ich als Klatschpresse-Futter bezeichne. Das ist einzig und allein Brooke Perrons und Bishop Scotts Sache. Und falls oder wenn sie bereit sind, etwas dazu zu sagen, werden sie es sicher tun."

In dem Moment war ich noch nicht dazu bereit, denn ich wollte erst mit Brooke reden.

Allerdings nahm ich mir die Zeit, Erik und Legend aufzuklären. Neben Dax waren sie gute Freunde geworden und hatten das Recht, Bescheid zu wissen. Beide versicherten mir, das nicht schlimm zu finden und hinter mir zu stehen. Das war das Einzige, das meine Stimmung heute etwas anheben konnte.

Als ich mit dem Coach sprach, hatte ich die Hoffnung, dass er mich irgendwie beruhigen könnte. Ein einfaches „Ich habe mit Brooke gesprochen und sie ist okay" hätte mir vollkommen gereicht.

Stattdessen blickte er mürrisch und fuhr mich an: „Bin nicht in der Stimmung, mit dir zu reden, Scott."

„Aber …"

„Kein Wort mehr." Drohend hob er den Finger und deutete auf mich. „Kein. Einziges. Wort!"

Ich klappte den Mund zu und war frustriert, dass er mir nicht helfen würde.

Blue bringt mir noch einen Bourbon. Wieder fragt sie, ob ich etwas essen möchte. Ich weiß nicht genau, ob sie gehört hat, was vor sich geht, doch ich gehe davon aus, denn sie sieht mich mitfühlend an und wirkt übermäßig um mich besorgt, wie eine Mutter.

Erik bittet sie um eine Flasche Wasser und sie ignoriert ihn.

Ich schaue nur aus dem Fenster, auf die dunklen Flecken da unten, während die Welt schläft, unterbrochen von Lichterteppichen, wenn wir über Städte fliegen. Ich fliege gern nachts, denn die funkelnden Lichter haben etwas Festliches.

Aber heute bedeuten sie mir nichts.

Als wir in Phoenix landen, habe ich Gott sei Dank den Alkohol weggeschlafen. Ich greife nach meinem Rucksack, in dem sich Laptop, Tablet, Ladekabel, Kopfhörer, das Nackenkissen und andere Reisegegenstände befinden, winke Blue zum Abschied zu und jogge die Treppe hinunter auf die Rollbahn.

„Bis später, Dude", sagt Erik, als ich zur Seite trete und warte.

Dax und Legend kommen sofort hinterher. Wir stoßen unsere Fäuste aneinander.

Tacker hebt kurz das Kinn.

Spieler nach Spieler kommt aus dem Flugzeug, zusammen mit den Coaches und anderen Mitarbeitern.

Und dann kommt Coach Perron die Treppe herunter. Als er fast unten ist, sieht er mich daneben stehen und presst die Lippen zu einer Linie zusammen.

Sobald er den Asphalt betritt, sage ich: „Coach, ich muss kurz mit dir reden.“

„Ich habe keine Zeit zum Reden“, knurrt er aus einem Mundwinkel.

Er macht einen Schritt und ich packe ihn an der Schulter. Nicht sehr fest, nur, um seine Aufmerksamkeit zu bekommen. Ich spreche nicht extra leise, und mir ist egal, wer zuhört. „Bei allem Respekt, es geht um deine Tochter, und da solltest du dir die Zeit nehmen.“

Er starrt mich finster an.

„Sir“, füge ich hinzu.

Der Coach seufzt resigniert und ich folge ihm ein paar Schritte in eine ungestörte Ecke. Obwohl ich am liebsten sofort fragen würde, wie es Brooke geht, beginne ich dort, wo ich sollte. „Ich möchte mich für meine Lügengeschichte entschuldigen.“

„Du meinst sicher *unsere* Lügengeschichte, oder?“ Seltsamerweise wirkt er nicht sehr sauer darüber. Ist er etwa … amüsiert?

„Okay“, sage ich vorsichtig, denn er hat mich aus der Bahn geworfen, „unsere Lügengeschichte. Brooke hat sich solche Sorgen um dich gemacht, dass sie dachte, sie tut das Richtige, indem sie dich glauben ließ, wir hätten eine Beziehung.“

Der Coach wirft einen Blick auf den Flieger, aus dem die Nachzügler aussteigen, und sieht mich dann wieder an. Er macht einen Schritt auf mich zu und sieht mir in die Augen. „Ich verrate dir jetzt ein kleines Geheimnis. Brooke und du habt niemanden getäuscht. Zumindest nicht mich. Vielleicht konntet ihr andere an der Nase herumführen, aber als sie mir erzählt hat, dass ihr zwei zusammen seid, habe ich gleich gewusst, dass es reiner Blödsinn war."

„Wie bitte?", frage ich erstaunt.

„Glaubst du wirklich, ich kenne meine eigene Tochter nicht, Scott?" Dass er mich immer noch beim Nachnamen nennt, zeigt mir, dass er dennoch immer noch sauer ist. „Meinst du wirklich, dass diese liebe und besorgte Frau, die sich nach dem Tod ihrer Mutter so rührend um mich gekümmert hat, mir vormachen kann, sich mit jemandem getroffen zu haben, ohne dass ich es gemerkt hätte? Besonders, wenn sie entweder gearbeitet hat oder bei mir war? Ich habe Brooke sofort durchschaut."

„Und warum hast du uns nicht auffliegen lassen?"

Der Coach wendet kurz den Blick ab; ich glaube, damit ich die Traurigkeit in seinen Augen nicht sehe. Als er mich wieder ansieht, hat er sich zusammengenommen, aber seine Worte sind dennoch voller Emotionen. „Weil etwas in ihrem Gesicht war, als ich ins Büro kam und euch so eng zusammen gesehen habe, was ich schon lange nicht mehr gesehen hatte. Glück. Ich war so in meiner Trauer versunken gewesen, dass ich Brookes Leben angehalten habe, während sie mich da rauszog. Ich habe sie ausgenutzt. Und da dachte ich mir, warum nicht einfach mitspielen bei dieser Scharade? Es war offensichtlich, dass sie dich mag. Und es war auch eine spannende Sache, zu sehen, ob ihr mich reinlegen könnt, oder?"

„Ähm … ja." Ich habe keine Ahnung mehr, was richtig und was falsch ist. „Aber warum hast du so auf eine Verlobung gedrängt? Das war ziemlich krass."

„Es hat mir Spaß gemacht", gibt er offen zu. „Als Vater ist es mein Vorrecht, euch etwas ins Schwitzen zu bringen, dafür, dass ihr überhaupt auf die Idee gekommen seid, mich zu verarschen. Nimm es als meine Rache für die ganze Lüge. Da fällt mir ein, dass es mir leidtut, dass du einen Ring kaufen musstest."

„Musste ich nicht. Er gehört meiner Mom. Sie hat ihn uns dafür geliehen."

Kurz huscht Staunen durch seinen Blick, aber dann ist es schon wieder verschwunden. Das scheint für ihn keine Rolle zu spielen.

„Wenn du Bescheid weißt, darf ich fragen, warum du dann wütend auf mich bist?"

„Weil der ganze Scheiß jetzt an der Öffentlichkeit ist, und daran bist du mit schuld. Natürlich auch Brooke, und mit ihr bin ich auch nicht gerade glücklich, aber ich mache mir auch Sorgen um sie, was dazu führt, auf dich ein bisschen mehr wütend zu sein. Außerdem bist du gerade der Einzige in der Nähe, an dem ich meine Wut auslassen kann. Ich habe keine Ahnung, ob du mit den Gefühlen meiner Tochter spielst oder nicht."

„Ich kann dir versichern, dass ich das nicht tue. Wir haben das zwar aus anderen Gründen angefangen, aber es ist zu etwas anderem geworden. Deine Tochter bedeutet mir sehr viel. Daran ist nichts gelogen oder vorgegeben, und das werde ich auch Brooke sagen, sobald ich mit ihr reden kann. Ich bin schon auf dem Weg zu ihr."

„Kannst du dir sparen", sagt der Coach, und ich befürchte, dass er mir jetzt verbieten wird, seine Tochter zu treffen. „Sie ist in New York."

„Was?", rufe ich aus. Ich bin entsetzt, dass sie in einem anderen Staat ist und ich sie nicht treffen kann, und wütend, weil er das weiß und ich nicht. „Wann ist sie denn hingeflogen?"

„Gestern Abend." Ich höre das Mitgefühl in seiner Stimme. „Sie wollte dem Fiasko entkommen, besonders, als es in den Nachrichten kam. Sie bat mich, es dir nicht zu sagen, denn sie wollte dich vor dem Spiel nicht durcheinanderbringen. Sie wollte, dass du gut spielen kannst, und ich finde, damit hatte sie recht."

„Dann nehme ich den nächsten Flug nach New York."

„Wir haben aber am Samstag ein Heimspiel."

Daran muss er mich nicht erst erinnern. Jetzt ist Donnerstagmorgen, und mir ist klar, dass es eng wird. „Bis dahin sollte ich wieder hier sein, aber nur, wenn deine Tochter mit im Flieger sitzt. Wenn nicht, dann musst du mich auf die Liste der Verletzten setzen. Mein Oberschenkelmuskel meldet sich in letzter Zeit."

Der Coach schnaubt und schüttelt den Kopf. „Du weißt schon, dass du nicht einfach ein Spiel schwänzen kannst, nur weil du wegen einer Frau durchs ganze Land fliegst."

„Nicht wegen irgendeiner Frau. Es geht um Brooke. Und auch wenn sie deine Tochter ist, habe ich mich in sie verliebt, und daher ist sie momentan wichtiger als Eishockey."

Der Coach hebt die Mundwinkel und dann wird ein breites Grinsen daraus. In seinen Augen glänzen Zufriedenheit, Stolz und Erleichterung. „Dann mach, dass du schleunigst an das andere Terminal kommst, und buch dir einen Flug."

„Schon dabei", sage ich und reiche ihm die Hand. Er schüttelt sie fest, doch auch irgendwie unterschwellig dankbar. „Bis Samstag."

Ich folge dem Coach zum privaten Terminal. Die anderen Passagiere sind alle ausgestiegen. Als wir die Türen erreichen, sehe ich erstaunt, dass Dominik Carlson dort steht. Er nickt Coach Perron zu und hält uns die Tür auf, doch sein Blick liegt auf mir.

Der Coach geht an mir vorbei, aber ich halte inne. Carlson lässt die Tür zuschwingen und reicht mir die Hand.

„Dominik Carlson", sagt er.

„Freut mich", antworte ich mit einem kurzen Händeschütteln. Normalerweise wäre ich verbindlicher und geselliger bei dem Mann, der meine Gehaltsschecks unterschreibt, aber ich habe es eilig und andere Sorgen, die wichtiger sind.

„Ich habe etwas für dich." Er greift in seine Tasche und legt mir Moms Ring in die Hand.

Mein Herz zieht sich zusammen. Natürlich repräsentiert er keine echte Verlobung, aber dass Brooke ihn hiergelassen hat, schmerzt trotzdem.

Mir fehlen die Worte, also schließe ich meine Hand darum und sage nur: „Danke."

„Sie ist durcheinander", sagt Dominik.

Ich bin erstaunt, dass er etwas über Brookes Gefühle weiß. „Wie meinst du das?", frage ich leicht aggressiv, aber mir gefällt nicht, dass er so viel Persönliches über sie weiß.

„Ich glaube, das ganze Fiasko macht ihr zu schaffen." Er zuckt mit den Schultern. „Deshalb ist sie nach New York geflohen. Nicht, weil sie dich nicht will."

„Das hat sie dir erzählt?", frage ich überrascht.

„Nein, aber ich habe es ihr angemerkt. Sie hat den Ring nur hiergelassen, damit er wieder deiner Mutter zurückgegeben werden kann."

„Warum erzählst du mir das alles?"

„Weil ich glaube, du solltest ihr nach New York nachfliegen. Gestern wollte sie ihre Kündigung einreichen, aber ich habe sie nicht akzeptiert. Bat sie, erst darüber nachzudenken. Ihr Job wartet auf sie, also denke ich, du solltest sie wieder herholen."

„Das hatte ich sowieso vor. Ich bin auf dem Weg zum Terminal, um den nächsten Flug zu buchen."

Dominik schüttelt den Kopf. „Ich bin noch ein paar Tage hier, um die Wogen zu glätten. Nimm mein Flugzeug."

„Die Team-Maschine?", frage ich erstaunt.

Er schüttelt erneut den Kopf und deutet mit dem Kinn hinter mich. Ich drehe mich um und sehe eine glänzende, schlanke Gulfstream G550 auf dem Rollfeld. „Meine andere Maschine“, sagt er.

Klar, natürlich … seine andere Maschine.

Liebend gern.

KAPITEL 32

Brooke

Es ist absolut perfekt.

Frische dreizehn Grad draußen, die sich gar nicht kalt anfühlen mit meiner leichten Jacke und bei dem schnellen Schritt, mit dem ich durch den Washington Square Park marschiert bin. Der Westeingang ist nur zwei Blocks von Elizabeths Wohnung entfernt, und auf dem Weg liegt eine großartige Bäckerei, in der ich Kaffee und Croissants gekauft habe.

Autohupen, Bauarbeiten-Lärm und endlose Menschenschlangen auf den Gehwegen.

Das habe ich echt vermisst.

Natürlich vermisse ich Bishop noch mehr, aber die Stadt folgt gleich danach. Nun ja, an dritter Stelle. Denn ich vermisse Dad auch.

Aber ich habe das Richtige getan. Nachdem ich Dominik und Fred die letzten Infos gegeben hatte, wusste ich, dass ich Zeit brauche, Abstand und eine vertraute Umgebung, um zu sortieren, wie vertrackt die Dinge geworden sind.

Elizabeth ist meine ehemalige Chefin bei dem Magazin und hat mich netterweise auf ihrer Couch schlafen lassen. Sie hat ein tolles Apartment, aber es ist klein, sodass sie mir nur die Couch anbieten konnte. Es hat mir gereicht.

Es war so schön, sie wiederzusehen und dass sie mir Unterschlupf gewährt. Natürlich habe ich ihr

alles bis ins Detail berichtet, was in meinem verrückten Leben passiert, und ihr sogar meine Gefühle für Bishop gestanden. Über Nanettes Benehmen war sie kein bisschen überrascht, und sie
erzählte mir, dass sie sie entlassen hat, weil sie mit
fast allen männlichen Angestellten geschlafen hat.
Das wundert mich nicht. Zwar hat Nanette mir
erzählt, dass sie selbst gekündigt hätte, aber wie
ich sie jetzt kenne, als total irre, ist klar, dass sie
rausgeschmissen wurde.

Elizabeth ist auf der Arbeit und hat verzweifelt
versucht, mich zu überreden, mitzukommen. Sicherlich, um mich in Versuchung zu führen, mich
wieder an ihrer Seite einstellen zu lassen. Aber ich
brauche Zeit allein zum Nachdenken.

Heute Morgen war keine Nachricht von Bishop
da, was mir im Herzen wehtat. Gestern hat er verzweifelt versucht, mich zu erreichen, aber ich
wusste, wenn ich mit ihm rede, würde mich das
davon abbringen, nach New York zu fliegen, und
ich wusste instinktiv, dass ich erst einmal weg-
musste. Aber heute habe ich noch nichts von ihm
gehört, und ich weiß nicht, ob das jetzt sein Abschied ist. Ich habe vor, ihn anzurufen. Wahrscheinlich heute.

Irgendwann.

Oder morgen.

Nicht, dass ich gar keine Nachrichten bekommen
hätte. Es kamen einige, meistens von alten Freunden und Bekannten, die diese schmutzige Geschichte in der Sportwelt mitbekommen haben.

Natürlich ist der neueste Skandal Nanettes Multimillionendollarklage gegen die Organisation. Doch das bedeutet nicht, dass die Leute nicht gern über pikante Sachen reden wollen, wie meine vorgetäuschte Beziehung, während ich gleichzeitig eine skandalöse Affäre mit Sebastian habe, um Nanette den Job wegzuschnappen. Genau darüber wird berichtet, und davon wird mir ganz übel.

Nach einer der Nachrichten an mich fühlte ich mich etwas besser. Seltsamerweise kam sie von Dominik Carlson. Ich hatte ihm meine Handynummer zwar nicht gegeben, bin aber sicher, dass es ein Leichtes für ihn war, sie herauszufinden. Die Nachricht war etwas langatmig, und ich habe das Gefühl, dass dies eine von ihm bevorzugte Kommunikationsmethode ist.

„Ich hoffe, dir geht es heute schon besser. Die Bombe ist geplatzt und eine Zeit lang geht es jetzt brutal zu. Der Standpunkt des Teams ist, dass Nanettes Anklagen hundertprozentig falsch sind, was vor Gericht leicht beweisbar ist. Und die Gerüchte über dich und Bishop tun wir als belanglos und auf Eifersucht begründet ab, und dass diese Privatangelegenheit niemanden etwas angeht. Aber bereite dich schon mal darauf vor, dass dich Reporter anrufen werden. Es bleibt dir und Bishop überlassen, öffentlich etwas zu sagen oder auch nicht, aber was auch immer ihr tut, ihr habt unsere volle Unterstützung. Lass den Kopf nicht hängen. Dein Job wartet auf dich.“

Das ist echt nett von ihm.

Er machte mir klar, dass ich wirklich darüber

nachdenken sollte, nach Phoenix zurückzugehen. Als ich gegangen bin, war ich überzeugt, dass ich dauerhaft nach New York zurück und wieder meinen alten Job machen will. Natürlich muss ich darüber noch mal nachdenken, weil ich Bishop so vermisse.

Der Spaziergang zu Elizabeths Apartment ist schön und gelegentlich mit Bäumen auf dem Gehsteig bestückt. Ihr Gebäude besteht aus taupefarbenen Backsteinen, und weil eine Baustelle davor ist, wurde der Eingang mit einem Zelt überdacht. Darauf ist mein Blick gerichtet. Kurz vor dem Eingang stellen sich meine Nackenhärchen auf.

Ich halte abrupt inne und ignoriere den Mann, der mich schnell überholen muss, damit er mich nicht umrennt, und dabei Flüche ausstößt. Mein Blick schweift über die Straße, wo ein kleiner Gemeinschaftsgarten von einem schmiedeeisernen Zaun mit scharfen Spitzen umrundet ist. Auf einer Bank davor sitzt Bishop.

Er ist zurückgelehnt, hat die Arme seitlich ausgestreckt und locker einen Fuß über sein Knie gelegt. Er trägt einen Anzug, der zerknittert ist, was bedeutet, dass er ihn schon eine ganze Weile anhat. Da er gestern von Washington nach Phoenix und dann wohl sofort weiter nach New York geflogen sein muss, sieht er entsprechend derangiert aus.

Ich starre ihn an und er winkt mir zu.

In seinem Gesicht kann ich nichts lesen. Keine Wut und keine Enttäuschung. Er scheint nicht sauer zu sein, weil er mir durch das Land nachjagen musste. Er wirkt ein bisschen übermüdet, aber das ist ja logisch. Allerdings sieht er auch nicht wirklich erfreut aus, mich zu sehen. Vielleicht eher ein bisschen resigniert.

Obwohl ich am liebsten ins Apartment fliehen würde, das einen Sicherheitscode hat, ist mir doch klar, dass ich keine andere Wahl habe, als Bishop zu fragen, warum er hier ist.

Ich gehe an den Rand des Gehsteigs zwischen zwei geparkte Autos, schaue nach links, da es eine Einbahnstraße ist, und gehe über die Straße.

Beim Näherkommen betrachtet er mich von oben bis unten, bis er an meinem Gesicht hängen bleibt. Er versucht, mich zu lesen, genau wie ich ihn vorher, und obwohl er sonst immer selbstsicher wirkt, sehe ich ihm jetzt nur Zögerlichkeit an. Das ist kein gutes Zeichen für uns beide.

„Hi", sage ich, als ich vor ihm stehe.

Er sieht zu mir hoch und blinzelt gegen die Sonne hinter mir. „Hi. Hast du Zeit, dich zu setzen und zu reden?"

„Natürlich", sage ich und setze mich neben ihn. Ich halte ihm die Bäckertüte hin. „Croissant?"

„Ich habe im Flugzeug gefrühstückt." Er schüttelt den Kopf und sieht mich wieder an.

Er hat die Arme noch ausgestreckt, und ich spüre seine Hitze und muss mich zusammennehmen, mich nicht an ihn zu kuscheln.

„Hast du einen Nachtflug genommen?"

„Nein. Bin mit Carlsons Privatmaschine hier. Er hat mir die Schlüssel gegeben und gesagt, ich darf etwas damit rumfliegen."

Ich blinzele erstaunt und schüttele leicht den Kopf. „Das ist aber großzügig von ihm."

„Finde ich auch."

Ich drehe mich um, lege die Tüte auf die Bank neben mich und stelle den Kaffeebecher ab. Dann drehe ich mich wieder um und stoße dabei mit dem Knie an Bishop, doch es ist mir egal. So bleibe ich sitzen. Mein Bein an seins gepresst. Er zieht seinen Arm zurück und dreht sich leicht, um mich besser ansehen zu können. Wir sehen uns in die Augen, und für Lügen ist kein Platz.

„Du hast mir gefehlt", sage ich rundheraus. „Obwohl du gar nicht da warst, als ich gegangen bin, habe ich dich in New York sofort schrecklich vermisst. Noch schlimmer sogar, als wenn du auf einer Tour bist."

Bishop lacht leise und sein Ausdruck ist amüsiert. „Und ich dachte schon, dass ich dir nachjagen muss, damit du merkst, wie viel ich dir bedeute und dass du wieder nach Phoenix kommen solltest."

„Oh, du bedeutest mir viel", sage ich leise. „Aber ich bin nicht sicher, ob ich zurückkommen will. Ich schäme mich ganz furchtbar. Und, Bishop … ich habe Nanette in die Organisation gebracht. Es ist alles meine Schuld."

„Du weißt doch, dass die Geschichte in der Presse ganz schnell wieder vergessen ist." Er beugt sich etwas näher. „Das ist doch nur Tratsch. Morgen werden sie über eine noch skandalösere Story schreiben."

„Ich weiß", sage ich bedrückt.

„Und ich hoffe, du weißt, dass es absolut albern ist, dir selbst die Schuld zu geben." Er untermauert seine Ernsthaftigkeit, indem er mein Gesicht umfasst und meinen Hinterkopf, sodass ich den Blick nicht von ihm nehmen kann. „Das ist alles komplett auf Nanettes Mist gewachsen. Sie ist manipulativ, narzisstisch und ich werde sie offiziell für geistesgestört erklären lassen. Du hättest niemals wissen können, was sie vorhatte, oder es gar verhindern können."

Das klingt alles schön und gut. Zu gern möchte ich ihm glauben. Aber da ist noch eine Sache, die der wahre Grund für meine Flucht ist. „Aber jetzt ist die Wahrheit über unsere Beziehung öffentlich. Wir müssen die Scharade nicht weiterführen. Also brauchen wir auch nicht …"

„Hör auf damit", befiehlt er und schüttelt den Kopf. „Hast du schon vergessen, dass du eben noch gesagt hast, dass ich dir etwas bedeute?"

„Nein. Aber von dir habe ich das noch nicht gehört, und du hast auch nicht gesagt, dass ich dir gefehlt habe."

„Das kommt noch", sagt er, grinst schief und nimmt die Hände von meinem Gesicht. „Aber erst müssen wir den ganzen Scheiß hinter uns lassen, Babe. Ich habe das schon getan, aber du hast noch Probleme damit. Kannst du es loslassen?"

„Alles hinter uns lassen? Einfach so?"

Er schenkt mir sein strahlendstes Lächeln, das

mein Herz zum Singen bringt. Dann reicht er mir die Hand. „Hi, mein Name ist Bishop Scott. In der Highschool habe ich *Der Graf von Monte Christo* gelesen, und das Buch hat mir echt gut gefallen. Was hältst du von dem Werk?"

Irritiert blicke ich zwischen seiner Hand und seinem Gesicht hin und her. „Du willst … wieder von vorn anfangen?"

„Fuck, nein! Ich will nicht wieder von vorn anfangen. Das würde ja bedeuten, dass ich dich noch mal umwerben muss, und dafür habe ich keine Zeit. Ich will, dass du in die abgefahrene Privatmaschine steigst, in der es übrigens auch ein Bett gibt, und mit mir nach Phoenix fliegst. Ich möchte den nächsten Schritt unseres gemeinsamen Lebens machen. Und das will ich, weil ich, meine süße, liebe, schöne Brooke, mich im Laufe unserer Scharade in dich verliebt habe … von der übrigens dein Dad genau weiß, dass sie gelogen war, wie du sicher schon von ihm gehört hast."

„Warte mal", sage ich und schiebe mir die Haare hinters Ohr. Ich lehne mich näher. „Wie war das noch mal?"

„Dein Vater hat uns von Anfang an durchschaut."

„Nein, das andere."

„Oh", sagt er, als ob ihm gerade erst einfällt, wovon ich rede. „Du meinst den Teil, an dem ich gesagt habe, dass ich mich in dich verliebt habe?"

„Den Teil meine ich."

„Nun ja, es stimmt. Ich bin weg. Vom Markt genommen. Kein Junggeselle mehr. Und wenn ich dir einen Antrag mache, wird er auf jeden Fall schöner werden als das letzte Mal."

Das mit dem Antrag überhöre ich lieber. Das ist viel zu weit entfernt.

Glaube ich.

„Ich dachte, es geht nur mir so", gebe ich zu. „Das mit dem Verlieben, meine ich."

„Also liebst du mich auch?" Er wackelt mit den Augenbrauen.

„Ich glaube schon."

Bishop stößt einen Jubelschrei aus, und irgendwie sitze ich plötzlich auf seinem Schoß und er küsst mich, als gäbe es kein Morgen.

Als wir nach Luft schnappen, geht das Leben in New York ohne uns weiter. Menschen gehen vorbei, ohne zu ahnen, dass wir uns soeben die schönsten Worte gesagt haben, die man jemandem mitteilen kann. Keiner von all diesen New Yorkern interessiert sich dafür, dass heute der glücklichste Tag meines Lebens ist.

Aber das ist egal. Es genügt völlig, dass ich es weiß.

Noch besser ist, dass ich weiß, dass noch viel schönere Tage kommen werden.

AUTORIN

Seit ihrem Debütroman "Off Sides" im Januar 2013, hat Sawyer Bennett mehr als 30 Bücher von New Adult bis Erotic Romance veröffentlicht und es wiederholt auf die Bestsellerlisten der New York Times und USA Today geschafft.

Sawyer nutzt ihre Erfahrungen als ehemalige Strafverteidigerin in North Carolina, um mitreißende und sexy Geschichten zu schreiben.

Sie mag ihre Helden stark und mit Ecken und Kanten. Wenn sie nicht gerade die Figuren ihrer Romane zum Leben erweckt, ist Sawyer Chauffeurin, Stylistin, Köchin, Putzfrau und die persönliche Assistentin ihres lebhaften Kleinkindes sowie Vollzeitbetreuerin zweier niedlicher, aber ungezogener Hunde. Sie glaubt an das Gute im Menschen, und auch daran, dass ein schlechter Tag durch ein Workout oder ein Stück Kuchen – gerne auch durch beides – besser wird.